스페인, 너는 자유다

코얼리
컴퍼니

스페인에 가면
마음껏 춤을 출 거야

언젠가 내 생활에 '쉼표'가 필요해지면, 내 영혼에 휴식이 필요해지면, 꼭 다시 스페인을 찾아가 몇 달이고 머물고 싶었다. 그것은 마드리드로 어학연수를 떠났던 학창시절 이후로 늘 꿈꾸어 오던 일이었다.

대학 시절 나의 가장 큰 고민은 어떻게 하면 독립적이고 성숙한 인간이 될 수 있을까 하는 것이었다. 가족의 품을 떠나 힘겨운 상황에 뛰어들어 자신과의 싸움을 해볼 시간이 필요하다는 결론을 내린 나는 대학 3학년이 되던 해 교환학생 자격을 얻어 호주로 떠났다. 1년간의 호주 생활은 고통스럽고 외로운 시간의 연속이었지만 결과적으로는 내게 커다란 내면의 변화와 성장을 가져다주었다. 그러나 욕심 많은 나는 거기에 만족하지 못하고 더 많은 공부와 경험을 하기 위해 이듬해, 한국으로 돌아오는 대신 스페인으로 향했다.

새로운 언어를 배운다는 것은 또 하나의 세상으로 통하는 문을 여는 일이다. 그런 의미에서 처음으로 스페인에 머물렀던 때의 나는 루이스 캐럴의 동화 《이상한 나라의 앨리스》의 주인공 앨리스와 닮아 있었다. 낯설고 당황스런 온갖 일들을 겪으며 '나는 누구일까'라는 정체성의 문제를 고민했고, 새로운 세상에서 만난 낯선 사람들 모두는 진정한 나를 발견하는 계기를 만들어 주었다. 그리고는 앨리스가 여행을 마치며 "이거야말로 더 흥미로운 인생이잖아!"라고 외쳤듯이, 사랑과 행복 지상주의의 스페인식 인생관을 온몸으로 흡수해 "그래, 난 꼭 이렇게 살고야 말겠어!"라며 스페인을 떠났었다.

그 후로 어느덧 10년 가까이 되는 시간이 흘렀다. 그사이 나는 대학을 졸업하고 직장인이 되었다. 치열하게 앞만 보며 달린 시간이었지만 많은 사람들이 선망하는 아나운서가 되어 꿈같은 나날을 보낸 것도 사실이다. 하지만 흥겨운 파티도 며칠 밤이고 계속되다 보면 지치는 법, 내게는 휴식이 필요했다.

무엇보다 불규칙한 수면 시간과 식사로 나의 평범한 일상과 건강이 위협받고 있었다. 뿐만 아니라 눈보라나 태풍이 몰아친다 해도, 혹은 땡볕 아래서 생방송을 하다 쓰러지거나 벌에 쏘인다 해도 절대 놓지 말아야 할 마이크를 고수하기 위해 꽤 위험한 고비도 여러 차례 넘겨야 했다. 부지런히 살려고 노력하면 할수록 이상하게 더 바빠지기만 하는 방송국 생활의 딜레마를 끌어안은 채 일요일도 없이 일을 하느라 가족과의 시간은 언제나 뒷전이었다. 또 대학 시절을 몽땅 외국어 공부에 바쳤건만 그 열정이 무색하게도 8년간의 직장 생활은 쉬운 영어 단어조차 떠올리기 힘들 정도로 나의 기억을 흐려놓았다. 얻은 것도 많았지만 잃은 것도, 또 잊고 지낸 것도 많은 날들이었다.

정말 쉬고 싶었고 너무나 간절히 공부를 하고 싶었다. 새로운 사람들을 만나고, 가보지 못한 곳으로 여행도 가고 싶어졌다. 자유로운 새처럼 나는 떠나고 싶었다.

그렇게 휴식과 더불어 새로운 도전이 필요하다는 것을 육감적으로 느끼고 있을 즈음 때마침 읽게 된 두 권의 책이 있었다. 무라카미 하루키의 《먼 북소리》와 파울루 코엘류의 《연금술사》. 《먼 북소리》에서 하루키는 마흔을 넘기면 절대 하지 못할 일이 무엇인가를 고민하다 '갖고 있는 것들을 미련 없이 버리고 새로운 세상을 알기 위해 떠나는 일'이란 결론을 내리고 그의 나이 서른일곱에 모든 것을 정리해 이탈리아로 떠났다고 했다. 그 여행에서 그는 《상실의 시대》를 탄생시켰고 세계적인 베스트셀러 작가가 되었다. 또 코엘류의 《연금술사》에는 피라미드의 보석을 찾아 떠나고 싶지만 자기가 가진 양들을 포기하지 못해 방황하는 목동 산티아고가 등장한다. 고심하던 산티아고는 결국 용기를 내어 양들을 버리고 길을 떠나 피라미드에 도착하지만 그곳에 가서야 보물이 자기 집 마당에 묻혀 있다는 사실을 알게 된다.

"무라카미 하루키의 《먼 북소리》를 혹시 읽어봤니? 그걸 읽고 내게 있어 '지금'이 아니면 안 되는 일이 무엇일까 고민해 봤는데 서른일곱의 하루키처럼 모든 것을 버리고 꿈을 찾아 나서는 일이 아닐까 싶더라고. 사실 꼭 뭘 찾겠다기보다 월요일부터 토요일까지 일을 하면 일요일 하루는 쉬어야 하고, 1년간 일을 하면 한 번쯤은 휴가를 가줘야 하는 것처럼, 지금의 내게는 휴식이 필요하다는 거지. 가벼운 마음으로 어디론가 훌쩍 떠나고 싶어. 그리고 만약 그럴 수 있다면 스페인에 가고 싶어. 내 몸도 마음도 그걸 간절히 원하는 것 같은데…… 어떻게 하면 좋을까?"

한강이 한눈에 내려다보이는 홍대 근처 상수동의 한강 변 카페에 앉아 차를 마시며 친구 소정이에게 넋두리하듯 말했다. 장황하게 말을 늘어놓는 내게 소정이는 이해가 안 된다는 듯 딱한 마디를 던졌다.

"참내, 그럼 가면 되잖아. 가, 누가 가지 말래?"

자기 인생은 자기가 개척한다며 어린 나이에 무작정 혼자 미국으로 가 뉴욕 브로드웨이 뮤지컬의 주인공까지 된 그녀 다운 답이었다. 갑자기 뒤통수를 한 대 얻어맞은 듯 정신이 번쩍 들면서 나 자신이 그렇게 바보처럼 느껴질 수가 없었다.

그녀 말이 옳았다. 사실 아무도 나를 잡는 사람은 없었다. 내 발목을 잡고 있는 것은 바로 나 자신일 뿐. 내 마음속에 끌어 오르는 열정과 꿈을 위해 용기를 내지 못하는 나야말로 코엘류 소설 속의 목동 산티아고를 닮지 않았는가? 내 고민에 대한 진정한 답은 내 마음속에 있다는 소중한 진실을 몸소 깨닫기 위해서는 나도 나의 양들을 포기하는 것을 두려워해서는 안 될 일이었다.

"고맙다. 네 덕분에 모든 게 한순간에 해결되었어. 가고 싶으니까 가면 되는 건데……. 이렇게 간단한 것을 가지고 난 그동안 왜 고민만 하고 있었던 걸까?"

"근데 스페인에 가면 뭘 할 건데?" 소정이가 물었다. "음...... 난 춤을 출 거야. 정말 마음껏 춤을 추다 오겠어......."

다음 날부터 나는 모든 수단과 방법을 동원해 스페인으로 갈 수 있는 방법을 찾기 시작했다. 대학 은사님들께 자문을 구하기도 하고 인터넷 서핑도 했다. 스페인의 방송사에 직접 전화를 하거나 이메일을 보내고 유럽 쪽에 인맥을 갖고 있는 회사 선배들을 수소문해 닥치는 대로 만나 이야기를 듣고 내게 도움이 될 만한 사람들의 전화번호를 받았다. 뜻이 있으면 길이 있다더니 일단 마음을 먹고 나니 생각보다 일이 쉽게 풀려갔다.

얼마 후 스페인 마드리드 소재 한 종합방송사에서 주최하는 '각국의 전문 방송인들을 대상으로 한 연수 프로그램'에 참가해도 좋다는 연락이 왔다. 그때부터는 비행기표를 마련하고 스페인에서 살 집을 구하는 일부터, 내가 맡고 있던 프로그램들을 정리하며 마음의 준비를 하는 일까지 모든 것이 마치 순서를 기다리고 있었다는 듯이 차근차근 진행되었다.

회사는 일단 6개월간 휴직을 하기로 했다. 사실 마음만 먹으면 회사에서 경제적인 도움을 받아 갈 수도 있었지만, 한 마리 새처럼 자유롭게 춤추고 싶었던 나는 그 어떤 제약이나 굴레도 사양하고 싶었다. 아무에게도 말하지 않았지만 혹시 그 방송사 연수가 내가 원하는 일이 아니면 빨리 마치고 돌아오든지 실컷 여행이나 할 생각이었고 어쩌면 영영 돌아오지 않고 스페인에 머물지 모른다는 생각도 했다. 그저 마음 가는 대로, 바람 부는 대로,

물 흐르듯이, 그렇게 나 자신을 놓아주고 싶었다.

새로운 도전을 위한 모든 준비를 마친 2004년 6월, 이제 내가 더 포기해야 할 양들은 없었다. 그리고 내 앞에는 떠나는 일만이 남았다. 정확히 9년 만에 다시 떠나는 '진정한 나를 찾기 위한 여행', 내 영혼엔 이미 날개가 돋아 훨훨 날 준비를 하고 있었다.

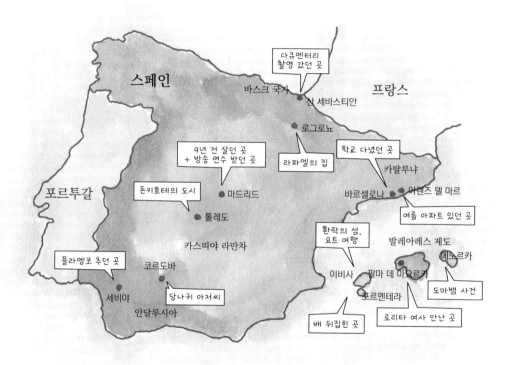

스페인

프랑스

다큐멘터리
촬영 갔던 곳

바스크 국가

산 세바스티안

로그로뇨

9년 전 살던 곳
+ 방송 연수 받던 곳

라파엘의 집

학교 다녔던 곳

카탈루냐

포르투갈

돈키호테의 도시

마드리드

바르셀로나

아렌즈 델 마르

여름 아파트 있던 곳

톨레도

카스띠야 라만차

환락의 섬,
요트 여행

발레아레스 제도

메노르카

플라멩코 추던 곳

코르도바

세비야

당나귀 아저씨

안달루시아

이비사

팔마 데 마요르카

포르멘테라

배 뒤집힌 곳

로리타 여사 만난 곳

도마뱀 사건

1부
스페인에 중독되다

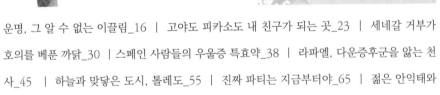

2부
바르셀로나의 유쾌한 강의실

3부
스페인 사람처럼 사는 법

4부

태양은 뜨겁고, 나는 자유로웠다

1부
스페인에
중독되다

운명,
그 알 수 없는 이끌림

드디어 자유의 몸이 되었다. 스페인으로 향하기 전 잠깐의 시간을 이용해 일본 여행길에 올랐다. 스페인 연수를 준비하면서 고려대 대학원의 '외국인을 위한 한국어 교사 양성 과정'을 수강했을 때 만난 재일교포 친구 아추도에게, 스페인으로 가기 전 꼭 한 번 그의 집에 놀러 가겠다고 약속을 했었다.

도쿄에서 며칠을 보낸 뒤 주말이 되자 나는 아추도가 사는 오사카로 가기 위해 신칸센에 몸을 실었다. 일본 내에서 도쿄를 벗어난 여행은 처음이었고 배낭 하나 둘러메고 혼자 기차여행을 하는 것 또한 정말 오랜만이었기에 무척 마음이 설레었다. 일본의 시골 풍경이 우리의 그것과 닮아 있기 때문일까? 철로를 따라 달리는 열차 창밖의 풍경을 바라보고 있자니 어릴 적 기차를 타고 친구들과 수학여행 길에 올랐던 일이 떠올랐다. 신칸센의 미세한 움직임에 몸을 맡기고 추억을 되새기다 나도 모르게 스르르 잠이 들었다. 얼마나 지났을까? 잠에서 깨어난 나의 눈앞에는 한 장의 그림엽서 같은 풍경이 펼쳐져 있었다. 일본의 전통 가옥들이 짙은 초록의 나무들 사이에 파묻혀 있던 그곳은 알고 보니 일본 천년의 고도 교토시였다.

오사카역에 내리자 아추도가 그의 아내 미사토와 함께 나를 기다리고 있었다. 나는 일단 아추도에게 도쿄로 돌아가는 열차 티켓을 바꿀 수 있게 도와 달라고 부탁했다. 오사카역에 도착하기 직전 보았던 교토의 모습이 너무나 인상적이었기에 하루 더 머무르며 그곳을 보고 싶었기 때문이다. 워낙 여행자가 많은 시기라 걱정했는데 운 좋게 한 자리가 비어 있었다. 그렇게 나는 오사카에서의 일정을 하루 늘리게 되었고, 이제 와 생각해 보면 그것은 단순한 우연이 아니라 운명의 시작이었다.

아추도와 미사토 그리고 나는 때마침 열린 일본의 축제, 오사카 마쓰리를 함께 즐겼다. 온 도시를 수놓는 불꽃놀이도 구경하고 오사카와 고베시 곳곳을 돌아다니며 타코야키와 게 요리도 원 없이 먹었다. 그들은 불고기와 김치가 그립다면서 한국에서의 추억담을 쏟아 놓기도 했다. 즐거운 주말을 보내고 월요일 아침이 되자 나는 아추도 부부에게 작별을 고하고 교토 나들이에 나섰다. 예정에 없던 일이었기에 두 사람은 각자의 일터로 가야 했고, 나 혼자 교토의 '기요미즈데라'라는 사찰을 돌아본 후 도쿄행 열차를 탈 생각이었다. '기요미즈데라'는 교토 시가지를 한눈에 내려다볼 수 있는 오토바 산 중턱에 자리 잡고 있는 사찰로, 일본의 국보로 지정되어 있는 곳이다. 빼어난 경관과 더불어 그 물을 마시면 장수와 건강을 얻고 학문의 이치를 깨닫게 된다는 폭포로도 유명하고, 사찰 주변에 아담한 일본의 전통 가옥들이 자리하고 있어 볼거리가 많다고 들은 바 있었다.

"일본에는 '기요미즈데라에서 몸을 던져 자살하는 것과 같은 일'이라는 표현이 있어요. 기요미즈데라가 워낙 높고 험한 절벽 위에 지어져 있기 때문에 그곳에서 몸을 던지면 살아남을 수 없다는 의미에서 비롯된 말입니다. 운명적인 일이 시작되었음을 뜻하지요. 예를 들어 미나 씨가 스페인으로 떠나기로 결정한 일은 기요미즈데라에서 몸을 던진 것과 같다고 할 수 있을 거예요. 돌이킬 수 없는 모든 일은 운명 아닐까요? 우리가 친구가 된 것도 단지 우연만은 아닐 거고요. 어차피 돌이킬 수 없는 일이라면 그저 앞만 보고 열심히 가야 합니다. 스페인에서 좋은 일이 많길 바라요"

아추도와 악수를 하고 돌아서서 기차에 올라타는데 불현듯 운명적인 시간이 시작되었음을 느낄 수 있었다.

'이미 주사위는 던져졌다. 나는 이제 곧 스페인으로 떠난다. 그리고 지금 나는 교토로 가고 있다.'

그날 일본 열도는 그야말로 찜통 같은 더위로 몸살을 앓았는데도 기요미즈데라가 있는 교토는 관광객들로 발 디딜 틈이 없었다. 아추도가 알려준

대로 교토역에서 마을버스를 타고 가다 기요미즈데라 입구라는 곳에 내렸다. 약간 경사진 작은 골목을 올라가고 있는 사람들이 보이길래 일단 그 뒤를 따라가 보았다. 그냥 평범한 시골 마을 골목 같은 그곳을 약 5분 정도 걷다 보니 각종 기념품을 파는 상점들이 수없이 늘어선 거리가 나타났다. 이미 구경을 마치고 꾸역꾸역 몰려나오는 관광객들 틈을 비집고 언덕을 오르는데 비 오듯 흐르는 땀에 옷이 다 젖을 지경이었다. 아무리 걸어도 사찰 입구는 여전히 멀게만 느껴졌고 햇볕은 어찌나 뜨거운지 일사병에 걸릴 것만 같았다.

그 와중에 어디선가 스페인어로 떠드는 사람들의 목소리가 들려왔다. '스페인 사람들이 여기에?' 귀가 솔깃했지만 그런 것에 신경 쓸 상황은 아니었다. 더구나 살인적인 더위 때문에 혹시 환청이었을지도 모를 일이었다. 시계를 보니 시간은 정확히 정오, 태양이 온 세상을 집어삼킬 듯 가장 살벌하게 이글거리고 있는 시간이었다. 아무래도 계획 수정이 불가피했다. 일단 시원한 냉우동이라도 한 그릇 먹고 나야 뭘 해도 할 수 있을 것 같았다.

발길을 돌려 아추도가 꼭 가보라 했던 '산젠자카'라는 거리를 찾아 나섰다. 교토에서도 예쁘기로 소문난 그 거리에는 식당도 여럿 있다고 들었다. 기요미즈데라를 등지고 다시 언덕 아래쪽을 향해 걸었다. 잠시 후 오른쪽으로 자칫 주의를 기울이지 않으면 그냥 지나치기 쉬운 좁고 가파른 계단이 나타났다. 그리고 그 아래로는 듣던 대로 아기자기한 전통 가옥들이 빼곡히 들어선 그림 같은 골목이 내려다보였다.

'아, 여기구나'라고 생각하며 계단을 내려가는데 뒤에서 누군가가 말을 걸어왔다.

"Excuse me. mmm…… Do you want me to take you a picture? (실례지만 사진 찍어 드릴까요?)"

흠…… 먼저 다가와서 하는 말이 사진을 찍어 주겠다고? 내심 사진 찍어 줄 사람이 없어 아쉬웠는데 마침 잘됐다 싶었다. 내 카메라를 받아 들더니 어디에 서면 좋겠다는 둥 어떤 표정을 지으면 좋겠다는 둥 의견을 내가며 사진찍기에 열을 올리는 두 남자. 낯선 여자에게 약간은 지나친 친절을 베푸는, 매우 특이한 억양의 영어를 하는 그들은 한눈에 봐도 영락없는 스페인 사람들이었다.

내가 스페인어를 좀 할 수 있다 했더니 두 사람은 반가움을 감추지 못했다. 벌써 20일째 일본 전역을 여행하는 중이었는데 그동안 말이 통하지 않아 답답해 죽는 줄 알았다고 호들갑을 떨었다. 훤칠한 키와 출중한 외모, 멀끔하게 옷을 차려입고 온갖 최신 모델의 카메라 장비로 무장한, 약간은 뺀질거리는 느낌마저 풍기는 두 남자는 바르셀로나 출신의 은행원과 펀드매니저였다. 나름대로 잘나가는 화려한 싱글들답게 온갖 이국적인 체험을 하며 신비의 땅 아시아에서 긴 여름휴가를 보내는 중이었다.

'기요미즈데라에서 몸을 던지듯이' 스페인으로 떠나기 꼭 1주일 전, 기요미즈데라에서 스페인 사람들을 만나다니 신기한 일이라는 생각이 들었다. 그들도 지구 반대편 나라 일본의 시골 마을 골목 어귀에서 스페인어를 하는

1 운명적인 만남이 나를 기다리고 있던
  교토의 어느 골목
2 산젠자카 입구.
  왼쪽부터 마누엘, 나, 로베르또.
  사람의 운명이란 참으로 신기하다.
  그날 우리들의 만남은 과연 언제부터
  운명 지어져 있던 것일까?

한국 여자를 만났다는 사실을 신기하게 여겼다. 더구나 그 여자가 곧 스페인에 가서 머무를 예정이라는 것을 알고는 모든 것이 '운명'이라며 흥분을 감추지 못했다. 뜻밖의 만남으로 들뜬 우리 세 사람은 끔찍한 더위도 잊은 채 길에 서서 즐거운 대화를 나누었다.

결국 그들은 내게 전화번호와 이메일 주소까지 건네주며 무슨 일이든 도와주겠다는 약속을 했고 난 바르셀로나에 꼭 한 번 놀러 가겠다는 약속을 했다. 그리고는 헤어지기 전 지나가는 행인에게 부탁해 셋이 함께 기념사진도 찍었다. 하지만 그때까지만 해도 사진을 찍은 후 각자 반대편 길로 걸어간 우리가 오후의 소나기를 피해 같은 장소에 들어가는 바람에 다시 만나 차를 마시게 되리라는 것을, 또 며칠 뒤 도쿄의 한 술집에서 다시 한번 우연히 만나 정종 잔을 함께 기울이게 되리라는 것을 우리 중 어느 누구도 알지 못했다.

오사카역에 내려 기차표를 바꾸지만 않았어도 그들을 만나지 못했을 텐데……. 이제 와 생각하니 그 모든 것은 우연의 일치가 아니라 운명의 시작이었다. 기요미즈데라에서 몸을 던지듯이…… 그렇게 나의 스페인 여행은 시작되고 있었다.

고야도 피카소도
내 친구가 되는 곳

▌

　조금도 달라진 게 없었다. 화려한 여인 같은 이 나라. 아름답고 정열적이지만 왠지 남모르는 비밀을 감추고 있을 것 같은 신비로움 때문에 한번 사랑에 빠지면 좀처럼 헤어나기 힘든 여인 같은 나라. 나의 스페인, 나의 마드리드는 9년 전 내가 떠날 때의 모습 그대로였다. 마드리드 바라하스 공항의 풍경도, 구름 한 점 없이 청명한 빛깔 고운 하늘도, 크고 강렬한 태양도, 모두가 여유 있고 낙천적인 듯한 거리의 풍경도.

　마드리드에 다시 가면 꼭 하고 싶었던 일, 그것은 바로 학창 시절 추억이 어린 장소들을 질리도록 다시 걸어보는 것이었다. 방송사 연수 과정과 함께 본격적인 스페인 생활이 시작되자 나는 틈나는 대로 무작정 마드리드

곳곳을 걸었다.

　스페인의 태양은 유난히 크고 눈부시다. 특히 8월의 마드리드는 그 태양 아래 모든 것이 지글지글 타들어 가는 용광로 같다. 그도 그럴 것이 스페인은 무늬만 유럽이지 사실 북부 아프리카와 맞닿아 있는 '뜨거운 나라'다. 해가 새벽 6시에 떴다가 저녁 10시는 되어야 질 정도로 일조시간이 길고 우리의 초봄에 해당하는 3월이면 이미 해수욕이 가능하다. 그런 마드리드의 여름을 숨통 트이게 하는 것은 바로 도시 곳곳에서 기상천외한 모양으로 물을 뿜고 있는 분수들이다. 원래 '마드리드'는 아랍어 '마헬리트'에서 유래된 말로 '물이 고이는 곳'이란 뜻을 가지고 있다. 그 말처럼 마드리드에는 갖가지 모양과 크기의 분수가 마치 도시를 지탱하는 기둥처럼 곳곳에 자리하고 있다.

　시내 산책에 나섰던 어느 일요일, 나는 마드리드 시민들이 가장 아름답다고 손꼽는 시벨레스 광장의 분수를 찾았다. 마드리드의 상징과도 같은 이 분수의 중앙에는 두 마리의 사자가 끄는 수레를 탄 여신이 조각되어 있다. 그리스 – 로마 시대 자연의 여신인 시벨레스, 웅장하면서도 정교한 그 조각을 중심에 두고 긴 물줄기를 뿜어내고 있는 분수를 바라보고 있자니 가슴속까지 시원해지는 느낌이 들었다. 더위를 잊게 해주는 분수도 좋았지만 사실 내가 그곳을 찾은 것은 '빠세오 델 프라도'를 따라 걷고 싶었기 때문이다.

　세계적인 미술관인 프라도로 이어지는 그 길은 학창 시절 마드리드에 머물렀을 때 내가 가장 좋아하던 산책로였다. 분수를 등지고 프라도 미술관을

1 무리요 동상 앞에서. 프라도 미술관의 남쪽
  문과 북쪽 문에는 스페인을 대표하는 두 화가,
  무리요와 고야의 동상이 있다.
2 마드리드에서의 어느 일요일. 나의 발길과
  마음을 붙들었던 벨라스케스의 〈시녀들〉
  앞에서.
3 에스파냐 광장에 있는 석조탑. 중앙 위쪽에
  세르반테스, 아래 왼쪽이 로시난테를 타고
  있는 돈키호테, 그 옆이 산초의 동상.

향해 걷는데 눈 부신 햇살이 길가에 늘어선 가로수 위로 내려와 초록빛 나뭇잎 사이로 떨어졌다. 혼자서 발장난을 치며 걷고 있자니 문득 어릴 적 선생님께서 하신 말씀이 떠올랐다. 초등학교 미술 시간에 내가 그린 나무 그림을 보며 선생님은 그렇게까지 인위적인 녹색을 띠는 나무는 없다고 지적을 해주곤 하셨다. 그래서 정말 그렇게 살아 있는 녹색의 나무는 세상 어디에도 없을 줄 알았는데! 하지만 이렇게 스페인 태양이 만들어 낸 선명한 초록빛 사이로 걷고 있지 않은가.

이런저런 생각을 하며 걷는 사이 빨간 꽃들이 만발한 정원 안에 무리요 Murillo, 17세기 스페인의 화가 동상이 서 있는 프라도 미술관 입구에 다다랐다. 미술관 주변에는 수많은 그림 장사들과 거리의 화가들이 자리를 잡고 있었다. 한국을 떠날 때 나는 내 자신에게 한 가지 약속을 했었다. 미술에 관해서는 문외한이나 다름없지만 예술이란 누구나 자기 나름대로 느낄 자유가 있는 법, 스페인에 있는 동안 욕심내지 않고 그저 산책 삼아 미술관에 가서 작품 속의 인물들과 몇 시간이고 대화를 나누자, 라고.

그날 나는 스페인이 낳은 세계적인 화가 벨라스케스의 〈시녀들〉이라는 유명한 작품 앞에서 한참을 서성이며 시간을 보냈다. 특별한 이유가 있었던 건 아니다. 단지 나도 모르게 어떤 힘에 이끌려 스페인에 왔듯이, 왠지 내 마음을 잡아끄는 그 그림 앞에 서 있고 싶었다. 세계적인 미술관인 프라도를 시간에 구애받지 않고 둘러볼 수 있는 것이야말로 내가 스페인에 살고 있는 동안 누릴 수 있는 최고의 특권이었다. 행복한 마음으로 미술관을 나서자 18세기 스페인 미술을 그 절정에 올려놓은 장본인이자 스페인 최초의 현대 화가인 고야의 동상이 우뚝 서 있는 것이 보였다. '다음 주에는 고야를 만나러 와야지~' 나는 마치 고야가 친한 친구의 이름이라도 되는 듯 혼잣말을 중얼거리며 뿌듯한 마음으로 지하철역을 향해 걸었다. 사실 그랬다. 벨라스케스도 고야도 피카소도 모두가 내 친구가 될 수 있는 곳, 스페인은 바로 그런 곳이었다.

다음으로 나는 전에 살던 동네를 찾아 나섰다. 푸에르타 델 솔, 태양의 문이라는 그 이름답게 언제나 찬란한 태양이 내리쬐는 솔 광장 puerta del sol, 마드리드에는 이 광장을 중심으로 마치 태양이 빛을 내뿜듯 아홉 개의 도로가 방사선으로 퍼져 있다 은 마드리드 사람들에게 가장 인기 있는 약속 장소. 9년 만에 다시 찾은 솔 광장은 그날도 누군가를 기다리는 수많은 시민과 관광객으로 북적이고 있었다.

신비롭고 정열적인 여인 같은 나라 스페인, 그 여인의 심장과도 같은 마드리드에, 그것도 스페인의 아름다움이 절정에 달하는 한여름의 마드리드에 내가 있다는 것이 정말 꿈만 같았다. 더위도 잊은 채 인파를 가로질러 그란비아 Gran Via, 마드리드 도심을 가로지르는 주요 도로 를 향해 걷기 시작했다. 줄지어 선 상점들은 이제 막 시에스타 siesta, 스페인어로 '낮잠'이라는 뜻 시간을 끝내고 문을 여는 중이었고 도시는 그렇게 다시 살아나고 있었다. 드디어 무수한 호텔과 극장, 식당 등이 늘어선 그란비아가 나타났다. 나는 왼쪽으로 방향을 틀어 에스파냐 광장 Plaza de España 세르반테스와 돈키호테의 동상이 있는 마드리드 시내의 시내의 관광명소 쪽으로 계속 걸었다. 호텔이나 식당 앞에 유니폼을 입은 채로 나와 뒷짐을 지고 서서 "어이, 아가씨, 왜 이리 예쁘지?"라며 지나가는 여자들한테 실없는 농담을 툭툭 던지는 짙은 눈썹의 웨이터와 벨보이들, 오늘의 행운을 잡으라며 쉴 새 없이 목청을 높이는 복권 파는 아줌마들, 간간이 들려오는 경찰의 호루라기 소리, 잘 숙성된 하몽 jamón, 돼지 다리를 통째로 소금에 절여 말린 일종의 스페인식 햄 냄새, 시끌벅적하고 약간은 어수선한 듯한 분위기. 마드리드에 다시 와 있다는 것이 실감 나는 순간이었다.

마드리드를 잠깐 다녀온 관광객들은 마드리드가 지저분하고 볼 것 없는 곳, 도둑이 들끓고 더워서 다니기 힘든 곳이라고도 하지만 그건 정말 스페인을 잘 모르는 사람들의 이야기이다. 나도 그들과 살을 부대끼며 살아 보기 전에는 그렇게 생각했었다. 유학 초기에는 이런 나라에서 도저히 살 수 없겠다 싶어 모든 걸 접고 한국으로 돌아갈까를 고민한 적도 있었다. 하지만 이방인인 나의 영혼에 서서히 스며든 스페인 사람들 특유의 인간미와 끈끈한 정 그리고 삶에 대한 긍정적인 기운은 단 몇 달간의 체류 이후 지난 9년이란 시간 동안 스페인에 대한 나의 그리움을 조금도 퇴색시키지 않을 만큼 중독성이 강한 것이었다.

'이 길을 따라 계속 걸어 내려가면 왼편으로 에스파냐 광장이 나오겠지?' 유학 시절 내가 살던 집은 바로 그 광장 근처에 위치해 있었다. '그사이 얼마나 달라졌을까?' 아름다운 추억이 많이 어려 있는 곳이다 보니 혹시 너무 많이 달라지진 않았을까 하는 불안한 마음도 들었다. 기대 반 걱정 반의 이상야릇한 기분으로 잠시 걷다 보니 작열하는 스페인의 태양만큼이나 변함이 없는, 예전 모습 그대로의 에스파냐 광장이 눈앞에 모습을 드러냈다.

커다란 분수 주변에는 꽤 많은 사람들이 살인적인 더위에도 아랑곳 않고 모여 한가로이 오후 시간을 즐기고 있었다. 남녀노소 할 것 없이 뭐가 그리 즐거운지 까르르 웃어대며 이야기꽃을 피우고, 몇몇 아이들은 비둘기를 쫓느라 정신이 없었다. 광장과 사람들의 풍경 모두 어쩜 그리 변한 게 없을까라고 생각하며 계단을 내려가 중앙에 솟아 있는 석조탑 오벨리스크 앞쪽으로 걸음을 옮겼다.

탑의 중앙에는 세르반테스의 동상이 여전히 위엄 있게 그 자리를 지키고 있었다. 또 그 아래에 있는 애마 로시난테를 타고 있는 돈키호테와 산초의 동상도 씩씩한 그 모습에는 변함이 없었다. 저녁 6시가 되어가는 시간, 약간 풀이 죽어 아름다운 황금빛을 띠게 된 햇살이 세르반테스와 돈키호테의 얼굴 위로 떨어져 곧 그들이 살아 움직이기라도 할 듯 생동감 넘치게 보였다. 그리고 그 순간, 서반아 문학을 공부하는 문학도로서의 꿈을 안고 바로 그 자리에 서 있던 철없던 시절의 내가 떠올라 괜스레 가슴이 뭉클해져 왔다.

세르반테스의 나라, 돈키호테의 나라라는 이유로 무작정 찾았던 스페인. 십 년 가까운 시간이 흘렀음에도 그곳엔 아직 나의 젊디젊은 시절과 아름다운 꿈이 살아 숨쉬고 있는 듯했다. 해는 뉘엿뉘엿 그 자취를 감춰가는데 유난히 붉은 노을 위로 오래전 추억들이 새록새록 떠오르기 시작했다.

세네갈 거부가
호의를 베푼 까닭

순진무구하기 짝이 없던 그 시절의 나는 매일같이 강도가 더해지는 문화 충격으로 너무나 혼란스러웠다. 집주인 할머니의 잔소리도 견디기 힘들었고, 옆방의 프랑스 여대생 때문에 내 스페인어 발음에도 왠지 '숑숑숑' 하는 콧소리가 섞여 나는 것 같아 짜증이 났다. 스페인어로 무엇 하나 속 시원하게 설명할 수 없어 답답했고, 마음과 말이 통하는 친구다운 친구 하나 없이, 무조건 내 편이 되어주는 가족도 없이 호주 교환학생 기간까지 따지면 1년 넘게 방랑자처럼 떠돌아다니고 있는 내 현실이 너무 서글펐다.

서울에 비하면 그리 추운 날씨도 아닌데 마음이 불안하고 외로워서인지 한 번 걸린 감기는 좀처럼 떨어질 줄을 몰랐다. 한국 음식을 먹으면 좀 나을까 싶어 하루는 큰맘 먹고 마드리드의 한국 식당을 찾아가기도 했다. 하지만 눈물을 머금은 채 그 당시 돈으로 만 원도 넘는 거금을 주고 먹은 앙증맞은 크기의 비빔밥은 오히려 나의 향수병만 자극할 뿐이었다. 모든 것이 낯설고 불편해서 힘이 들었다. 호주에서의 공부만 마치고 집으로 돌아갈 것을 괜한 욕심을 냈나 싶어서 후회도 많이 되었다.

그렇게 내 마음이 마구 흔들리고 있던 어느 날, 한 선배로부터 매우 구미당기는 제안을 받았다.

"새로운 나라에 적응하는 일이 쉽지는 않지. 처음엔 다들 힘들어하더라. 그럴 땐 잠깐 머리를 식히고 오면 좀 나아질 거야. 어차피 내게는 쓸모없게 된 파리행 비행기표가 있는데, 너 줄까?"

심각한 향수병과 문화 충격으로 인해 스페인이란 나라에 대한 증오심과 거부감이 커져 가고 있던 차에 귀가 솔깃해졌다. 당장 어디로든 떠났다 오지 않으면 모든 걸 포기하고 아예 한국으로 돌아가게 될 것만 같았기 때문이다. 그렇게 되면 '멋지게 해내고 돌아오리라'고 내 스스로에게 했던 약속을 지키지 못했다는 자괴심과 패배감에 시달릴 것 같았다. 잠시 고민하던 나는 마침 파리 근교에서 유학 중이던 한 후배를 떠올리며 용기를 내 보기로 했다. '혹시 어려운 상황이 생기면 그 친구가 도움을 줄 수 있지 않을까. 그래 일단 가보는 거야.'

파리로 가는 비행기 안에서 나는 창문에 머리를 박은 채 비행기가 이륙하는 것도 모르고 곯아떨어졌다. 잠에서 깨어보니 내 옆자리에는 한 중년의 흑인 신사가 앉아 있었다. 베이지색 양복 때문에 피부색이 더욱 검게 보이던 그가 두툼한 입술을 움직여 가며 중후한 목소리로 내게 물었다.

"아가씨, 왠지 많이 아파 보이고 슬퍼 보이네. 아가씨처럼 젊은 사람이 그렇게 몸도 마음도 지쳐 보이는 데는 분명 무슨 이유가 있을 것 같은데, 왜 그런지 물어봐도 될까?"

참 이상하게도 때로는 낯선 사람에게 오히려 더 편안하고 솔직하게 내 개인적인 이야기들을 하게 될 때가 있다. 그날도 그랬다. 정곡을 찌르는 그의 질문에 난 기다렸다는 듯 쌓였던 이야기들을 마구 풀어놓았다. 넋두리에 가까운 내 이야기를 열심히 들어주던 흑인 신사는 내게 한 가지 제안을 했다. 숙소를 이미 정한 것이 아니라면 자기가 묵는 호텔에 나를 위한 방을 하나 잡아주겠다는 것이었다. 처음엔 내 귀를 의심하며 극구 사양했지만 어차피 넉넉한 여비도, 마땅히 갈 곳도 없던 나는 결국 그를 따라가기로 마음먹었다.

잠시 후 우리가 탄 비행기는 파리 샤를 드골 공항에 착륙했고 공항 청사를 나서자, 그를 마중 나온 기사가 리무진을 대기시켜 놓고 있었다. 리무진은 곧장 그가 머무는 호텔로 향했고 그는 부담 갖지 말라며 방을 하나 잡아주고는 어느새 빠른 걸음으로 사라져 버렸다.

벨보이의 안내를 받아 정말 얼떨결에 그가 잡아준 방에 들어가 침대 위에 털썩 주저앉은 순간 갑자기 정신이 번쩍 들었다. '잠깐, 대체 내가 지금 무슨 짓을 하고 있는 거지? 그 아저씨가 아무런 이유 없이 이런 호의를 베풀 리는 없잖아? 내가 미쳤지, 완전 미쳤어. 어쩌다가 여기까지 왔을까?' 더 이상 생각할 것도 없이 반사적으로 가방을 들고 방을 나서려는데 누군가 노크를 했다.

그 사람이 온 것임에 틀림없었다. '아뿔싸, 한 발 늦었구나. 어쩔 수 없지.' 나는 무슨 핑계를 대고서라도 삼십육계 줄행랑을 칠 만반의 태세를 갖추고 문을 열었다. 그런데 뜻밖에도 그는 혼자가 아니었다. 그의 곁에는 내 평생 본 중 가장 아름다운 흑인 여인이 그의 품에 안긴 채 환한 미소를 지으며 서 있었다.

잠시나마 그를 의심한 것이 미안해진 나는 서둘러 표정을 바꿔 반갑게 인사를 했고 그는 아름다운 그의 아내를 내게 소개해 주었다. 그날 나는 그들이 초대받은 파티에 따라가 저녁을 먹었다. 갈수록 이해되지 않는 상황투성이였다. 하지만 그는 그저 편한 마음으로 자기가 해주는 것들을 받기만 하면 된다는 말을 반복할 뿐이었다.

다음 날 아침 막 잠에서 깨어 비몽사몽 중일 때 방에 있는 전화가 울렸다.

"봉주르 마드모아젤? 프론트 데스크입니다. 미스터 디엥께서 손님을 위해 특별히 택시 한 대를 대절해 두셨습니다. 준비가 되는 대로 내려오시면 파리 시내 어디든 가고 싶은 곳에 모셔다드릴 겁니다."

혹시 내가 아직 꿈을 꾸고 있는 건 아닌가 싶어 볼을 꼬집어 보았다. '분명 꿈은 아닌데…….' 믿기지 않는 일들은 그 전날로 끝난 것이 아니었다.

나는 친절한 흑인 신사가 대절해 준 택시를 타고 파리 시내 이곳저곳을 다니며 시간을 보내다 밤이면 부부의 저녁 모임에 따라가 식사를 하고 그들과 함께 호텔로 돌아와 그가 마련해 준 방에서 잠을 청했다. 그렇게 지내기를 3일, 덕분에 잘 먹고 잘 쉬고 편하게 여행을 해서인지 마음도 편해지고 감기도 많이 나았다. 더 이상은 신세를 질 수 없어 후배의 집에 머물기 위해 파리를 떠나기로 한 날, 미스터 디엥은 기차역까지 따라와 나를 배웅해 주었다. 헤어져야 하는 순간 그에게 꼭 물어보고 싶은 것이 있었다.

"3일 내내 곰곰 생각해 봤는데 도무지 알 수가 없네요. 아저씨가 부자인 것도 알겠고 좋은 분인 것도 알겠지만 그렇다고 해서 처음 보는 사람한테 이렇게 큰 호의를 베푼다는 건 언뜻 이해가 잘 안되거든요. 이런 질문을 하면 제가 고마움도 모르는 무례한 아이처럼 보일지 모르지만, 도대체 왜 저에게 이렇게 잘해 주신 건가요?"

그는 마치 내가 그런 질문을 하게 될 것을 이미 알고 있었다는 듯 두 눈을 지그시 감고 고개를 끄덕이며 내 말을 듣더니 이내 진지한 표정으로 말을 시작했다.

"음…… 난 말이지, 돈이 아주 많은 사람이란다. 사업에서 큰 성공을 거두었지. 그런데 난 사실 세네갈의 작은 시골 마을에서 무척 가난한 집안의 아들로 태어났다. 제대로 먹지도 입지도 못하는 내게 공부를 한다는 건 매우 사치스런 일이었지만 꽤 총명하고 꿈도 많은 아이였지.

어려운 환경을 딛고 꿈을 이루기 위해 발버둥 칠 때마다 내게는 참 힘겨운 순간들이 찾아오곤 했는데 그때마다 누군가가 나타나 아무런 조건 없이

2005년 여름, 10년 만에 다시 찾은 파리,
그곳에 미스터 디엥은 없었지만, 내 마음속의 미스터 디엥은 언제나 나와 함께한다.

내게 호의를 베풀고 용기를 주곤 했단다. 그런 사람들이 없었더라면 지금의 나는 없었을 거야.

그래서 나도 언젠가 성공을 하면 젊은 시절 나와 같은 사람들에게 무언가를 베풀어 주어야겠다고 결심했거든. 그리고 며칠 전 비행기 안에서 만난 너에게서 그 모습을 보았다. 꿈을 향해 가고 있는 젊은이가 좌절하고 절망하도록 내버려 둘 수는 없지. 마음속에 꿈을 간직한 젊은 사람은 아무런 조건 없는 호의를 받을 자격이 있는 거란다.

아무리 힘들어도 그렇게 희망이 없는 얼굴을 해서는 안 되는 법이다. 무엇이 너를 그리 괴롭고 힘들게 했는지 내가 다 알 수는 없지만, 여기서 포기하지 않고 다시 힘을 낼 수 있도록 하는데 내가 조금이라도 도움이 되었기를 바란다."

언젠가 꼭 신세를 갚고 싶다고 말하는 내게 그는 자기한테 무언가를 돌려줄 생각 말고 내가 그의 나이가 되었을 때 또 다른 젊은 누군가가 꿈을 향해 가는 길을 도와줄 수 있는 사람이 되어 있길 바란다고 했다.

한겨울의 파리 기차역, 기차에 오르기 위해 바쁜 걸음을 옮기는 수많은 사람들 사이에서 난 그와 말없이 긴 포옹을 나눴다. "Thank you, Mr. Dieng, Thank you……." 눈에 가득한 눈물 때문에 형체가 또렷하지 않은 그의 뒷모습이 완전히 사라질 때까지 내가 혼자 되뇌고 또 되뇌인 말이다. 고맙다는 말로는 충분하지 않은 듯 싶었지만 지금 와 생각해 봐도 고맙다는 말 외에 내가 더 할 수 있는 말은 없었던 것 같다.

생각하면 할수록 참 신기한 일이 아닐 수 없다. 그는 절망적인 순간에 내 앞에 나타나 거짓말처럼 아무 조건 없이 많은 것을 주고 사라져 버렸다. 그와의 약속을 지키기 위해서라도 그대로 주저앉을 수는 없었다. 미스터 디엥을 만난 파리 여행 덕분에 다시 일어설 용기와 힘을 얻은 나는 며칠 후 마드리드로 돌아왔을 때 완전히 다른 사람이 되어 있었다. 새로운 마음가짐으로 세상을 보니 미처 보지 못했던 희망과 행복이 눈에 들어오기 시작했고, 심지어 서서히 스페인을 사랑하게 되었다.

미스터 디엥과의 짧은 만남을 통해 나는 알게 되었다. 꿈을 향해 가는 길에는 항상 고통이 따르고 고난의 순간들이 있게 마련이지만 포기하지 않고 끝까지 노력한다면 반드시 그 꿈을 이룰 수 있다는 소중한 사실을. 그리고 그가 내게 그랬듯, 나도 언젠가 꿈을 가진 젊은이의 수호천사가 돼 주고 싶다는 새로운 꿈을 갖게 되었다. 절망하던 내가 새롭게 용기를 낼 수 있게 해준 나의 미스터 디엥, 그는 지금쯤 어디에 있을까? 언젠가 나는 그를 다시 만날 수 있을까?

스페인 사람들의
우울증 특효약

다시 찾은 마드리드에서의 나의 일상은 9년 전과 마찬가지로 마요르 광장 plaza mayor, 플라사 마요르, 메인 광장이라는 뜻으로 스페인의 각 도시에는 마요르 광장이 있다 이주 무대였다. 그날도 일단 산책 겸 집을 나서 에스파냐 광장을 뒤로 하고 그란비아를 따라 걸었다. 그란비아의 오르막길 끝에서 솔 광장 쪽으로 방향을 틀기 전, 교차로 한편에 있는 가판대에서 그날의 뉴스와 각종 공연 소식을 살피기 위해 신문을 사는 일은 거의 습관이 되다시피 한 일이었다. 어느새 솔 광장과 크고 작은 상점들이 모여 있는 골목을 지나고, 눈부신 햇빛을 가득 담고 있는 직사각형 모양의 광장에 다다랐다. 과거에는 투우와 사형 집행, 엄숙한 종교재판이 열렸던 역사적인 장소였지만 지금은 마드리드

마드리드의 마요르 광장.
스페인의 도시는 대부분 마요르 광장을 중심으로 형성되었다.
과거에는 모든 도시 생활이 그 안에서 이루어졌으며 투우장으로 쓰이던 곳도 많았다.
그중에서도 마드리드의 마요르 광장은 스페인의 중심 중의 중심으로 남다른 의미를 지닌다.

시민들이 한가로이 햇살을 즐기는 장소가 된 그곳은 마요르 광장이었다.

　태양의 나라 스페인, 그중에서도 바다와 접해 있지 않은 마드리드에서 그 태양을 제대로 즐기려면 광장으로 나가야 한다. 스페인 사람들은 웬만한 햇빛은 양산이나 모자로 가리지 않는다. 아니, 오히려 해가 비치는 쪽을 따라다니며 그 따스함을 즐긴다. 아무래도 스페인 사람들은 그런 방식으로 식물처럼 광합성 작용을 하는 것 같다. 식물이 햇빛과 이산화탄소를 빨아들여 산소와 에너지를 만들어 내는 것처럼 지나간 일이나 우울한 일은 모두 햇볕에 태워 날려버리고 기분 좋은 생각과 유쾌한 웃음으로 자신을 채우는 '인간 광합성 작용'. 나도 스페인에 머무는 동안 열심히 '인간 광합성 작용'을 해서 그동안 쌓였던 스트레스를 몽땅 긍정의 기운으로 바꿀 수 있길 바랐다. '자, 그럼, 오늘도 광합성 작용 좀 해볼까?' 광장 안으로 들어선 나는 진한 오렌지색 파라솔이 줄지어 있는 한 노천카페 쪽으로 걸음을 옮겼다. 광장을 둘러싸고 사방에 자리하고 있는 노천카페들 중 오전 시간에 차를 마시기에는 그곳이 안성맞춤이었다. 광장 중앙의 펠리페 3세 기마상이 정면으로 보이는 빈 테이블에 자리를 잡고 정해진 코스처럼 카페 꼰 레체 café con leche, 우유를 탄 커피 를 한 잔 주문했다.

　예전에 마드리드에 살 때는 친구들과 종종 마요르 광장 한편에 위치한 꾸에바라는 이름의 '메손 mesón, 전통 음식과 술을 파는 주점 형태의 식당'을 찾곤 했었다. 꾸에바는 와인을 저장하는 창고로 쓰이던 지하 동굴을 개조해 우리의 민속 주점처럼 꾸민 곳으로, 그곳에서 우리는 각종 따빠스 tapas, 얇게 썬 바게트 위에

뚜나의 기원은 8세기로 거슬러 올라간다. 요즘도 각 대학이나 지역별로 뚜나가 있으며,
주말 저녁 민속주점에서 가끔 운 좋게 그들을 만날 수 있다.

안초비나 버섯, 하몽 등을 얹어 한입에 먹을 수 있도록 만든 술안주로 저녁을 대신하고 스페인
의 전통 술인 상그리아를 마셨다. 상그리아는 '하라'라고 하는 큰 유리병
에 가득 담겨 나왔는데 일단 그 안에 들어 있는 레몬과 각종 과일, 설탕이
잘 녹아들도록 나무 주걱으로 휘휘 저은 다음 각자의 작은 잔에 따라 마셨
다. 특히 나는 주말 밤이면 어김없이 메손을 찾았던 뚜나를 손꼽아 기다리
곤 했었다. 검은색 전통 의상을 차려입고 기타를 연주하며 노래를 불러주
는 뚜나에게 메손에 있던 모든 사람들은 열렬한 박수와 함께 술을 권했고
그러면 뚜나는 더욱 신나게 기타를 연주하며 흥을 돋우었다. '분위기에 취
하고 상그리아에 취하고 깊어지는 우리의 우정에 취하던 밤들……. 그때의

그 친구들은 지금쯤 어디에서 어떻게 살고 있을까?'

순간 어디선가 들려오는 아코디언 소리에 정신이 번쩍 들었다. 추억에 잠겨 이런저런 생각을 하고 있던 사이 광장 안에는 거리의 악사들이 여럿 자리를 잡았고 노천 테이블에도 빈자리가 없을 정도로 사람들이 모여들었다. 나는 발걸음을 재촉해 광장을 가로질러 옛 친구들과 함께 찾았던 추억 속의 메손 꾸에바를 지나 왕궁 쪽으로 이어지는 길로 들어섰다. 모처럼 함께 연수를 받고 있는 동료들과 방송사 직원들을 만나 점심을 먹기로 한 시간이 다 되어가고 있었다.

우리가 식사를 하기로 한 장소인 '까사 보띤'은 관광객이 많은 성수기에는 적어도 몇 주 전에 예약을 하지 않으면 식사가 불가능할 정도로 유명한 식당이다. 그 유명세에 걸맞지 않게 아담하고 소박한 장식의 문 앞에 도착하자 웨이터가 기다렸다는 듯 문을 열며 반겨주었고, 방송국 동료들은 이미 그곳에서 나를 기다리고 있었다. 우리는 예약을 했음에도 불구하고 비좁은 입구 옆에 마련된 자리에서 잠시 순서를 기다려야 했다. 그때 나의 눈길을 끄는 것이 있었다. 나는 식당의 역사를 설명해 놓은 안내서가 수북하게 쌓여 있는 속에서 기념으로 가져갈 수 있도록 종이에 프린트한 독특한 형식의 메뉴를 집어 들었다.

'저희 까사 보띤은 1725년에 문을 연 식당입니다. 세계에서 가장 오래된 음식점으로 기네스북에도 올라 있으며 스페인을 사랑하고 투우에 열광했던 미국의 대문호 어니스트 헤밍웨이도 자주 찾았던 곳입니다…….' 얼마

지나지 않아 우리 차례가 되었다. 운 좋게도 식당을 찾는 사람들 사이에서 가장 인기가 좋다는 지하층의 명당자리에 앉게 되었다. 고개를 숙이고 조심스레 발을 디디며 둥글게 꼬여있는 비좁은 계단 아래로 내려갔다. 그곳에는 뚱뚱한 체격의 대머리 웨이터가 우리를 안내하기 위해 기다리고 있었다. 처음 식당 문을 열었을 적인 18세기 인테리어를 그대로 보존하고 있다더니, 웬만한 사람은 잔뜩 웅크리고 들어가야 할 만큼 천장이 낮고 테이블은 낡아 있었다. 어쩌면 헤밍웨이도 바로 그 자리에 앉아 식사를 했을지 모르겠단 생각에 묘한 기분이 들었다. 메뉴에는 수없이 많은 음식 이름이 적혀 있었지만, 그곳을 찾는 사람들이 주문하는 것은 거의 정해져 있었다. 우리 역시 꼬치니요 cochinillo, 원래는 성탄절 음식, 3~4kg 정도의 새끼 돼지를 올리브오일과 각종 허브, 화이트 와인 등을 넣고 오븐에 구워 내는 세고비아의 전통 요리 를 먹을 수 있는 세트 요리와 맛 좋은 리오하산 레드 와인 한 병을 주문했다.

스페인 방송사 직원들도 맛있게 먹기는 마찬가지였지만 특히 연수를 받기 위해 스페인을 찾은 나를 비롯한 외국인들은 둘이 먹다 하나가 죽어도 모를 맛이라며 혀를 내둘렀다. 물론 기막힌 맛임에는 틀림없지만 약간은 뻑뻑하게 느껴지기도 하는 그 요리를 입 안에서 살살 녹게 만드는 것은 함께 곁들여 마시는 와인의 힘이었다. 붉은 와인이 더해질 때마다 한결 부드럽게 씹히는 돼지고기 살과 그 안에 스며 있는 소스의 맛, 약간은 어두운 듯한 조명 덕에 더욱 운치 있던 천장 낮은 까사 보띤과 그 안에 잔잔히 울려 퍼지던 우리들의 웃음소리……. 전혀 낯설지 않은 그 분위기. 수년 전, 까사 보띤의

까사 보띤에서의 행복한 한때. 그 시간이 내게 선사해 준 행복의 깊이를
나도 사진을 보고서야 알 수 있었다. 역시 사람이나 행복은 감출 수가 없나 보다.

낮은 천장과 동굴 속 같은 실내장식을 쏙 빼닮은 꾸에바라는 메손에서 함께
상그리아를 마시며 밤을 지새던 친구들의 모습이 다시금 하나 둘 떠올랐다.

바로 그때 앞자리에 앉아 있던 동료가 와인병을 들어 빈 잔을 채우는데
병에 붙어 있는 상표가 눈에 들어왔다. '라 리오하, 그란 레세르바, 1995년
산' 내가 스페인에 살았던 바로 그해, 리오하 지방에서 만들어진 와인이었
다. 방송국 직원들의 수다와 웃음소리가 갑자기 다른 테이블의 소음처럼 멀
어지면서 내 마음은 또다시 9년 전의 추억 속으로 떠나고 있었다.

라파엘,
다운증후군을 앓는 천사

라파엘은 성경에 나오는 천사의 이름이다. 1995년 가을 스페인에서 나는 살아 있는 천사를 만났고 그의 이름도 라파엘이었다.

학창 시절 스페인에 머물렀을 때 우여곡절 끝에 내가 정착해 살게 된 마드리드의 아파트는 마치 영화 〈스페니쉬 아파트먼트〉 Spanish apartment, 스페인에 교환학생으로 오게 된 한 프랑스 남학생이 다국적 멤버들로 가득한 학생 아파트에서 겪는 에피소드를 그린 영화 에 나오는 집과 같았다. 스페인의 각 지역에서 모여든 대학생들과 슈퍼마켓 직원으로 일하던 씩씩한 여자친구, 독일에서 온 교환학생, 그리고 저 멀리 아시아의 이름도 낯선 나라 한국에서 온 나까지 우리 8명은 그 비좁고 허름한 아파트에서 날마다 웃고 울고 때로는 다투기도 하면서 인생의 아름다운 한때를 함께 보냈다. 봄이 시작될 때부터 그 집에서 살기 시작해 여름을 보내고 스페인을 떠날 때가 다가왔을 즈음, 나는 함께 살던 친구들 몇몇과 함께 그들의 고향으로 여행을 가게 되었다. 그곳은 리오하 지방의 수도 로그로뇨라는 곳이었는데 그곳에서는 매년 9월 말 추수감사절 축제에 해당하는 포도 축제, '산 마테오'가 열렸다. 축제 기간에 맞춰 그곳을 찾은 우리들은 에두아르도라는 친구의 집에 머물게 되었고 그에게는 라파엘이라는 형이 있었다.

에두아르도의 집에 도착해 별생각 없이 부모님과 인사를 하고 거실에서 이야기를 나누던 우리는 라파엘을 처음 보았을 때 적지 않게 놀랄 수밖에 없었다. 라파엘은 다운증후군을 앓고 있었는데 에두아르도는 한 번도 그것에 대해 언급한 적이 없었기 때문이다.

학교에 다녀오는 길이라던 라파엘은 오랜만에 동생을 볼 수 있다는 생각에 잔뜩 흥분을 해서는 집안으로 들어서자마자 기쁨의 눈물을 글썽였다. 허리춤까지 높이 추켜 입은 청바지와 짙은 감색 폴로셔츠를 입고 목에는 커다란 열쇠를 굵은 운동화 줄에 끼워 건 채로 라파엘은 에두아르도를 힘껏 안으며 어린아이처럼 기뻐했다

오랜만에 사랑하는 동생을 만난 기쁨과 낯선 동생의 친구들을 보게 된 데 대한 놀라움에 혼란스러워하던 라파엘이 나처럼 특이한(?) 외모의 동양인을 보고 더욱 당황하지 않을까라고 걱정했던 것은 나만의 기우에 불과했다. 당시 동양인을 처음 보다시피 했던 그 마을 사람들 대부분은 노골적으로

호기심 어린 시선을 보내기 일쑤였고 에두아르도의 부모님은 나에 대해 묻는 사람들 사이에서 갑자기 유명 인사가 되었지만, 유일하게 나를 특별하게 대하지 않는 사람은 라파엘이었다. 라파엘에게 있어 나는 그저 새롭게 알게 된 한 명의 친구, 그 이상도 그 이하도 아니었다.

에두아르도의 가족과 아침 산책을 나갔던 어느 날이었다. 이른 시간임에도 축제 기간답게, 마을은 올리브와 마티니 한 잔으로 입맛을 돋우기 위해 동네 술집들을 돌며 수다를 떠는 사람들로 북적였다. 산책을 마치고 집으로 돌아가는 길에는 모두가 화장실이 급해져 발걸음을 서두르게 되었는데 막상 집 앞에 도착을 하고 나니 에두아르도의 가족은 라파엘이 문을 열기만을 기다리며 잠자코 서 있었다.

라파엘은 목에 걸고 있던 열쇠를 문고리의 열쇠 구멍에 꽂으려 애를 썼지만, 도무지 뜻대로 되지 않는 듯했다. 그냥 아무나 열쇠를 대신 꺼내 열거나 라파엘을 도와주면 될 것을 가족들 중 어느 누구도 그럴 생각을 않고 "라파엘, 너는 할 수 있어"라는 말만 되풀이했다. 다들 급하다더니 대체 왜들 그러고 있는지 답답하다는 생각을 하고 있는데 드디어 라파엘이 문을 여는 데 성공했다. 그러자 라파엘의 부모님은 기다렸다는 듯이 라파엘에게 키스를 해주며 "역시 너는 최고야~ 너는 대단해! 우리 라파엘, 잘했다. 사랑해~"라는 말을 해주었다.

나중에 알게 된 사실이지만 라파엘의 부모님은 라파엘이 스스로 가장 잘한다고 생각하는 두 가지 일, 현관문을 여는 일과 폴라로이드 사진을 찍는 일은 어떤 일이 있어도 라파엘에게 맡겨 두었다. 그리고는 라파엘이 문을 열거나 사진을 찍고 나면 그가 마치 올림픽 금메달이라도 딴 것처럼 기뻐하고 칭찬해 주었다. 물론 한 번도 쉽게 문을 여는 적이 없었고 사진이 제대로 나오는 일이 드물었지만, 라파엘은 매일 반복되는 그 두 가지 일로 인해 자신이 매우 특별하고 사랑받는 사람이라는 확신을 가지고 행복하게 살아가고 있었다. 그러니 처음 만났던 날, 라파엘이 목에 걸고 있던 그 열쇠는 현관문을 여는 열쇠가 아닌 날마다 그의 행복을 여는 열쇠였던 것이다.

  우리는 그날뿐만 아니라 거의 매일 아침 마티니 산책을 나갔다. 동양인이 드물었던 그 작은 도시에서 웬 아시아 여자가 다운증후군 청년과 아침마다 마티니를 마시러 다닌다는 사실은 순식간에 큰 화젯거리가 되었고 많은 사람들이 나를 궁금해하는 지경에 이르렀다.

어느 날 우리는 라파엘의 친구들을 우연히 마주치게 되었는데 모두가 다운증후군이나 지적장애를 앓고 있는 특수학교 학생들이었다. 그들은 동양의 신비로운 나라에서 온 여자아이에게 선뜻 용기 내어 다가서지 못하고 눈치만 보고 있었다. 라파엘은 그 뜻밖의 상황에 쭈뼛쭈뼛하면서도 내게 친구들을 소개해 주었는데 나는 그 친구들 한 명 한 명의 볼에 베시또 besito, 스페인의 인사법으로 서로의 볼에 가벼운 키스를 하는 것 를 해주며 인사를 나누었다. 그리고 다음 날, 라파엘은 그 일로 학교에서 일약 스타가 되었다. 저 멀리 꼬레아 Corea, 한국을 이르는 스페인어 단어. 남한은 Corea del sur 꼬레아 델 수르 에서 온 라파엘의 여자친구가 아무 거리낌 없이 베시또를 해주었다는 이유로 친구들이 자기를 진정한 영웅이라 부르며 자랑스러워했다는 것이었다.

학교에서 돌아온 라파엘은 감격에 겨워 연신 땀을 흘려가며 그 이야기를 하고 또 했다. 난 단지 라파엘의 친구들이기 때문에 반갑게 인사해 주었을 뿐이었는데 그 일은 우리 관계에 일대 변화를 가져왔다. 스페인어에 서툴렀던 한국의 여대생과 스물아홉의 나이에 열 살의 정신연령을 가지고 말이 어눌했던 스페인 다운증후군 청년 라파엘. 제대로 된 의사소통이 어려울 것으로 보이던 우리 두 사람은 정말 마음이 잘 통하는 친구가 되었고 본격적으로 시작된 산 마테오 축제와 함께 우정도 무르익었다. 우리는 날마다 마을 사람들이 맨발로 포도를 밟는 행사가 열렸던 에스폴론 광장 근처 구시가지 구석구석을 함께 누비며 각종 와인을 맛보았고, 나는 가는 곳마다 그곳을 처음 찾은 동양인이라는 이유로 극빈 대접을 받았다. 술집 주인들은 너 나 할 것 없이 내게 사진을 찍어 달라, 벽에 한글로 이름을 남겨 달라 부탁을 했고 그 사진 속에는 모두 라파엘의 모습이, 또 그 낙서에는 라파엘의 이름이 함께 남겨졌다.

라파엘은 날마다 눈만 뜨면 나를 찾아와 "너는 나의 가장 좋은 친구야, 맞지?"라는 다짐을 했고 산책을 할 때도 꼭 내 손을 잡고 걷기를 원했다. 축제의 마지막 밤에는 모두가 강가의 잔디밭에 자리를 잡고 누워 하늘 가득 터지는 불꽃놀이를 즐겼다. 그리 길지 않은 시간이었지만 마치 영원과도 같이 느껴졌던 그때, 그 여름밤 강가에서 눈부시게 쏟아지던 수많은 불꽃을 바라볼 때도 내 곁에는 라파엘이 있었다. 행복한 미소를 짓고 "미나, 너는 나의 가장 좋은 친구야"라는 말을 반복하면서…….

축제가 끝나고 이별의 순간을 눈앞에 두고 있던 날, 늘 착한 아이처럼 굴던 라파엘이 큰소리를 내며 투정을 부렸다. 헤어지는 것이 두려워 내 얼굴 보기를 아침 내내 외면하며 딴소리만 하는 라파엘 대신 라파엘의 엄마가 내게 선물 꾸러미를 내밀었다. 그 안에는 나무 조각을 엮어 만든 팔찌 하나와 낡은 청치마 하나가 들어 있었다. 라파엘은 3일 밤을 새워 나에게 줄 나무 팔찌를 만들었고, 라파엘의 엄마는 라파엘이 어릴 적 입었던 낡은 청바지를 잘라 미니스커트를 만들었다.

하염없이 눈물이 흘렀다. 밤새 나무 조각을 만지작거리며 나와의 헤어짐을 아쉬워했을 라파엘을 생각하니 그 팔찌를 차마 손에서 놓을 수가 없었다. 라파엘도 울고 나도 울고……. 우리 중 어느 누구도 다시 만날 기약 없는 그 이별의 순간을 어떻게 맞아야 하는지를 알지 못했다. 내가 라파엘에게 선물하기 위해 동양화가 그려진 부채를 꺼내 들자 라파엘은 더욱 큰소리를 내어 울기 시작했다. 나는 부채 위에 '뿐또 이 세기도'라는 스페인 속담을 적어주며 말했다.

"라파엘, 이것 봐. 뿐또 이 세기도, 이 말은 끝은 곧 또 다른 시작이란 뜻이야. 헤어짐은 곧 또 다른 만남을 의미한다는 거지. 우리가 이렇게 헤어지는 것은 사실 이별이 아니라 다시 만날 약속을 하는 것과 같아. 그러니까 너무 슬퍼하지 마. 내가 너의 가장 좋은 친구인 거 맞지? 그런 것처럼 너도 나의 가장 좋은 친구란다, 라파엘~."

거짓말처럼 라파엘의 얼굴에 웃음이 번졌다. 갑자기 신이 난 라파엘은 폴라로이드 카메라를 꺼내 와 사진을 찍었고 우리는 비로소 우리의 마지막 식사를 함께할 수 있었다. "뿐또 이 세기도!" 라파엘은 밥을 먹기 시작할 때부터 기차역에서 마지막 포옹을 하던 순간까지 활짝 웃는 얼굴로 계속 그 말을 반복했다. 하지만 끝인사를 하고 발걸음을 옮기다 뒤를 돌아보았을 때 라파엘의 얼굴은 또다시 눈물로 범벅이 되어 있었다.

남과 다른 것은 잘못된 것이 아니라 오히려 특별한 것이다. 하느님이 더 많이 사랑하시는 사람이기 때문에 남과 다른 특별히 맑은 영혼을 주신 것이라며 뜨거운 사랑으로 라파엘을 키운 그의 부모님, 그리고 그들의 바람대로 인간의 마음에서 악한 부분은 모두 걸러내고 순수함과 진실함, 따뜻함만을 간직한 채 살아가는 천사 같은 라파엘, 1주일간의 리오하 여행에서 만난 그들은 덕분에 진실한 사랑을 준다는 것, 그리고 온 마음을 열어 한 사람을 받아들이는 일의 의미가 무엇인지 조금은 더 알게 되었다.

까사 보핀에서 식사를 했던 다음 날 나는 꼭 9년 만에 내 친구이자 라파엘의 동생인 에두아르도를 다시 만났다. 라파엘의 안부를 묻는 내게 그는 라파엘이 여전히 잘 지내고 있다고 말했지만, 라파엘을 보고 싶다는 나의 부탁은 거절했다. 섭섭한 마음이 들어 그 이유를 물었다.

"라파엘은 네가 떠난 후로 하루도 빠짐없이 네 이야기를 했어. 헤어짐은 곧 또 다른 만남이라는 말을 반복하면서. 다른 사람들이 이제 미나는 오지 않을 거라고 말할 때미다 불같이 화를 냈지. 미나가 분명히 곧 다시 만날 거

헤어지던 날, 식사를 마치고.
라파엘의 폴라로이드 카메라로 에두아르도가 찍어준 사진.
나를 한국 딸이라 부르며 예뻐해 주셨던 라파엘의 아버지는 몇 년 전 세상을 떠났고
나는 라파엘을 다시 볼 수 없게 되었다.
하지만 내 평생 가장 잊지 못할 사람들이 있다면 바로 그들일 것이다.

라 약속했는데 왜 그런 소리를 하냐며 한 번도 그 사실을 의심하지 않았어. 하지만 그게 벌써 거의 10년 전이잖아. 이제 겨우 너의 존재를 잊었는데 이제 와서 네가 라파엘을 다시 만나면 라파엘은 또 다른 10년을 너를 기다리며 보내게 될지 몰라. 우리 모두는 그 약속을 곧 잊었지만, 라파엘은 그 약속을 포기하는 데 10년이라는 시간이 걸렸단다."

너무나 미안하고 후회스러워 가슴이 찢어지는 것만 같았다. 라파엘은 10년이라는 시간 동안 나를 그리워하며 우리의 약속을 변함없이 굳게 믿어주었는데, 나는 사는 게 바쁘다는 이유로 라파엘과의 약속을 지키지 못했고 살아 있는 천사를 다시 만날 수 있는 기회를 잃었다. '미안하다 라파엘, 정말 미안해…….' 난 결국 펑펑 눈물을 쏟고 말았고 그런 내 모습이 안쓰러웠는지 친구는 날 위로하듯 말했다.

"어쩌면 라파엘은 아직도 마음 속으로 네가 오길 기다리고 있을지 몰라. 하지만 그에게 기약 없는 약속으로 또 다시 거짓 희망을 안겨주는 건 너의 욕심일 거야. 라파엘의 그런 조건 없는 사랑과 절대적인 믿음을 우리 같은 사람들이 이해하기는 힘들지. 하지만 그거 아니? 우리는 라파엘을 이해 못해도 신기하게 라파엘은 우리 마음속까지 다 헤아리고 있다는 거……." 에두아르도의 말이 옳았다. 라파엘이기에 다시는 만날 수 없다 해도 내 마음을 이미 알고 있을 것이 분명했다.

'라파엘, 알지? 넌 여전히 나의 가장 좋은 친구야. 너같이 특별한 사람을 알게 한 나의 운명에, 그리고 내 친구가 되어준 너에게 정말 감사해. 나도 실은 너와의 약속을 잊은 적이 없었는데… 그것만은 믿어주렴. 언제 어디에서라도 행복하길 바랄게. 너를 만난 건 행운이었어, 고맙다 라파엘. 진심으로, 아주 많이…….'

하늘과 맞닿은 도시
톨레도

'A42 마드리드에서 톨레도 방향으로 뻗어 있는 스페인의 고속도로, 광활하게 펼쳐진 황갈색 평야를 달린다. 남쪽으로…… 과거 속으로……. 나는 지금 돈키호테를 만나러 간다.'

마드리드에서 자동차를 타고 1시간 반 정도 남서쪽을 향해 달리면 중세 이후로 시간이 멈추어 버린 신비의 도시 톨레도를 만날 수 있다. 마드리드를 출발한 지 약 한 시간, 끝없이 펼쳐진 황갈색 평원 위에 드문드문 서 있는 중세 시대 성들과 풍차, 땅에 닿을 듯 낮은 하늘에서 빛나는 태양, 차창 밖으로 언제라도 세르반테스의 소설 속 돈키호테가 애마 로시난테를 타고 지나가는 모습을 볼 수 있을 것만 같은 풍경이 펼쳐졌다. 스페인은 알면 알

수록 참 묘한 매력을 지녔다. 복잡한 역사만큼이나 다양한 인종과 문화가 섞여 있어 한 나라 안에 수많은 다른 나라가 존재하는 듯하면서도 유럽의 그 어느 나라와도 구별되는 독특한 자기만의 색깔이 있다. 하지만 그건 인종이나 문화뿐만이 아니다. 유럽에서 가장 산이 많은 나라 중 하나일 정도로 험한 지형에 우리의 5배 정도 되는 넓은 국토도 놀라울 정도로 다양한 얼굴을 지니고 있다.

그런데 아무리 취향이 확실한 사람이라도 스페인의 무엇이 가장 좋다거나 어디가 가장 아름답다고 말하기란 쉽지 않다. 유럽 사람들이 하는 말 중엔 이런 것이 있다. '평생 스페인만 봐도 스페인의 모든 것을 볼 수 없다. 그리고 평생 스페인만 본다 해도 질리지 않을 것이다.' 맞는 말이다. 봐도 봐도 질리기는커녕 더 좋아지고 평생에 걸쳐서라도 이 아름다운 나라를 구석구석 볼 수 있다면 좋겠다.

그중에서 과거 속에 머물고 있는 도시 톨레도가 위치해 있는 곳은 스페인의 중부, 카스티야 라만차 지방이다. 스페인의 대문호 세르반테스가 돈키호테를 탄생시킨 도시, 그리스 출신의 거장 화가 엘 그레코가 잠시 일을 하기 위해 왔다가 그 특별함에 매료되어 결국 생을 마감할 때까지 머물렀던 도시, 모든 것이 과거의 시간 속에서 멈춘 듯하지만, 돈키호테와 같은 소설 속의 인물조차도 시대를 초월해 실제로 살고 있을 것만 같은 도시, 그곳이 톨레도다.

어느 순간부터 톨레도가 가까워졌음을 알리는 푯말이 점점 더 자주 나타나더니 갑자기 길이 오른쪽으로 꺾이면서 좁아지고 저 멀리 정면에 중세 시대 톨레도를 둘러싸고 있던 성곽이 보이는 듯했다. 그러고는 순식간에 성문을 통과했고 오른편으로 톨레도 시내의 중앙 광장인 소코도베르 광장이 지나가는가 싶더니 이내 공영주차장이 보여 차를 세웠다. 어느 도시에나 있는 공영주차장이지만 과거 속에 머물고 있는 것 같은 그 도시에는 왠지 파란색의 현대적인 공영주차장 간판이 영 어울리지 않았다.

누군가는 그랬다. 톨레도는 하늘과 맞닿은 도시라고. 그 말이 맞았다. 운전을 하는 동안 오르막길을 지나온 기억은 전혀 없는데도 톨레도의 땅을 밟고 서 있으면 도시 밖의 모든 풍경이 발끝 저 아래로 펼쳐져 있고 구름은 손에 잡힐 듯했다.

1560년까지 스페인의 수도였던 톨레도는 수도가 마드리드로 옮겨간 이후 도시의 팽창과 변화가 완전히 정체되다시피 했기 때문에 그 안에 들어서는 순간 현대적인 느낌이라고는 눈 씻고도 찾아볼 수가 없는 곳이다. 중세의 시간 속으로 갔으니, 마차까지 타지는 않더라도 자동차를 버려두는 것은 필수였다.

가방을 뒤로 메고 걸음을 옮겼다. 톨레도에는 벌써 두 차례나 와보았지만 스페인에 갈 때마다 꼭 한 번씩 가기로 마음먹었을 뿐만 아니라, 전망 좋기로 유명한 톨레도의 파라도르는 아직 가보지 못한 터였다. 워낙 많은 관광객이 찾는 톨레도에서는 사실 지도도 짐이 될 뿐이었다. 도시가 작기도 하지만 볼거리로 가득하기 때문에 거리의 상점들과 세월을 머금은 건물들,

1 기념품으로 변신한 돈키호테와 산초 인형.
2 어느 상점 앞에 진열된 돈키호테와 함께.

사람이 겨우 하나 지나갈 듯 말 듯한 좁은 골목들을 구경하며 인파가 모여 있는 곳으로 발걸음을 옮기다 보면 큰 어려움 없이 가보고 싶은 곳을 다 둘러볼 수 있다.

주차장이 있는 곳을 출발해 톨레도 성당 쪽으로 난 골목들 사이를 걸었다. 거리에 즐비한 상점들에서는 하나같이 중세 기사들이 전투에 사용했을 법한 창검의 모형과 금세공을 이용한 기념품들을 팔고 있다. 전통적으로 금세공이 매우 발달한 데다 유럽 내에서도 손꼽히는 무기 생산의 근거지였기 때문이다. 물론 소설 돈키호테의 배경이 된 도시답게 기념품으로 변신한 돈키호테와 산초 또한 무수히 만날 수 있다. 쇼윈도 안을 들여다보다 문득 수백 년 전 파란만장한 삶을 살다 간 비운의 작가 세르반테스가 6만 명의 톨레도 시민들과 나아가 스페인 사람들 모두를 지금까지 먹여 살리고 있구나 하는 생각이 들었다.

그렇게 기념품 가게들을 구경하며 잠시 걷다 보니 어느새 톨레도 대성당에 다다랐다. 하늘을 찌를 듯 솟아 있는 고딕양식의 탑 아래로 무려 250년이 넘는 세월에 걸쳐 지어진 세기의 건축물이 햇살을 받아 눈부시게 빛나고 있었다. 톨레도 성당은 규모는 그다지 크지 않지만, 오랜 세월 동안 지어져 중세와 르네상스, 바로크 등 시대별 건축양식의 특징이 모두 녹아 있고 그 내부는 뛰어난 종교화들로 가득한 보물창고 같은 곳이다. 나는 성당 정문인 서쪽 문을 통과해 내부로 들어가 엘 그레코와 고야, 루벤스와 반 다이크 등의 그림들을 천천히 돌아보았다.

톨레도 대성당

성당을 둘러보고 나니 시간은 어느새 두 시에 가까워졌다. 점심 먹을 시간을 아끼기 위해 하몽과 치즈를 넣어 만든 스페인식 햄버거 '보카디요'를 사 들고 소코도베르 광장을 향해 걷기 시작했다. 중세풍의 건물들로 가득한 도시 곳곳에는 짙은 자줏빛 꽃이 만발한 가운데 바람도 적당히 불어 산책하기에는 그만이었다.

광장에 도착하니 매시간 정각마다 출발해 도시를 한 바퀴 도는 관광열차에 사람들이 올라타고 있었다. 그 열차를 놓치면 다시 한 시간을 기다려야 하기에 있는 힘을 다해 뛰었다. 일단 기차가 출발하면 시원하게 뚫린 도시 외곽의 평원에서 불어오는 바람을 맞을 수 있을 테니 땀을 좀 흘린다 해도 걱정은 없었다. 광장 한켠에서 출발한 기차는 절벽 위에 지어진 옛 왕족들의 별장 앞을 지나 시가지 꼭대기의 전망 탑이 있는 쪽을 향해 덜컹덜컹 달리기 시작했다. 외곽으로 벗어나자, 도시를 둘러 흐르는 따호 강 건너편으로 높이 솟아 있는 땅 위에 건설된 도시 전체가 마치 하나의 거대한 성처럼 우뚝 서 있는 것이 한눈에 들어왔다.

덜컹거리는 기차 소리와 따호 강에 얽힌 전설을 설명하는 안내원의 목소리가 머리에 닿을 듯 낮은 하늘 아래로 퍼지는 사이 기차 안의 사람들은 어느 누구도 입을 열지 않고 그저 경치를 감상하고 있었다. 모두가 숨 막히게 아름다운 풍광에 넋을 빼앗긴 채 수 세기 전 톨레도의 모습을 그려 보며 과거로의 시간여행을 즐기고 있는 듯했다.

기차에서 내려 이번에는 파라도르로 향하기 위해 다시 차에 올랐다. 파라도르는 옛 왕실의 사냥터 숙소였거나 수도원, 성, 혹은 기타 유적지였던 것을 현대적인 호텔로 개조한 것으로 대개 역사적인 유적지가 있는 도시의 가장 전망 좋은 곳에 위치해 있다. 그중에서도 주변 경관이 빼어난 것으로 유명한 톨레도의 파라도르는 언젠가 꼭 가봐야겠다고 생각했던 곳이었다. 차를 타고 푯말을 따라 구비구비 좁은 언덕길을 10여 분 달려 드디어 파라도르에 도착했다. 근사하게 생긴 성이라고만 생각하며 실내로 들어갔는데 로비를 통과해 건물 반대편 발코니로 나간 순간 눈앞에 펼쳐진 경치는 실로 놀라웠다. 옅은 벽돌색을 띠고 있는 톨레도 시 전체의 모습이 중앙에 높이 솟은 대성당 주변으로 그림처럼 펼쳐져 있었고, 그 아래에는 짙은 에메랄드빛의 따호 강이 보석처럼 빛나며 흘렀다. 아찔하도록 아름다운 그 모습에 눈물이 핑 돌았다. '이걸 안 보고 갔으면 어쩔 뻔했나⋯⋯.' 발코니

맨 앞줄에 있는 테이블에 자리를 잡고 앉았다. 눈으로는 황홀경을 만끽하면서 가슴 깊이 숨을 들이마셔 보았다. 물감으로 칠해 놓은 듯 파란 하늘에 그림처럼 떠 있는 구름과 같이 내 몸이 두둥실 떠오르는 것만 같은 착각이 나를 사로잡았다.

'화가 엘 그레코도 바로, 이 모습에 반해 평생을 이곳에 바치지 않았을까. 세르반테스도 많은 사람들이 이 아름다운 도시를 볼 수 있게 하기 위해 이곳을 배경으로 돈키호테를 탄생시킨 것은 아닐까. 또 이곳에 그토록 웅장한 성당이 지어진 것은 이곳 사람들이 신의 존재를 믿을 수밖에 없었기 때문이 아닐까. 이러한 아름다움은 분명 신이 창조한 것임에 틀림 없을 테니까. 어떻게 하면 이 모습을 하나도 빠짐없이 눈에 담아갈 수 있을까……'

도시를 둘러싸고 끝없이 뻗어 있는 평원에서 불어오는 바람을 맞으며 눈 앞에 펼쳐진 풍경을 샅샅이 훑어보았다. 시시각각 해의 각도가 달라짐에 따라 높이가 제각각인 도시 곳곳의 모습과 빛깔이 달라지는 그 예술적인 장면을 뭐라 표현해야 할지. 천년의 고도가 옷을 갈아입는 동안 감탄에 감탄을 거듭하다 보니 한순간도 지루할 틈 없이 무려 다섯 시간이 흘렀다. 한자리에 앉아 그렇게 오랫동안 한곳을 뚫어져라 쳐다보며 있어 보기는 난생처음이었다.

어느 순간 정신을 차리고 보니 도시에는 어둠이 깔리고 저 멀리 대성당에는 불이 들어와 있었다. 이제 그만 일어나 마드리드로 돌아가야지 싶었는데 도저히 발이 떨어지지 않았다. 결국 바로 옆 발코니에 있는 식당으로

정말 영원히 잡아두고 싶은 시간이었다.
나무나 아름다워 마치 현실이 아닌 듯, 합성한 사진의 배경처럼 보이는 톨레도의 모습.

파라도르에서 바라본 톨레도 시 전경.
중앙에 높이 솟아 있는 첨탑의 건물이 톨레도 대성당.
그리고 아래쪽에 흐르는 것이 따호 강.

자리를 옮겨 저녁 식사를 주문했다. 식사를 막 시작하려는데 발코니 뒤쪽에서 현악 3중주 팀이 귀에 익은 클래식 음악을 연주하기 시작했다.

여름이 끝나가던 9월의 어느 날 밤 까만 하늘 저 멀리에 커다란 별처럼 박혀 있는 불 밝힌 톨레도 성당을 바라보며 나는 천천히 저녁을 먹었다. 광활한 평원에서 불어오는 바람에 바이올린 선율이 날려 흩어질 때마다 내 마음에 쌓여 있던 묵은 생각들과 불편한 기억들이 서서히 내게서 멀어져 가는 기분이었다. 그렇게 밤이 깊어 갈수록 나는 점점 더 깊이 중세의 시간 속으로 빠져들었다.

진짜 파티는
지금부터야

방송 일을 접어두고 스페인으로 떠나기로 했을 때 내가 목표로 했던 일은 크게 두 가지였다. 여행과 휴식. 그런데 수년 만에 꼬박꼬박 휴일을 챙겨 쉬어도 보고 틈틈이 시간을 내어 여행도 했지만 뭔가 아쉬움이 남았다. 밀린 잠을 푹 자고 싶었는데 한창 달게 자다 말고 일어나야 하는, 혹은 오랜만에 재미있는 책을 읽기 시작했는데 서론만 읽다가 억지로 책을 덮어야 하는, 그런 기분이었다.

'8년 동안 직장 생활에 매달려 있던 내가 나름대로 큰 승부수를 던지고 과감히 떠날 수밖에 없도록 했던 그 무언가가 과연 단지 휴식과 여행에 대한 갈증이었나?' 하는 질문에 부딪혔다. 내게는 여유로운 스케줄의 방송 연수 그 이상의 어떤 도전이 필요했다. 인생은 어차피 도박이다. 때로는 잃기도 하고 때로는 대박도 나고……. 하지만 실패를 두려워하면 변화란 있을 수 없는 법, 사고를 쳐야 할 때였다.

내 마음이 원하는 것은 확실했다. 공부를 하고 싶었다. 뜻이 있으면 길이 있다고 나는 이번에도 열심히 수소문을 하고 인터넷을 뒤진 끝에 마음에 꼭 드는 학위 과정을 찾아냈다. 하지만 이번엔 원한다고 쉽게 할 수 있는 일이 아니었다. 일단 바르셀로나까지 가서 스페인어로 시험을 보고 합격을 해야 휴직을 연장하는 등의 다음 절차를 밟을 수 있었다. '아나운서 시험 이후로 공부해서 시험을 보는 일은 해본 기억이 없는데 내가 과연 할 수 있을까?' 두려움이 앞서기도 했지만 동시에 오랜만에 하는 도전이라는 점이 마음 한 구석을 몹시 설레게 했다.

'그래, 한번 해보자. 안 되면 바르셀로나 여행이나 하다 한국으로 돌아 가지 뭐.'

시험을 보는 날까지는 아직 시간이 남아 있었지만 일단 마드리드 생활을 정리하고 짐을 싸서 바르셀로나행 비행기에 몸을 실었다. 생각지도 않던 바르셀로나행을 감행하게 된 나는 일본 여행에서 우연히 알게 된 스페인 총각들에게 연락을 해 그 소식을 전했다. 내 멋대로 비행기표를 예약하고 전화를 했는데 마침 같은 날 같은 시각에 그들도 주말여행을 마치고 바르셀로나로 돌아오도록 되어 있었다. 덕분에 나는 공항에서부터 두 남자의 에스코트를 받으며 안전하게 새 보금자리에 짐을 풀었다. 또 한 번의 우연의 일치였다.

내가 머물기로 한 바르셀로나의 아파트는 시내 중심에서 약간 벗어난 주택가에 있었는데 무엇보다 나는 침실에 딸린 작은 발코니가 마음에 들었다. 발코니에서 보이는 바깥 경치는 그저 그랬지만 유난히 해가 잘 들었던 그 발코니는 꿈의 도시 바르셀로나에 있으면서도 시험공부를 위해 온갖 충동을 억누르고 집 안에 틀어박혀 책을 펼쳐 들어야 했던 내게 훌륭한 탈출구가 되어주었다.

드디어 시험을 보던 날 아침, 나는 지하철을 타고 바르셀로나 대학 캠퍼스로 향했다. 스페인과 남미 각지에서 모여든 학생들과 인사를 하고 책상에 앉자, 아르헨티나 억양이 심한 조교가 시험 요령을 설명해 주었다. 나를 제외하고는 모두가 스페인어권의 방송사나 신문사에서 일을 하던 사람들 혹은 학부에서 언론학을 전공한 나이 어린 스페인 학생들이었다. 시작도 하기 전부터 기가 죽었지만, 스페인어 시험을 보는 게 아니라 언론인으로서의 자질을 보는 것이라는 교수님의 말씀에 용기를 내었다.

시험문제는 주로 어떤 사건 사고에 관한 상황을 주고 그 내용을 바탕으로 통신사나 신문 혹은 방송이라는 매체의 특성에 맞는 기사를 작성하는 일이었다. 스페인과 남미의 사회 문제에 대한 의견을 작성하는 논술 시험과 유명 정치인이나 문화인에 대한 설명을 간단히 적어 넣는 문제도 있었다. 왜 언론인이 되려고 하는가 혹은 왜 언론인의 길을 택했나 하는 주제로 에세이도 써야 했다.

바르셀로나 대학의 석사 과정이긴 했지만, 언론학에 있어서 세계 최고라고 하는 미국 뉴욕의 컬럼비아 대학과 함께 만든 과정이었기 때문에 컬럼비아 대학 교수진들의 강의에 대비한 영어시험도 치러졌다. 실력들이 뛰어나서인지 모르는 건 쉽게 포기를 하는 건지, 주어진 시간이 끝나기도 훨씬 전에 수험생들이 하나 둘 자리를 뜨고 강의실이 비어가는 것이 느껴졌다.

언어적인 문제가 있으니, 남들보다 시간이 더 걸리는 게 당연한 일이었지만 그 어떤 예외도 없이 공평하게 시험답안을 평가하겠다는 교수님의 말씀이 머리에서 떠나지 않아 머리카락이 죄다 쭈뼛하고 서는 것만 같았다. 손에는 또 왜 그리 땀이 나는지 그렇지 않아도 익숙하지 않은 스페인어 자판을 치는 데 더욱 애를 먹었다. 정신없이 답안을 작성하고 보니 강의실엔 나 외에 다른 사람은 남아 있지 않았다. 결과는 개별적으로 통보가 될 것이라는 말을 끝으로 전해 듣고 강의실을 나섰다.

'당분간 마음이 편치 않을 텐데 어떡하나…….' 시험을 마치고도 영 홀가분한 마음이 들지 않던 나는 기분전환이나 할까 싶어 학교 앞에서 지하철을 타고 바르셀로나 시 중심의 카탈루냐 광장 plaza de cataluña, 바르셀로나 한복판에 위치한 광장으로 관광객과 바르셀로나 젊은이들의 발길이 끊이지 않는 람블라스 거리(las ramblas)가 시작되는 곳 으로 향했다. 잠시 후 도착한 카탈루냐 광장에는 무슨 재미난 행사라도 있나 싶을 정도로 사람들이 북적대고 있었다. 광장 전체의 모습이 한눈에 보이는 한 노천카페에 자리를 잡고 앉았다.

여름이 끝나가는 9월 말에도 한낮의 햇살은 여전히 강렬했지만 마드리드의 태양과는 분명 차이가 있었다. 지중해에서 불어오는 바람 때문일까? 흡사 무대의 조명과도 같이 아름다운 거리의 풍경과 사람들을 밝게 비추고 있는 바르셀로나의 태양은 부담 없이 즐기기에 안성맞춤이었다. '아, 이 얼마만의 여유인가…….' 시계를 보니 한국에서 같으면 한창 녹화 준비를 위해 식사도 거르며 분주히 움직이고 있을 시간이었다. 아나운서 생활을 시작하면서 가장 목마르던 것이 바로 이런 여유였다.

시계를 보며 마음을 졸이지 않는 것과 사람들의 시선을 의식하지 않으며 인파 속에서 햇살과 자유를 즐기는 것. 늘 정확한 시간에 산뜻하고 단정한 모습으로, 최상의 컨디션으로 마이크와 카메라 앞에 서야 하는 아나운서라는 직업을 갖게 된 이래 난 1년에 몇 번씩 생방송에 늦게 도착하는 악몽을 꾸곤 했다. 벌써 몇 달째 그런 조바심을 낼 필요가 없다는 사실이 여전히 믿기지 않았지만 나는 분명 그 순간 지중해에서 불어오는 바람을 맞으며 스페인의 노천카페에서 햇살과 여유를 즐기고 있었다. 내 마음에도 산들산들 행복의 바람이 불었다.

점심시간이 약간 지나자, 길거리로 나선 사람들이 더 많아졌다. 유모차에 아이를 태우고 산책에 나선 젊은 주부들은 뭐 그리 할 말이 많은지 열을 올려 수다를 떨었다. 아이 키우느라 정신없을 아기 엄마들이 아무렇게나 차려입은 옷에서도 유럽 여성들 특유의 패션 감각이 묻어났다. 유치할 것 같은 강렬한 원색의 옷들이 스페인의 태양이 내리쬐는 그 거리에서는 어찌 그리 멋스러워 보이고 잘 어울리던지. 또 정장을 말끔하게 차려입고 머리에

젤을 발라 한껏 멋을 낸 채 바쁘게 걸어가고 있는, 평범한 회사원인 듯 보이는 스페인 남자들은 어쩜 그리 잘생겼던지. 웬만한 모델 뺨치는 수준의 준수한 외모의 남자들과 마네킹같이 완벽한 미모의 여성들을 흔하게 볼 수 있는 곳도 바로 이곳 스페인이 아니던가.

그런가 하면 광장 주변 벤치에는 푸짐한 체격에 백발이 성성한 할아버지와 할머니가 지금 막사랑에 빠진 연인처럼 다정하게 손을 잡고 그으한 눈빛으로 서로를 바라보며 오후의 햇살을 즐기고 있었다. 또 광장 주변 분수 앞 계단에 앉아 다른 이들의 시선은 아랑곳하지 않고 열렬한 키스를 나누는 젊은 연인들과 그들에게 철저하게 무관심한 주변 사람들도 내게는 무척이나 흥미로운 관찰대상이었다. 사람들만큼이나 그 수가 많은 비둘기들은 때때로 떼를 지어 하늘을 날다 광장에 내려앉아 모이를 먹었고, 그 주변에는 비둘기를 쫓는 아이들과 솜사탕을 파는 상인들의 모습이 보였다.

'아, 부럽다, 이 자유...... 이런 도시에서 한번 살아봤으면. 부디 시험에 합격해야 할 텐데.......'

하지만 걱정해 봤자 아무 소용없는 일, 나는 잡념도 없앨 겸 일어나 걷기로 했다. 람블라스 거리 쪽으로 몸을 틀었더니 지중해의 바람이 더욱 상쾌하게 얼굴에 와 닿는 것이 느껴졌다. 관광객들이 몰려 있는 광장 한구석을 지나 횡단보도를 건너는데 멀지 않은 곳에서 거리의 악사들이 공연을 준비하고 있는 것이 보였다. 신나는 펑키풍의 재즈 음악 연주가 시작되자 순식간에 몰려든 사람들이 저마다 흥에 겨워 몸을 흔들어 댔다.

1 바르셀로나가 속해 있는 카탈루냐 지방의 전통 축제, '인간 탑 쌓기' 현장에서.
2 바르셀로나 최고급 호텔과 해변의 식당, 나이트클럽, 유명한 산책로 등이 밀집한 항구,
　바르셀로네타.

'그래 맞다, 여기는 스페인이지 참. 낯선 사람들 틈에 섞여 음악에 맞춰 춤을 춘다 해도 아무도 내게 뭐라 할 사람은 없는걸. 지난 일을 곱씹거나 내일 일을 미리 걱정해서는 안 되지. 일단 모든 걸 잊고 이 순간을 즐기자. 어쩌면 진짜 파티는 지금부터가 시작일지 모른다구~ 우후!'

젊은 안익태와 로리타의
사랑이야기

"안녕, 미나 씨? 바르셀로나 대학원의 후안 뻬드로 조교입니다. 축하합니다. 석사 과정에 합격하셨어요. 앞으로 도움이 필요할 때는 언제든 얘기하세요. 그럼 2주 후에 뵙겠습니다."

이게 혹시 꿈은 아닐까? 하느님, 부처님, 알라신, 또 누가 있더라……. 하여간 감사합니다. 누구든 지나가는 사람은 다 붙잡고 자랑이라도 하고 싶은 심정이었다. 바르셀로나의 유일한 지인들인 일본에서 만난 총각들, 마누엘과 로베르또에게 전화를 걸었다. 누가 스페인 사람들 아니랄까 봐 두 사람이 또 오버를 하며 축하 파티를 해야 한다고 호들갑을 떨어대는 바람에 갑작스럽게 저녁 약속을 하게 되었다. 나는 마누엘, 로베르또와 함께 그들의 절친한 친구인 마르따와 다비드 부부의 아파트를 찾았다.

학기가 시작되기 전에 잠시 여행을 다녀올까 싶던 터라 저녁 식사를 하며 그들에게 조언을 구했다. 다들 여러 가지 의견을 내놓았지만 아무래도 마르따가 추천하는 곳에 가장 마음이 끌렸다.

"팔마 데 마요르카라는 섬이 있는데 여기서 비행기 타고 20분이면 갈 수 있거든. 이번 주를 마지막으로 해수욕장도 문을 닫으니까 지금 가면 사람도 많지 않고 딱 좋을 텐데."

마요르카? 그곳은 우리 애국가를 작곡한 안익태 선생의 미망인 로리타 여사가 살고 있는 곳이기도 했다. 유럽의 왕족들과 할리우드 배우들의 여름 휴양지로 유명한 아름다운 발레아레스 제도의 마요르카 섬도 보고 어쩌면 로리타 여사도 볼 수 있을지 모른다는 생각이 스치자 더 이상 고민할 것도 없었다. '오케이~ 마요르카로 가자!'

마르따의 말대로 마요르카는 관광객은 많이 떠났지만 여름은 채 끝나지 않은, 여행하기에 가장 좋은 시기를 맞고 있었다. 내가 탄 비행기가 마요르카의 수도 팔마 시의 공항에 도착한 것은 밤 10가 넘은 시각이었다. 도시 전체가 여름 시즌의 마지막 주말 밤을 불태우려는 파티로 들썩이고 있었고 화려한 차림의 젊은 남녀들이 거리를 활보했다. 어지러운 밤거리 뒤로 마치 공중에 붕 떠 있는 것처럼 높은 곳에 위치한 팔마 대성당에 불이 밝혀져 있는 것이 보였다. 워낙 높은 곳에 지어져 밤하늘에 매달려 있는 듯 빛나는 성당의 모습은 그 아래로 보이는 거리의 크고 작은 네온사인들과 함께 어울려, 마치 거대한 크리스마스트리의 별 장식 같았다.

　다음 날 눈을 뜨자마자 나는 책 한 권을 들고 해변으로 나갔다. 여름이 다 갔다고는 하지만 모래사장에 드러누워 일광욕을 즐기는 사람들의 모습이 적지 않게 눈에 띄었다. 파라솔 하나를 차지하고 누워 책 한 줄 읽고 바다 한 번 보고, 또 책 한 줄 읽고 파도 소리 한 번 듣고, 또 책 한 줄 읽고 수영 한 번 하고……. 정말 모처럼 만에 마음껏 쉬었다고 생각했는데 시간은 겨우 두 시간 남짓 지났을 뿐이었다. 그것만으로도 이미 마르따의 제안은 탁월한 것이었다고 밖에 할 수 없었다.

　호텔로 돌아와 저녁을 먹으려는데 마드리드 대사관 직원의 도움으로 얻어낸 안익태 선생의 막내딸 레오노르의 전화번호가 생각났다. 일단 번호를 가져오긴 했지만, 사실 로리타 여사를 만난다 해도 무슨 얘기를 해야 할지 확신은 없었다. '한 나라의 국가를 지으신 남편을 두셔서 자랑스러우시겠습니다? 대한민국 국민들을 대신해 감사드립니다? 에이, 이건 정말 아니다…….' 하긴 특별한 볼 일이 없으면 만나고 싶지 않다고 일언지하에 거절당하지 않는다는 보장도 없었다. 용기가 나지 않아 망설여졌지만 거기까지 가서 시도조차 해보지 않고 포기하면 안 될 것 같아 수화기를 들었다.

　"저…… 안녕하세요? 레오노르 씨죠? 저는…… 음…… 그러니까…… 로리타 여사를 뵙고 싶어서 전화드렸거든요. 저는 한국에서 온 사람인데요." 말을 채 끝내기도 전에 레오노르의 흥분된 목소리가 들려왔다. "한국 사람이라구요? 지금 어디죠? 언제 오실래요? 내일은 어때요? 괜찮다면 우리 집에 와서 함께 점심을 들어요. 우리 어머니가 무척 좋아하실 겁니다."

그녀는 내가 누구인지, 왜 왔는지 물을 필요도 없다는 듯 말했다. 이렇게 간단할 수가. 주소를 받아적고 전화를 끊었다.

다음 날 로리타 여사의 집에 도착하자 대문 앞에는 언제부터인지 레오 노르가 나와서 나를 기다리고 있었다. 훤칠한 키에 까무잡잡한 피부를 지닌 그녀는 자세히 들여다보기 전에는 한국인의 피가 섞였음을 짐작하기 힘든 전형적인 스페인 미인이었다. 대문을 통과해 작은 마당을 지나 계단을 오른 후 그녀의 안내를 받아 집 안으로 들어섰다. 안익태 선생의 집이라는 것을 모르고 간 것도 아닌데 집 안에 발을 들여놓는 순간 온몸에 전율이 흘렀다.

정면의 벽 높은 곳에 걸려 있는 대형 태극기, 그 아래 벽난로 위에 진열된 안 선생의 사진들과 작은 태극기, 또 한쪽 벽을 가득 메우고 있는 안 선생과 가족들의 사진, 그리고 또 하나의 태극기……. 집 안은 마치 월드컵 때의 관중석처럼 온통 태극기의 물결이었다. 전혀 기대하지 못했던 그 모습에 놀라고 있는 사이 누군가 힘겹게 계단을 내려오는 소리가 들렸다. 로리타 여사였다. 나를 본 로리타 여사는 "오 이런, 이렇게 젊고 예쁜 한국 아가씨가 오다니…… 반가워요"라며 내 볼에 입을 맞추었다.

"안녕하세요? 저는 한국의 방송국 KBS의 아나운서입니다. 하지만 오늘은 그저 개인적으로 여사님을 만나 뵙고 싶어 온 거예요. 이렇게 뵙게 되어 정말 영광입니다. 어디서부터 어떻게 여쭤봐야 할지……. 안익태 선생님에 대해서 알고 싶어요. 음악가로서도 그렇지만 잘 알려지지 않은 그분의 모습

1 특별한 그녀와의 만남. 앞에는 로리타 여사, 내 옆이 안익태 선생의 셋째 딸 레오노르.
2 고 안익태 선생 집의 1층에서 2층으로 오르는 계단 벽은 온통 선생의 젊은 시절 사진으로
  가득했다. 왼쪽의 큰 사진이 지휘를 하고 있는 안익태 선생, 그 옆의 액자 속 젊은 여인이
  로리타 여사.

뭐 그런 거요. 그리고 두 분이 어떻게 만나셨는지도 궁금하구요……."

갑자기 로리타 여사의 얼굴이 밝아졌다. "이런이런…… 그걸 어떻게 다 말로 하겠어……. 그가 얼마나 멋진 사람이었는지 그걸 어떻게 말로 다 표현할 수 있겠어……." 깊은 생각에 잠긴 얼굴로 설명하기 힘들다고 서두를 연 로리타 여사는 내가 끼어들 틈도 없이 지난 추억을 쏟아냈다.

"우린 유명한 지휘자와 팬으로서 처음 만났어. 당시에 그는 유럽 전체에서 명성을 날리던 지휘자였지. 헝가리 필과 베를린 필의 상임 지휘자를 역임하고 바르셀로나 오케스트라 측의 초청으로 스페인에 오게 됐어. 새로운 지휘자를 환영하는 기념음악회가 있었는데 실은 내가 그의 열렬한 팬이었거든. 그래서 음악회를 보러 갔고 사촌 언니들과 함께 대기실로 찾아가서 사인을 받게 된 거야.

그때 우리를 향해 다가오던 그의 모습을 잊을 수가 없어. 그는 매우 친절하고 다정하게, 부드럽지만 약간은 수줍은 미소로 우리를 맞아주었지. 난 첫눈에 그에게 반했고 그 뒤로 두 번 더 그의 콘서트를 보러 가서 대기실을 찾아갔어. 아버지께 그를 알게 됐다고 자랑했더니 클래식 마니아였던 우리 아버지가 그를 집에 초대하자고 하셨고 그렇게 해서 그는 나와, 또 나의 가족과 좋은 친구가 되었지. 우리는 곧 사랑에 빠졌어. 물론 프러포즈도 내가 먼저 했지. 호호호…… 그는 훌륭한 남편이었고 더할 수 없이 좋은 아빠였지. 열정적이고 진실하게 살아가는 자신의 모습으로 딸들에게 인생을 가르친 진정한 스승이기도 했어. 딸들과 나는 그를 진심으로 존경했지. 그의 음악적인 열정과 재능을 아는 모든 이들이 그를 사랑하고 존경했어. 게다가 그는 자유로운 영혼과 따뜻한 마음을 가진 남자였단다.

우리가 젊을 때는 내전으로 모든 게 어려울 때였어. 누군가 집에 구걸을 하러 오면 그는 안타까워 어쩔 줄을 몰라 하며 온 집 안을 뒤져 뭔가를 찾아 손에 쥐어 주곤 했어. 하지만 무엇보다 그는 열렬한 애국자였지. 그가 애국가를 만드는 과정을 나는 지켜보았어. 그리고 한국이 아직 일제의 지배하에 있던, 그래서 한국 내에서는 애국가를 부를 수 없던 그때 그는 자신의 콘서트를 시작하기 전 반드시 애국가를 연주하곤 했어. 바르셀로나의 콘서트홀에서 스페인 사람들이 지켜보는 가운데 애국가가 연주되었지. 그는 그토록 한국을 사랑한, 그 누구보다 한국인임을 자랑스러워한 한국 사람이었고 나는 그런 그를 목숨만큼이나 사랑했단다."

"그 모든 것 중에 어떤 점에 가장 반하셨어요?"

"그야 물론…… 사진 보면 몰라? 너무 귀엽게 생겼잖아. 호호호…… 그런데 너무 빨리 갔어…… 너무 빨리…… 벌써 그 사람이 떠난 지 40년이 됐네. 하지만 난 아직도 매일매일 그를 조금씩 더 사랑한단다. 내겐 그이가 곁에 있고 없고가 중요하지 않거든. 그런 사람을 만나 사랑할 수 있었던 난 정말 복이 많은 여자지. 행복했어. 아니 행복해. 난 요즘도 그 사람을 생각하면 가슴이 뛰어. 어서 빨리 그의 곁으로 가고 싶을 뿐이야. 내 마지막 소원은 한국에 가서 죽는 거란다."

90을 바라보는 나이에, 40년 전 세상을 떠난 사랑하는 남자를 추억하며 얼굴을 붉히는 로리타 여사의 순수함에 감동으로 가슴이 벅찼다. 혹시 그녀가 한국말을 할 수 있는지 궁금해졌다.

"예전엔 조금 했는데 너무 오래전 혼자가 되는 바람에 이젠 기억이 안나……. 그래도 한마디는 기억하지. 내가 가장 많이 했던 말이거든."

"그게 뭔데요?" "자기야, 이리와~"

자기야 이리와…… 눈물이 앞을 가렸다. 정말 참으려고 했는데 난 결국 그녀 앞에서 울고 말았다. 그동안 사랑이란 어쩌고저쩌고 함부로 말해 온 내자신이 부끄러워졌다. 정말로 여전히 사랑에 빠져 있기 때문인지 90의 나이에도 소녀 같은 미소와 꿈꾸는 눈을 가진 로리타 여사는 갑자기 허공을 바라보며 애국가를 부르기 시작했다.

"동해 물과 백두산이…… 그 다음 가사는 잘 생각이 안 난단 말야……. 따라라 라라라…… 라라라라……."

시간 가는 줄 모르고 이야기를 나누다 안 선생이 사용했던 지휘봉과 젊은 시절 함께 찍었던 사진들도 구경하고 어느덧 작별 인사를 나누어야 할 시간이 다가왔다.

"이렇게 찾아와 주어 고맙다. 난 그냥 한국 사람을 보면 좋아. 넌 참 예쁜 눈을 가졌구나. 아주 특별한 눈을 가지고 있어. 그 눈을 꼭 다시 볼 수 있으면 좋겠다. 참, 마요르카는 처음이라고 했지? 그렇다면 발데모사에 꼭 다녀가도록 해라."

언젠가 다시 그녀를 만나러 오겠다는 약속을 하고 돌아서려는데 그녀가 다정한 눈빛으로 "오, 이쁜 것……"이라 말하며 내 볼에 다시 한번 힘껏 입을 맞추었다.

그날 밤 나는 잠을 이루지 못했다. 그 어떤 말로도 설명이 불가능한 벅찬 감동을 느끼며 바르셀로나의 음악당에서 애국가를 지휘하는 젊은 안익태와 그런 그를 사랑스럽게 바라보는 젊고 아름다운 로리타의 모습을 그리고 또 그리면서…….

아침 일찍 차를 빌리고 지도를 사서 호텔 직원에게 발데모사로 가는 길을 표시해 줄 것을 부탁했다. 발데모사에 도착해 처음 보이는 주차장에 차를 세우고 나가자마자 마치 개미 떼처럼 사람들이 한 줄로 서서 어디론가 가고 있는 모습이 보였다. 그곳은 바로 쇼팽이 그의 연인 조르주 상드와 머물렀던 수도원, 로리타 여사가 꼭 가보라 했던 곳이었다.

수도원 입구에는 개인의 것이라 하기엔 규모가 엄청난 기도실이 있었고 그 안으로 이어진 흰 벽의 복도에는 여러 개의 작은 방들이 있었다. 각각의 방은 쇼팽의 서재, 쇼팽의 연습실, 쇼팽의 침실 등이었는데 그중에서도 서재로 쓰였던 방에서 정원으로 이어지는 작은 문은 정말 아름다웠다. 발데모사의 아름다운 전경을 한눈에 내려다볼 수 있는 정원만 보아도 위대한 작곡가가 그의 연인과 함께 그곳에 머물렀던 이유를 알 수 있을 것 같았다.

마지막에 있는 방의 입구에는 '이곳에 머물렀던 존경하는 작곡가이자 우리들의 진정한 친구였던 쇼팽을 위해 그의 스페인 친구들이 마음을 담아……'라는 글이 적혀 있는 액자가 걸려 있었다. 그 안으로 들어가니 쇼팽

왕을 비롯한 주요 인사들이
발데모사를 찾았을 때 쇼팽이
연주회를 열었던 음악당에서.

지금도 이곳에서는 매년 여름 쇼팽의
음악을 연주하는 콘서트가 열린다.

이 직접 그린 악보들이 진열되어 있고, 그가 연주했던 피아노 위에는 빨간
장미 한 송이가 올려져 있었다. 구경을 마치고 나오면서 쇼팽과 조르주 상
드가 그곳에 머물렀던 시절의 이야기를 담은 책 한 권과 쇼팽이 그 당시에
작곡한 곡들만을 모은 CD를 한 장 샀다.
한창 피아노를 열심히 배울 때 내가 가장 즐겨 연주하던 곡들은 모두 쇼팽
의 곡들이었다. 그런 그의 숨결이 느껴지는 듯해 행복해진 마음으로 수도
원 밖으로 나서는 순간 하나둘씩 빗방울이 떨어지기 시작했다. 마요르카 섬
에서 비를 만나다니…… 전혀 예상치 못한 일이었다.

일단 비를 피하기 위해 주위를 살폈다. 바로 가까이에 노란 파라솔 아래 테이블이 놓여진 식당 겸 카페가 있는 것이 보였다. 그중 하나에 자리를 잡고 앉자마자 기다렸다는 듯 소나기가 퍼붓기 시작했다. 주문을 받으러 온 웨이터가 손으로 열심히 음식 이름을 받아 적는 사이 그에게 물었다.

"부탁 하나 해도 될까요? 제가 쇼팽의 CD를 한 장 샀는데 이걸 좀 틀어주실 수 있는지…….."

 "원래 우리는 음악을 안 틀지만 그러죠. 뭐. 사람도 별로 없으니까……. 참, 그거 알아요? 쇼팽이 가끔 이 식당에서 아가씨가 앉아 있는 바로 그 자리 어디쯤에 앉아 점심을 먹었다는 거."

 거세진 빗줄기에 거리의 사람들은 모두 자취를 감추고 옆 테이블의 사람들도 자리를 떠났다. 하지만 나는 갑자기 내 앞의 빈자리에 쇼팽이 나를 보고 앉아 웃고 있는 듯한 상상에 사로잡히고 말았다. 즐거운 상상 때문인지 비 내리는 발데모사의 한 노천카페에 앉아 혼자 점심을 먹는 기분도 그리 나쁘지만은 않았다. 큰비가 오려는지 하늘은 더욱 짙은 먹구름으로 뒤덮이기 시작했고 노란색 파라솔 위로 후둑후둑 떨어지는 빗소리는 식당에서 흘러나오는 쇼팽의 음악과 조화를 이루며 아름다운 멜로디가 되어 퍼져 나갔다.

2부
바르셀로나의
유쾌한 강의실

다시 학생이 되다

'새로 산 노트와 필통, 짬이 나면 읽을 책도 한 권 넣고, 가장 중요한 한서·서한 사전도 챙겼고, 참, 학생증에 넣을 증명사진도 한 장……. 또 뭐 빠진 거 없나? 이게 대체 몇 년 만인지…….' 학교 갈 채비를 하며 가방을 싸는 데 마음에 야릇한 설레임이 일었다. 학창 시절로, 그러니까 한 십 년 전쯤으로 시계가 거꾸로 돌아간 것 같은 기분 좋은 착각도 들고 내가 잘 해낼 수 있을까 하는 걱정으로 두렵기도 했다.

바르셀로나 대학의 대학원 건물은 마치 예쁜 공주님이 사는 성같이 생겼다. 알고 보니 그곳은 실제로 어느 갑부의 집안이 대대로 살던 성이었는데 그 저택이 지금은 대학원 건물이 되었고 그들이 말을 타고 거닐던 정원은 학생들이 점심 샌드위치도 먹고 낮잠도 자는 잔디밭이 되었다.

옅은 살구색과 흰색이 섞인 벽 위에 끝이 뾰족한 초록색의 둥근 지붕을 얹고 있는 건물 주변에는 야자나무도 꽤 여러 그루 심어져 있었다. 내 평생 다녀본 학교 중에 가장 이국적인 캠퍼스, 하지만 그 속에서 가장 이국적으로 보이는 건 바로 나였다.

나와 함께 석사 과정을 듣게 된 동기들은 나를 포함해 모두 28명. 국적은 다양했지만, 그들은 모두 스페인 아니면 남미 대륙에서 온, 스페인어가 국어로 사용되는 나라에서 왔다는 공통점을 지니고 있었다. 포르투갈어를 쓰는 나라인 브라질에서 온 두 사람이 있긴 했지만, 스페인어와 포르투갈어는 매우 흡사한 데다 인종적으로나 문화적으로나 그들 사이엔 이질감이 거의 없었다. 어느 모로 보나 별천지에 가까운 아시아에서 건너온 나와는 견줄 수 없는 상대였다.

입학식 겸 세미나가 끝나고 가졌던 자기소개 시간은 그런 이유에서 꽤 흥미로웠다. 그렇게 다양한 국적의 사람들이 한자리에 모인 것을 본 것은 TV에서 UN 총회 중계를 보았을 때 말고는 내 평생 처음이었다. 멕시코, 칠레, 아르헨티나, 콜롬비아, 코스타리카, 베네수엘라, 페루, 브라질, 안도라 공화국, 그리고 스페인과 한국. 스페인 내에서도 각각이 서로 다른 나라라 우기는 마드리드와 바스크 지방, 그리고 바르셀로나 출신들이 다 모였다. 그야말로 하나의 완벽한 다국적 팀을 이루기에 손색이 없는 멤버들이었다.

간단한 자기소개가 끝나자, 우리에게 첫 번째 과제가 주어졌다. 임의대로 두 사람씩 짝을 이루어 서로를 인터뷰해서 기사를 쓰고 점심시간 후에 발표하는 것이었는데 생각할 틈도 없이 한 여학생이 내게 다가와 말을 걸었다. 길고 검은 곱슬머리에 남미 인디언의 비교적 동양적인 얼굴을 한 그 여학생의 이름은 야디라였다. 멕시코의 수도, 멕시코시티의 라디오 방송국 PD라는 그녀는 나와 동갑이었지만 이미 오래전에 결혼해 초등학생 딸을 두고 있는 엄마이기도 했다.

남미의 많은 나라가 그렇지만 특히 멕시코는 매우 전통적이고 가부장적인 가치관을 갖고 있는 사회이기 때문에 야디라처럼 결혼한 여성이 가족을 두고 스페인까지 유학을 온다는 것은 거의 쿠데타에 가까운 일이었다. 그녀 역시 남다를 것 없는 전형적인 멕시코 시골 가정의 맏딸로 태어나 거의 투쟁에 가까운 노력을 통해 공부를 마치고 멕시코시티의 한 라디오 방송국 PD가 되었다 했다. 이야기를 나눌수록 참 대단한 사람이구나 하는 생각이 들었는데, 오히려 그녀는 화려하고 주목받는 방송 아나운서라는 직업을 접어두고 한국 사람이 거의 없는 스페인 땅에서 스페인어로 석사를 받겠다고 용기를 낸 내가 놀랍고 흥미롭다는 반응이었다. 사전을 찾아가며 기사를 쓰고 사진도 찍어서 발표 내용을 완성하려다 보니 난 결국 끼니도 거르고 강의실에서 하루를 보내고 말았다.

점심시간이 끝나고 시작된 오후 강의, 낯선 사람과도 금세 친구가 되는 라티노들답게 그사이 모두들 한층 가까워져 강의실 분위기는 화기애애하다 못해 시끌벅적하기까지 했다. 주임교수인 로베르또 헤르쉐르 교수의 지시

Alumne del
MÀSTER EN
PERIODISME
BCNY

ACREDITACIÓ PERSONAL

Les Heure
Fundació Bosch i Gimpera
Universitat de Barcelona

Mina
Sohn

Pasaporte:

1 다시 학생이 된 기념으로 아나운서의 틀을 벗어나 자유로움을 만끽하고 싶은 마음에
   머리 스타일을 바꾸어 보았다.
2 바르셀로나 대학원 학생증.
3 후안 뻬드로 조교.
4 지도 교수인 로베르또 헤르쉐르 교수.

에 따라 한 사람씩 차례로 각자의 기사를 발표하는데 강의실에서는 매번 "와~" 하는 탄성이 터져 나왔다.

신문과 방송 그리고 잡지사 기자, 라디오와 TV의 PD는 물론이고 다큐멘터리 제작자, 스포츠 전문 기자, 엔지니어, 카메라맨, 패션디자이너와 영화배우, 그룹사운드의 보컬 겸 베이시스트, 그리고 나와 같은 아나운서도 한 사람 더. 국적만큼이나 과거 경력과 비하인드 스토리도 다양했다. 우리는 서로가 서로에게 놀라고 또 동시에 매우 끌리고 있었다. 하지만 내게는 그 다양한 나라의 액센트에 매번 새롭게 귀를 적응시키는 것이 여간 힘든 일이 아니었다. 그중에서도 코스타리카 출신 세 여학생의 입에 모터를 단 듯한 빠른 말투와 페루 출신 여학생의 우물우물하는 말투, 또 심각한 콧소리를 동반한 아르헨티나 출신 조교의 말은 거의 알아들을 수가 없었다.

하지만 그 모든 사람들에게 가장 흥미롭게 비추어진 대상은 단연코 속 쌍꺼풀의 눈에 둥근 얼굴을 한 한국인 아나운서였던 것 같다. 수업이 끝나자마자 너 나 할 것 없이 곧장 내가 있는 쪽으로 다가와 나를 둘러싼 그들은 내가 스페인어로 이야기하는 것이 신기하다며, 공부를 하다가 어려운 게 있으면 언제든 도와주겠다고 경쟁하듯 말했다. 서로를 알기 위한 간단한 과제를 수행했을 뿐인데 이미 기진맥진한 상태가 되어 있던 나에게 그들의 따뜻한 말 한마디는 참으로 큰 힘이 되었고, 지금 와서 생각해 보니 그 친구들은 정말 1년간 최선을 다해 나를 도와주고 격려해 주었다. 그렇게 첫 수업을 마치고 강의실 문을 나서려는데 누군가 크게 소리를 질렀다.

"어이! 우리가 누구야. 라티노들 아니야~ 이렇게 민숭민숭하게 석사 과정을 시작할 수는 없잖아?"

코스타리카의 대표 일간지《엘 디아》의 수석 편집장 출신이자 우리들 중 가장 나이가 많았던 왕언니, 힐다의 목소리였다.

"이번 주 토요일 우리 집에서 개강 파티를 할 테니 모두들 참석하기 바래~ 한번 제대로 놀아보자고."

와!!! 그 말을 들은 동기들은 하나같이 함성을 질렀고, 몇몇은 이미 춤을 추며 가방을 둘러메고 강의실을 나섰다. 파티를 열겠다는 말이 떨어지기가 무섭게 이미 파티가 시작된 것만 같았다. 유쾌하고 수다스런 그들 속에 섞여 있으려니 비로소 내가 스페인에 와 있다는 것이, 또 그토록 꿈꾸던 나의 도전과 모험이 시작되었다는 것이 실감 나기 시작했다. 그리고 무엇보다 내가 다시 학생이 되었다는 사실에 가슴이 터질 듯한 행복감이 밀려왔다.

"내가 다시 학생이 되었다! 그것도 스페인에서~ 얏호!!!"

가우디의
숨결 속으로

외국인 학생이 많은 관계로 처음 몇 주간은 바르셀로나를 주제로 기사를 쓰는 과정이 편성되었다. 두 사람씩 한 조를 이루어 바르셀로나 특정 구역의 역사와 그곳에서 최근 가장 문제가 되고 있는 사안에 대한 기사를 쓰는 과제가 주어졌다.

나의 파트너는 패션디자이너 출신인 나탈리아였다. 프랑스인 어머니를 두어 불어에도 능통한 그녀는 콧등과 혓바닥, 배꼽에까지 앙증맞은 피어싱을 하고 자기가 직접 만든 핸드백과 구두로 멋을 내는 개성 강한 아가씨였다. 우리의 구역은 외국인들도 다 아는 바르셀로나 최고의 명물 '사그라다 파밀리아', 우리말로 성가족성당이라 하는 유명한 성당이 있는 '엑잠 플르'

였다. 스페인 최고의 관광도시 바르셀로나, 그리고 바르셀로나 최고의 명물인 사그라다 파밀리아, 그 앞에는 이른 아침부터 밤늦게까지 관광객들의 발길이 이어지는 노천카페들이 촘촘히 늘어서 있다.

과제를 받고 며칠 후 강의가 없던 어느 날 나탈리아와 나는 사그라다 파밀리아 앞에 있는 한 카페에서 이른 아침부터 만나 커피를 마시며 그날의 계획을 세웠다. 바르셀로나는 1800년대 후반부터 실시된 도시팽창 계획에 따라 만들어진 계획도시이다. '엑잠플르'란 '팽창' 또는 '확장'이라 는 뜻으로 계획도시로서의 바르셀로나를 대표하는 구역이었다. 또 그렇게 새로운 모습의 도시가 탄생하는데 여러 면에서 핵심적인 역할을 한 인물이 바로 천재 건축가 안또니오 가우디였다.

우리가 조사한 바에 의하면, 무엇보다 자연과 인간 중심의 건축물과 도시를 꿈꾸었던 건축가 가우디의 예술혼이 담긴 사그라다 파밀리아는 성당이 서 있는 방향만 보아도 그의 인간적인 배려가 느껴지는 곳이라 했다. 성당을 등지고 가로수가 줄지어 있는 거리를 쭉 걸어가면 '상빠우 병원'이 나오는데 비밀은 바로 그곳에 있었다. 성당에서는 병원이 보이지 않지만 병원 앞에 도착해 뒤를 돌아보면 사그라다 파밀리아의 신비로운 모습이 한눈에 들어온다는 것이다.

루이스 도메네끄 이 몬따네르라는 사람에 의해 1902년에 지어진 상빠우 병원은 환자들의 치료에 도움이 되는 병원 건물을 짓자는 취지로 색색의 세라믹 타일과 모자이크 벽화 및 조각으로 장식된 병동을 넓은 정원 안

1 사그라다 파밀리아 꼭대기에 올라서 본 첨탑의 모습
2, 3 가우디는 정녕 신의 계시를 받았던 것일까?
4 상빠우 병원의 모습

에 세우는 형식으로 만들어졌다. 그런데 병원을 짓기 전 가우디는 루이스 도메네끄에게, 환자들의 정서를 생각해서 병원 건물을 45도쯤 틀어 지어 언제든 성당의 첨탑들이 보이도록 하자는 제안을 했다고 한다.

놀라울 정도로 일정한 바둑판 모양으로 생긴 바르셀로나의 도로들 중엔 딱 두 개의 대각선 도로가 존재하는데, 그중 하나가 바로 사그라다 파밀리 아와 상빠우 병원 사이의 도로이고, 이 두 사람의 환자에 대한 배려가 그 모티브가 된 것이다.

나탈리아와 나는 실제로 그 거리를 걸어보기로 했다. 10월 중순이 지났 는데도 사그라다 파밀리아 앞은 세계 각지에서 모여든 관광객들로 발 디딜 틈이 없었다. 이미 몇 차례 차를 타고 그 앞을 지나긴 했지만 그렇게 마음먹 고 가까이서 사그라다 파밀리아를 올려다본 것은 처음이었다. 웬만한 기술 이 아니고서는 사진 안에 도저히 그 모습이 다 들어가지 않는 어마어마한 크기의 성당 앞으로 좀 더 가까이 다가서자 그저 놀랍다고밖에는 표현하기 힘든 신비로운 조각들이 눈에 들어왔다.

살아 있는 듯 섬세한 표정의 천사들과 입체적인 조각의 성인들이 벽을 가 득 메우고 있었다. 사실 사그라다 파밀리아를 자세히 본 느낌은 아름답다 는 것은 아니었다. 어쩌면 가우디라는 건축가가 신의 계시를 받아 그 조각 들을 완성한 게 아닐까 싶은 생각이 들면서 온몸에 소름이 돋았다. 사람들 은 그가 천재라서 그렇다고 하지만 그것은 인간이 지은 건축물이 갖는 느 낌 이상의 무엇을 지니고 있음이 분명했다.

고개를 뒤로 젖히고 성당을 올려다보는 내게 나탈리아가 말했다.

"미나야, 이 성당을 가우디 사후에 다른 건축가가 계속 이어 짓고 있는 것에 대해 어떻게 생각해?"

"글쎄…… 한 번도 생각해 본 적은 없지만 그것 때문에 많은 사람들이 이곳을 찾는 거 아닌가? 대단한 일인 것 같아. 왜?"

"사실 바르셀로나 사람들 중에는 그걸 못마땅하게 생각하는 사람들도 많아. 나도 그렇고. 슈베르트의 미완성 교향곡을 다른 작곡가가 완성했단 얘기 들어봤어? 이 성당도 가우디가 죽었을 때 거기서 공사를 마무리했어야 더욱 가치가 있었을 거라고 봐. 미완성된 작품은 그 나름대로 의미가 있는 건데 왜 그걸 다른 사람이 완성시키려 하는 건지……. 그렇게 생각하지 않아? 미 완성의 작품은 그 모습 그대로, 불완전한 사람이나 이루어지지 않은 사랑도 그냥 그대로가 의미 있고 아름다운 거 아닐까?"

그녀 말에도 분명 일리가 있었다. 그녀 말대로 어쩌면 가우디도 후세의 사람들이 성당을 완성시키는 것을 바라지 않을지도 모를 일이었다. 성당을 뒤로하고 가로수 아래로 쏟아지는 햇살을 맞으며 상빠우 병원을 향해 걷는 내내 우리는 가우디가 그것을 원했을지 아닐지, 그냥 여기서 멈춘다면 어떨 것이고 또 계속 이어 짓는다면 무엇이 달라질 것인지에 대한 토론을 했다.

병원 앞에 도착하자 병원 건물 중앙 아치 위에 새겨져 있는 문구가 눈에 들어왔다. '예술로 사람을 치료한다.' 우리는 함께 셋을 세고 뒤를 돌아보기로 했다. 우노, 도스, 뜨레스! 병원 정문을 등지고 뒤로 돌아선 순간, 가로

가우디 숨결이 살아 숨 쉬는 사그라다 파밀리아 앞에서.

수길 저 끝에 찬란한 오후의 햇살을 받은 사그라다 파밀리아가 우뚝 서 있
는 모습이 보였다. '아, 이럴 수가……. 분명 성당 앞에서는 병원이 보이지
않았는데 참 신기하네. 이런 병원에서 요양하는 사람들은 분명 신을 가까
이 느낄 수 있겠구나.' 가우디는 분명 단순한 건축가는 아니었던 모양이다.
상빠우 병원에서 바라본 사그라다 파밀리아의 신선한 감동을 가슴에 안고
우리 둘은 함께 레포트를 쓰기 위해 가우디가 탄생시킨 또 하나의 명물, 구
엘 공원으로 향하는 버스에 올랐다.

구엘 공원은 한눈에도 가우디의 작품인 것을 알 수 있었다. 공원 입구에
는 총천연색 모자이크로 뒤덮인 지붕의 건물이 여럿 있었는데 어릴 적 읽
었던 동화 《헨젤과 그레텔》에 묘사 되어 있는 과자로 만든 집이 이런 모습
일까 싶었다.

중앙계단 위에는 바르셀로나의 기념엽서에 단골로 등장하는 이구아나를
닮은 유명한 유기체가 입을 벌리고 물을 쏟아내고 있었고 사람들은 그 앞에
서 사진을 찍기 위해 줄을 서 있었다.

계단을 올라가니 거대한 우윳빛 기둥이 곳곳에 서 있는 홀이 나타났고 그
가운데에서는 레게머리에 알록달록한 모자를 눌러쓴 남자가 바닥에 주저
앉아 열심히 기타 줄을 퉁기고 있었다. 약간은 어설픈 그의 기타 연주를 들
으며 나탈리아와 나는 홀을 가로질러 왼쪽 방향으로 나 있는 계단을 올랐
다. 대체 어디서부터 어디까지가 숲이고 어떤 것이 건축물인지 알 수 없을
정도로 자연스럽게 조화를 이룬 공원의 모습에 우리가 도심 한복판에 있다

1 구엘 공원 입구에 있는 모자이크 지붕의 건물. 정말 어릴 적 동화책 속에서나 본 집과 닮았다.

2 구엘 공원 입구에 있는 이구아나 조각을 만지고 있는 맹인 여성.

　너무나 인상적이었던 그녀의 행복한 미소.

는 사실이 믿기지 않았다.

계단을 다 오르자 화려한 모자이크의 굽이진 벤치가 물결처럼 이어져 있는 것이 보였다. 몇 해 전 영화 속에서 그 벤치에 앉아 사랑을 속삭이는 연인들의 모습을 보고 어떻게 저렇게 아름다운 곳이 있을까라고 생각했던 적이 있다. 나는 이미 그때 언젠가 꼭 바르셀로나에 가서 살면서 그곳으로 매일 산책을 가고 말겠다는 다부진 꿈을 꾸었다. 드디어 그 꿈이 실현되는 순간이었다.

등 뒤로 바르셀로나 시내가 한눈에 내려다보이는 벤치에 앉아 나탈리아와 나는 오전 내내 조사한 내용을 정리하며 오후를 보냈다. 점심시간이 막 지났을 때 도착해 서너 시간 동안 꼼짝 않고 그 자리에 있었는데도 내가 정말 구엘 공원 모자이크 벤치에 앉아 학교 숙제를 하고 있다는 것이 믿어지지 않았다.

생각 같아서는 언제까지라도 그곳에 머무르고 싶었지만, 아쉬운 마음을 뒤로 하고 자리에서 일어났다. 공원을 나서기 위해 다시 계단을 내려가는데 이구아나 조각 주변으로 사람들이 둥글게 모여 있는 것이 보였다. 사진을 찍기 위해 한 줄로 서 있던 아까 그 사람들의 무리와는 확실히 분위기가 달랐다. 무슨 일일까? 혹시라도 좋은 구경거리를 놓칠까 해서 단숨에 달려가 보니 한 맹인 여성이 언니인 듯 보이는 사람의 도움을 받아 아주 천천히 이구아나 조각을 더듬고 있었다.

꼬리 부분에서부터 물이 쏟아져 나오는 입까지 이구아나의 모자이크 장식을 두 팔로 끌어안듯 아주 천천히 더듬고 있는 그녀의 입가에, 그리고 그녀를 바라보고 있는 그녀의 동행자의 얼굴에 행복한 미소가 번졌다. 색색의 모자이크 타일로 둘러싸인 이구아나 조각의 화려함을, 공원 곳곳에서 느껴지는 가우디의 천재성이 빚어낸 아름다움을 그녀는 분명 온몸으로 느끼고 있는 것 같았다. 앞을 보지 못함에도 불구하고 아무런 두려움이나 망설임 없이 온몸으로 예술을 빨아들이고 있는 그녀의 모습은 감동 그 자체였다.

이구아나 조각에 기대어 행복해하는 그녀의 모습을 몇 번이고 돌아보며 공원을 나서는데 예술로 사람을 치료한다는 상빠우 병원 건물의 문구가 떠올랐다. '그렇다. 예술은 눈으로 보는 것이 아니라 영혼으로 느끼는 것이리라. 나 역시 남은 시간 동안 예술로 가득한 아름다운 바르셀로나의 모습을 단지 두 눈이 아닌 마음으로 한가득 담아갈 수 있기를……'

피카소가 사랑한
네 마리 고양이

신문사와 통신사의 기사 작성에 관한 과정이 마무리되자 이번에는 인물 인터뷰에 관한 강의가 시작되었다. 담당 교수는 스페인에서 인터뷰어로 꽤나 이름을 날리고 있는 여기자 마르가리따 리비에르였다. 예순이 넘은 나이에도 각종 매체에 그녀만의 예리한 인터뷰 기사를 싣고 수시로 책을 출간하며 활발한 활동을 이어가고 있는 그녀는 목소리로 보나 외모로 보나 필체로 보나 강의 스타일로 보나 천하에 둘도 없는 여장부였다.

엄격한 강의와 혹독한 코멘트로 가끔은 학생들을 울리기도 했지만, 사석에서는 스스럼없는 태도로 친구처럼 학생들을 대하며 학생들이 맞담배를 피워도 개의치 않고 파티에도 꼭 참석해 끝까지 음주·가무를 즐기는 그녀는 진정 멋쟁이였다. 마르가리따 교수의 강의에서는 지각이나 결석은 물론 과제물 제출의 시한을 넘기는 일도 절대 용납되지 않았고, 공개적으로 과제물에 대한 평가를 하는 바람에 모두가 긴장에 또 긴장을 하고 있던 터였다. 나름대로 열심히 노력해 화제가 되고 있는 책의 저자를 섭외하고 인터뷰하는 것까지도 성공을 했는데 아무리 보아도 내 글이 마음에 들지 않았다. 아니, 다른 교수라면 몰라도 내가 좋아하는 마르가리따 교수에게 만큼은 칭찬을 받고 싶었다. SOS를 청할 때였다.

  평소 내 공부에 많은 관심을 갖고 도움을 주었던 친구 다비드와 글로리아에게 전화를 걸었다. 과제물도 봐줄 겸 점심이나 먹으면 어떻겠냐고 했더니 마침 두 사람 다 시간을 내주겠다고 했다. 바르셀로나 토박이인 글로리아는 친절하게도 이왕이면 외국에서 온 친구인 나를 위해 바르셀로나의 유명한 식당 한 곳에 자리를 예약하겠다고 했다.

  친구들을 만나기 위해 집 앞에서 지하철을 타고 시내로 갔다. 지상으로 나가는 계단을 오르는데 쌀쌀함이 느껴져 잠바의 지퍼를 위로 올렸다. 바다를 끼고 있는 바르셀로나는 마드리드와 달리 한여름에도 저녁이 되면 서늘한 바람이 불었다. 사실 그 덕분에 바르셀로나의 여름 날씨는 거의 완벽에 가까웠고 겨울에도 바다를 끼고 있는 해양성 기후 덕분에 그리 춥지 않았다. 그런데 그 바람에서 한기가 느껴지는 걸 보니 이 태양의 나라에도 겨울이 오긴 오나 보다 싶었다. 하지만 겨울이 가까워지고 있음에도 여전히 빛나는 햇살이 있어 초겨울 바르셀로나의 날씨는 오히려 산책하기에 딱 좋다는 느낌이 들었다. 햇살을 받아 마치 거대한 아이스링크처럼 투명하고 매끈하게 보이던 카탈루냐 광장을 지나 '푸에르타 델 앙헬', 우리말로 천사의 문이라는 이름을 가진 거리로 들어섰다.

그 많은 사람들 속에서도 글로리아와 다비드의 모습은 바로 눈에 띄었다. 우리나라에서는 한겨울에나 입을까 말까 한, 때아닌 오리털 파카를 입은 다비드의 약간은 우스꽝스러운 모습 때문이었다. 내게는 산책하기 안성맞춤이었던 날씨가 베네수엘라 출신인 다비드에게는 잔인할 정도의 끔찍한 추위로 느껴졌던 모양이다. 얼마 전부터 함께 석사 과정을 밟고 있는 중남미 친구들이 죄다 감기에 걸려 수업에 방해가 될 정도로 콜록거린다 싶더니 다비드도 예외는 아니었다. 글로리아가 말했다.

"아유, 불쌍해라. 다비드가 아주 제대로 감기에 걸렸네. 어서 안으로 들어가야겠다. 네 마리 고양이가 우리를 기다리고 있잖아."

네 마리 고양이? 무슨 스파이의 비밀 작전 암호도 아니고 웬 뚱딴지같은 소리인가 했더니 '네 마리 고양이'는 우리가 점심을 먹을 식당의 이름이었다.

"지금 우리가 가는 곳은 피카소가 바르셀로나에 살 때 자주 찾았다고 해서 아주 유명한 식당인데 가격도 부담 없고 분위기가 좋아서 내가 가끔 가는 곳이야. 마음에 들 거야."

글로리아의 설명을 들으며 길을 가로질러 조금 걸으니, 왼쪽으로 '몬시오'라는 이름의 좁은 골목이 나타났고 그 안쪽에 우리를 기다리는 '네 마리 고

1 '네 마리 고양이' 1층에서 있는 피아노. 누구나 예술가가 될 수 있는 멋진 무대.

2 '네 마리 고양이'에 들어서자마자 제일 처음 볼 수 있는 피카소의 그림

3 피카소가 그린 이 식당의 메뉴판 그림. 특히 오른쪽은 매우 유명해서 바르셀로나에 있는
   피카소 박물관에도 전시되어 있다.

양이'가 있었다.

식당에 들어서자마자 한쪽 벽을 모두 차지하고 있는 커다란 피카소의 그림이 보였다. 체크무늬 조끼에 나비넥타이를 한 백발의 웨이터를 따라 차를 마시는 사람들이 앉아 있는 홀을 지나고 또 하나의 문을 통과했다. 조그맣고 낮은 테이블들이 다닥다닥 붙어 있는 홀 한쪽에는 소박한 크기의 무대에 피아노가 한 대 놓여 있었고, 벽을 빙 둘러 발코니 형식으로 만들어진 2층에도 2인용 테이블이 빈틈없이 놓여 있었다.

우리는 1층 한구석에 자리를 잡았다. 의자를 당겨 앉는 순간 테이블 한쪽과 맞닿아 있는 벽에 또 피카소의 그림이 걸려 있는 것이 보였다. '앗, 여기에도 피카소가?' 그제서야 주변을 둘러보니 벽이란 벽은 온통 피카소의 그림을 담은 액자들로 도배가 되어 있었다.

웨이터가 메뉴를 건네주자, 친절한 글로리아가 또다시 외국인 친구들을 위한 브리핑을 시작했다.

"메뉴 앞의 그림 보이지? 이걸 그린 사람이 바로 피카소야. 이 카페는 원래 19세기 초 한 카탈루냐의 부호가 만든 건데 바르셀로나에 머물며 작품활동을 하던 피카소가 당시 유명한 문인이나 예술가들과 이곳에서 만나 세상 돌아가는 이야기와 예술에 관해 열띤 토론을 했대. 여전히 사회적인 신분 차별이 은근히 존재하던 당시에 무척이나 예술을 흠모했던 이 카페의 주인은 일부러 중국인들과 가난한 사람들이 모여 살던 후미진 골목에 이런 장소를 만들어 놓고 누구든 예술과 토론을 즐길 수 있는 장소라고 사람들에게 알렸다는 거야. 피카소도 바르셀로나에서의 자신의 첫 전시회를 이 카페에서 열었고 또 다른 유명한 시인이나 화가들도 이곳에서 낭독회나 전시회를 했다고 하더라고.

피카소는 우정의 표시로, 여기 숫자 보이지? 1899년에 이 카페의 메뉴에 들어갈 그림을 그려서 선물했대. 그리고 저기 저 피아노 있지? 술을 마시며 예술을 논하다 흥이 나면 누구나 피아노를 연주하며 예술가가 될 수도 있다는 의미에서 이 카페에서는 일부러 피아니스트를 고용하지 않았대. 상상해 봐. 멋지지 않니? 스페인뿐만 아니라 유럽 내에서도 내로라하는 문인과 예술가들은 이곳을 즐겨 찾았다는데 그들이 함께 술을 마시다 흥에 겨워 그중 누군가가 음악을 연주하고, 그 주변에 피카소와 이름 없는 화가들, 세계적인 시인들이 평범한 사람들은 물론 술집 작부들과도 함께 어울려 노래 부르고 시를 읊는 모습을 말이야."

진정한 예술의 도시란 바로 이런 것이 아닐까 싶었다. 누구나 예술을 직관에 따라 즐기고 사랑할 수 있는 자유가 있는 곳, 바르셀로나에서 예술이란 어떤 특정한 사람들만이 누리거나 즐기는 특권이 아니었다.

우리는 스페인식 오믈렛이라 할 수 있는 또르띠야 데 빠따따스와 하몽, 그리고 스페인 사람들이 가장 즐겨 먹는 생선 요리인 대구 요리를 주문했다. 음식을 먹는 동안 글로리아와 다비드는 틈틈이 내가 쓴 글을 읽고 조언을 해주었다. 나의 우려와 달리 두 친구는 몇 가지 문법적인 오류와 영어식 표현만 제외하고는 내용이나 짜임새가 아주 훌륭하다고 칭찬을 아끼지 않았다.

두 사람이 한창 내 글을 점검해 주고 있는데 건너편 테이블에 앉아 식사를 하던 한 할아버지가 웨이터를 불러 하는 이야기가 들려왔다. 70은 족히 되어 보이던 그 할아버지는 괜찮다면 피아노를 한번 쳐봐도 되겠냐고 묻고 있었다. 웨이터는 당연하다는 듯 피아노 쪽으로 팔을 뻗어 할아버지를 안내했고, 그와 함께 식사를 하던 일행들은 못 말리겠다는 표정으로 주변 사람들을 힐끔거리며 웃었다. 말하는 걸로 봐서 그들은 독일에서 온 관광객인 듯했다.

솔직히 별로 기대하지 않았는데 할아버지의 피아노 연주 솜씨는 수준급이었다. 제목은 알 수 없지만 꽤 귀에 익은 경쾌한 곡들을 메들리로 연주하던 할아버지는 결국 식당 내의 손님들에게 앙코르까지 받아 마지막에는 노래도 부르면서 한 곡을 더 연주했다. 예술을 사랑하는 사람이라면 누구나 그곳에서 자신만의 예술에 대한 열정과 끼를 펼칠 수 있길 바랐던 카페 주인의 소망은 한 외국인 관광객 할아버지에 의해 세기를 초월해서 실현되고 있었다. 그런 장소에서 당당히 주인공이 될 수 있는 할아버지가 참으로 멋지고 부럽다는 생각이 들었다.

진작에 피아노 연습을 열심히 해두었더라면 이럴 때 나도 한 곡 연주했을 텐데 아쉽다는 생각이 들었다. 그런 나의 마음을 간파했는지 글로리아가 내게 피아노를 칠 줄 아느냐고 물었다. 어릴 적 십 년이 넘게 피아노를 배웠지만 손을 놓은 지가 오래되어 이제는 자신이 없다고 말하자, 그녀는 자기 집에 와서 피아노 연습을 하라면서 언젠가 악보 파는 가게에 나를 데려가고 싶다고 말했다. 알면 알수록 나와는 자매처럼 비슷한 면이 많은 글로리아는 취미 삼아 피아노를 연주하는 것도 나와 닮아 있었다.

"바르셀로나에 있는 동안 열심히 연습하면 나랑 멋진 연탄곡 하나쯤은 연주할 수 있을 거야, 암 그렇구 말고." 다정한 그녀의 말에 용기가 솟았다. "그럴까? 그러지, 뭐. 못 할 것도 없지. 그럼, 우리 여기 와서 함께 연주하는 거야~"

우리 세 사람은 피카소의 단골 카페, '네 마리 고양이'의 피아노를 연주하는 나와 글로리아의 모습을 상상하며 즐거운 대화를 이어갔다. 실현될 수 없다 해도 상관없는 일이었다. 글로리아와 농담을 주고받으며 하는 행복한 상상만으로도 이미 나는 그 작은 무대 위에서 피아노를 신나게 연주하고 있는 것이나 다름없었다.

물줄기도 춤을 추고,
내 마음도 춤을 추고

"공부하기 힘들지?" 수업이 끝나고 강의실을 나서는데 글로리아가 다가와 말을 걸었다. 남들보다 몇 배 더 시간을 투자해도 따라가기 힘든 공부 때문에 고3 때도 하지 않았던 밤샘을 하느라 피곤했던 터에 글로리아의 말을 들으니 갑자기 응석이 부리고 싶어졌다.

"사실 좀 그래. 이런 식으로 어떻게 내년까지 지낼지 걱정이다."

"에이, 점점 나아지고 있잖아. 게다가 이미 아주 잘해 내고 있어. 내가 한국에 가서 공부한다고 생각해 봐. 난 절대 너처럼 하지 못했을 거야. 나도 외국 생활을 해봐서 얼마나 어려운 일인지 알아. 친구들이 모이면 네가 존경스럽다고까지 이야기하는 거 모르지?"

글로리아는 이탈리아와 프랑스에서 공부와 일을 한 경험이 있을 뿐 아니라 남미의 여러 나라와 인도로 혼자 배낭여행까지 다녀온 용감한 친구다. 게다가 그녀는 카스테야노 castellano, 우리가 알고 있는 스페인어로, 마드리드를 중심으로 한 카스티야(castilla) 지방에서 비롯된 말 와 까딸란 catalán, 카탈루냐 지방에서 쓰는 공식 언어, 프랑스어, 이탈리아어, 포르투갈어와 영어까지 6개 국어를 자유자재로 구사했고 부모님의 이혼으로 어릴 적부터 혼자 살아서 매우 독립적이고 책임감 또한 강했으며 나이에 비해 훨씬 어른스러웠다. 글로리아는 자기보다 7살이나 많은 나의 등을 쓰다듬으며 어린애 달래듯 다정하게 말했다.

"내가 기분 좋아지게 해 줄게, 힘내. 내가 말했던 악보 가게 있지? 거기 가자~"

카탈루냐 광장 역에 내려 람블라스 거리를 걸은 지 얼마 지나지 않아 글로리아가 바로 이곳이라며 손가락으로 한 건물을 가리켰다. '까사 베토벤', 베토벤의 집이라는 이름의 간판이 보였다. 가게는 한꺼번에 두 사람이 통과하기 힘들 정도로 들어가는 문이 비좁았는데 넉넉하지 못한 공간은 문에서 끝나는 것이 아니었다. 그렇게 유명한 악보 가게라면서 어떻게 이런 답답한 크기를 유지하고 있는 걸까? 고집스런 스페인 사람들다운 일이었다. 메트로놈과 지휘봉, 피아노 건반을 닦는 타올 등 잡다한 물건들을 늘어놓은 진열대와 바닥부터 천장까지 빼곡히 꽂혀 있는 악보들 사이에 서너 명의 사람들이 물건을 들고 계산을 하기 위해 줄을 서 있었다. 점원들과 손님들을 다 포함해 기껏해야 7~8명의 사람들이 서 있었을 뿐인데 가게는 비좁아

들어설 틈이 없을 정도였다. 여기에 악보가 있으면 얼마나 있을까 하는 실망 아닌 실망을 하고 있는데 글로리아가 더 안쪽으로 들어가자고 팔을 잡아끌었다.

몇 걸음 더 들어가 보니, 줄 서 있는 사람들 뒤로 키가 큰 이는 고개를 숙여 지나가야 할 만큼 낮고 좁은 문이 하나 있었다. 그 문을 통과하자 안쪽으로 약간은 어두운 통로를 사이에 두고 양쪽 벽면 가득 악보가 꽂혀 있는 책장이 길게 이어져 있었고, 통로 끝 먼발치의 창문을 통해 빛이 들어오고 있었다. 마치 영화 속에 나오는 오래된 수도원의 희귀한 고서들을 보관해 두는 서고 같은 분위기의 그곳에는 모르긴 몰라도 수천, 수만 장의 악보가 꽂혀 있고도 남을 듯했다. 책장 곳곳에 손으로 음악가의 이름을 써넣은 하얀 종이가 드문드문 붙어 있는 걸로 보아 아마도 음악가 이름 별로 악보가 정리되어 있는 것 같았다. 쇼팽, 바흐, 드보르작, 베토벤, 모차르트……. 글로리아와 나는 우리가 좋아하는 음악가들의 악보를 차례로 꺼내 살펴보다 좋아하는 곡이 나올 땐 마치 숨은그림찾기에 성공한 듯 반가운 마음이 들어 서로를 쳐다보며 빙고를 외쳤다.

그 가게의 점원들은 손님이 무언가를 부탁하기 전에는 아무도 손님에게 말을 걸지 않았고, 우리가 무얼 하든 전혀 신경도 쓰지 않은 채 묵묵히 자기 일만 할 뿐이었다. 그러다 보니 누가 손님이고 누가 점원인지도 알 수 없는 분위기 때문에 그곳은 더더욱 악보 가게가 아니라 악보만 모아놓은 도서관의 일부인 것같이 느껴졌다. 글로리아 말이 옳았다. 까사 베토벤에 가니

112

1 까사 베토벤에서 발견한 멋진 그림. 그림 속의 인물들은 모두 세계적으로 유명한 클래식
  음악가들이다.
2 몬주익 언덕에 있는 기적의 분수.
  개미처럼 작게 보이는 사람들과 비교해 보면 그 어마어마한 크기를 가늠할 수 있다.

정말 한결 기분이 좋아졌다. 맘에 드는 악보를 몇 개 사들고 까사 베토벤의 작은 문을 나서 시계를 보니 아직은 날이 밝았지만, 어느새 저녁 8시가 다 되어 있었다. "미나야, 악보를 샀으니 이제 음악을 들으러 가자."

산타클로스처럼 깜짝 선물을 쉴 새 없이 풀어내는 글로리아가 그다음으로 나를 데려간 곳은 바로 몬주익 언덕이었다. 그날은 목요일, 몬주익 언덕에서 분수 쇼가 열리는 날이었다. '아! 바로 여기구나!' 에스파냐 광장에서 바라본 몬주익 언덕은 그야말로 분수의 물결을 이루고 있었다. 저 멀리 언덕 위에 지어진 왕궁, 빨라우 나씨오날까지 쭉 뻗은 도로 양편에는 가로수 대신 커다란 솜사탕같이 탐스러운 모양의 하얀 분수가 수십 개씩 줄지어 있었고 그 도로의 끝에는 거대한 '기적의 분수' fuente mágica, 스페인어로 푸엔테 마히까라 불리는 몬주익 언덕 위의 거대한 분수에서는 1년 내내 매주 목요일부터 일요일까지, 밤 9시부터 12시 사이에 환상적인 분수 쇼가 열린다가 엄청난 물줄기를 사방으로 뿜어내고 있었다.

"디오스 미오!(하느님 맙소사!)" 나도 모르게 두 손을 모으고 거의 탄성에 가까운 감탄사를 반복했다. 디오스 미오, 디오스 미오…….

"좋아할 줄 알았어. 자, 저기 큰 분수 쪽으로 가자~"

글로리아의 얼굴에 뿌듯한 미소가 번졌다. 가까이 다가서니 분수의 물줄기는 정말 웬만한 폭포를 방불케 했고 물이 쏟아지는 소리도 엄청났다. 그도 그럴 것이 사방 어디를 둘러봐도 분수로 뒤덮이지 않은 곳이 없었다. 이미 불을 밝힌 왕궁의 테라스와 기적의 분수 사이에도 폭포수와 같은 분수가 쏟아져 내렸고 기적의 분수에서 땅까지 이어지는 계단 사이사이에도 크고 작은 분수의 물결이 이어졌다.

물이 흐르지 않는 곳에는 사람들이 자리를 잡고 앉아 아이스크림을 먹거나 맥주를 마시며 분수 쇼를 기다리고 있었고, 분수 주변에는 옷이 흠뻑 젖는 줄도 모르고 분수에서 튀는 물로 장난을 치는 개구쟁이들이 좋다고 소리를 지르며 뛰어다니고 있었다.

9시가 되자 일순간 분수에 조명이 밝혀지면서 물줄기가 사라지더니 몬주익 언덕이 떠나갈 듯 음악이 울려 퍼지며 오색찬란한 빛깔의 물줄기가 춤을 추기 시작했다. '이렇게 아름다울 수가……' 사춘기 소녀도 아닌데 난 가끔 왜 그리 감수성이 풍부해지는지 숨 막히게 아름다운 그 모습에 눈물이 핑 돌고 심장이 뛰었다. 거대한 폭포 속에 들어가 있는 듯 시원한 느낌이 온몸을 감싸는데 아름다운 클래식 선율과 함께 시시각각 모습을 달리하는 화려한 빛깔의 분수에 정신이 다 혼미해질 지경이었다.

물줄기도 춤을 추고, 빛도 춤을 추고, 흐르는 음악에 맞춰 내 마음도 춤을 추고, 온 세상이 춤을 추었다. 아름답다 못해 황홀하기까지 한 그 모습에 넋을 빼앗긴 글로리아와 나는 아무 말도 하지 않고 계단에 걸터앉아 함께 분수를 바라보았다. 15분간의 분수 쇼가 끝나 음악이 멈추고 조명이 꺼지자 다시 새하얀 물줄기를 뿜어내는 기적의 분수 앞에서 글로리아가 물었다.

"기분 좀 좋아졌어? 정말 예쁘지? 바르셀로나 좋지? 응?"

"응, 좋아. 정말 멋지다. 만약 누군가가 나를 이곳에 백 번만 데려다준다면 그 남자와 결혼하고 싶을 것 같아. 그만큼 아름답다."

나답지 않게 어이없는 농담까지 하는 걸 보니 이제 스페인 사람 다 된 것 같다며 아름다운 그녀가 분수처럼 시원한 웃음을 터뜨렸다. 하하하하하⋯⋯.

나이는
숫자에 불과한걸

　　생일이 하루 앞으로 다가왔다. 아무에게도 말하지 않았는데 어떻게 알았는지 우리들의 행동대장 힐다가 또다시 파티 공지를 했다.

　　"얘들아, 내일이 미나 생일이거든. 많이들 축하해 주렴. 근데 이번 주에는 미나 말고도 생일을 맞은 사람이 둘이나 더 있더라고. 미나랑 글로리아, 그리고 에바를 위한 생일파티를 우리 아파트에서 열 거니까 주말에 시간들 비우길 바래. 아, 그리고 이번 파티는 1980년대가 컨셉이야. 드레스 코드도 그렇고 음악도 그렇고. 좋은 음악 있는 사람들 가져오고 각자 자기 나라 음식이나 술도 가져오기!"

　　"오, 까리뇨~ 펠리스 꿈쁠레아뇨스(오, 사랑하는 자기야~ 생일 축하해)"

친구들이 내게 다가와 다정하게 입을 맞추며 축하 인사를 전했다. 사랑을 듬뿍 받고 있다는 행복한 기분으로 생일을 보내게 된 것만으로도 충분했는데 혼자 미역국 끓여 먹는 것이 귀찮아 생일을 대충 넘기려 하던 나를 위해 친구들이 생일파티까지 열어준다니 고마운 일이 아닐 수 없었다.

파티가 열린 아파트에는 석사 과정 동기생 중 네 사람이 함께 살고 있었다. 멕시코의 라디오 PD 야디라, 브라질의 잡지사 기자 레안드로, 코스타리카의 잡지사 기자 파비올라와 역시 코스타리카 출신의 신문사 편집장인 힐다까지. 그중에서도 야디라와 레안드로는 방을 함께 쓰는 룸메이트였다. 결혼까지 한 여자와 멀쩡한 총각이 룸메이트라는 것은 정말 라티노가 아니면 이해하기 힘든 일일 것이다. 아니, 라틴 사람들이라 해도 모두가 그들처럼 개방적인 사고방식을 가지고 있는 것은 아니다. 하지만 두 사람은 마치 오누이처럼 사이좋게 지내고 있었다. 더구나 레안드로는 얼마 전부터 글로리아와 공식적으로 사귀기 시작한 사이인데 글로리아가 전혀 개의치 않았기 때문에 아무 문제가 되지 않았다. 여하튼 그렇게 네 사람씩이나 동기생들이 모여 있는 데다 예쁘고 널찍한 발코니까지 딸려 있는 덕에 그 아파트는 파티가 열릴 때면 늘 우리의 아지트 역할을 했다.

나는 파전과 소주를 사 들고 그곳을 찾았다. 8시 반부터 파티를 한다기에 정확하게 시간을 맞추어 갔더니만 웬걸 그 집에 사는 네 사람 말고는 내가 1등이었다. "어서 와 미나~ 우리들의 아파트에 온 걸 환영합니다. 세뇨리따~" 언제나 싱글벙글 웃음을 잃지 않는 레안드로가 문을 열며 포옹을 해

나를 맞았다.

 허리까지 오는 긴 생머리를 풀어헤치고 간만에 화장까지 한 정말 예쁜 파비올라는 부엌에서 안주를 만든다고 부산을 떨고 있었고, 야디라는 파격적으로 가슴이 파인 꽃무늬 원피스를 입고 거울을 보며 치장하느라 열을 올리고 있었다. 학교에서도 틈만 나면 춤을 추는 힐다는 복고풍으로 올려 묶은 머리에 눈이 아플 정도로 강렬한 주황색 스타킹을 신고 거실에서 이미 혼자 춤을 추고 있었다. 그 틈에서 어색하게 서 있는 내게 때마침 레안드로가 4절지 크기의 세계지도를 펼쳐 보이며 한국 지도 위에 이름을 써달라 했다. 파티를 열 때마다 오는 모든 사람들의 이름으로 세계지도를 채워 브라질에 돌아갈 때 가져가겠다는 것이었다. 참으로 멋진 생각이었다.

 다른 친구들은 10시가 가까워서야 몰려오기 시작했다. 먼저 칠레에서 온 안드레아와 페루에서 온 이야가 함께 도착했고 순전히 바르셀로나에 사는 남자친구 때문에 마드리드에서 유학을 온 의리파 에바와 다비드 그리고 글로리아가 차례로 도착했다. 곧이어 정말 제대로 1980년대 컨셉에 맞춰 치장을 한 아역배우 출신의 라우라가 항상 그녀와 함께 다니는 무리인 안도라의 스테피, 바르셀로나 출신의 까를라, 시그리드, 실비아, 나탈리아와 함께 들이닥쳤고 우리들 중 가장 소심하고 내성적인 미겔도 카탈루냐산 샴페인인 까바 한 병을 들고 나타났다. 콜롬비아의 기타리스트 출신 루까스는 평상시 차림 그대로 진 패션을 하고 기타를 들고 왔는데 그가 늘 자랑스러워하는 구레나룻과 함께 영락없이 1980년대 LP판의 사진에서 튀어나온

나와 성격, 취미 심지어 생일까지 같은 글로리아.
아름다운 그녀와 함께한 2004년 생일 파티에서….

로커와 같은 모습이었다. 항상 문제를 일으키는 루이스는 도착하자마자 부엌에 들어가 이래라저래라 훈수를 두다 목소리 큰 힐다와 또 시비에 휘말렸고, 특유의 유머 감각으로 우디 알렉이란 별명까지 붙은 알렉과 놀기 좋아하기로 둘째가라면 서러워할 우리들의 조교 후안 뻬드로가 도착하자 파티는 더욱 흥겨워졌다.

음악에 조예가 깊은 후안 뻬드로가 비장의 무기라며 1980년대 라틴 음악이 담긴 CD를 한 묶음 풀어놓자, 힐다와 다비드는 기다렸다는 듯 격정적인 살사를 추어 모두의 환호를 받았다. 아무래도 라틴 사람들의 리듬감과 춤 실력은 타고나는 것이 아닌가 싶었다. 그날 밤 살사 리듬에 완벽하게 몸을 맞추지 못하고 어정쩡한 정체불명의 춤을 추는 사람은 나밖에 없었다. 나도 한국에서는 한 춤 한다는 소리를 들으며 소싯적엔 '댄싱 퀸'이 라는 별명까지 가지고 있었건만 그들 사이에 있으니 갑자기 몸치가 된 듯했다. 어쩌면 그리들 춤을 잘 추는지…….

하지만 꼭 춤을 잘 추어야 한다는 강박관념 따위는 가질 필요가 없었다. 파티란 그저 마음껏 즐기면 되는 것이다. 땀이 흠뻑 날 정도로 쉬지 않고 춤을 추고 있을 때 후안 뻬드로와 힐다가 준비된 케이크에 불을 붙여 들고 왔고 모두 함께 생일축하 노래를 불렀다. 생일을 맞은 우리 세 사람이 함께 촛불을 끄고 나니 또다시 이곳저곳에서 축하의 키스 세례가 이어졌다. 때마침 '80년대로 가자!'라는 누군가의 말과 함께 아바의 주옥같은 명곡들과 80년대 팝송들이 이어졌고 이제는 어정쩡할 필요 없이 나도 자신 있게 춤을 출 수 있는 순간이 왔다. 그래 파티다 파티!!!

길을 가다가도 흥거운 음악이 나오고 마음이 동하면 영화 속 주인공의 준비된 스텝처럼 멋지고 감각 있는 몸동작을 주저하지 않는 라틴 사람들. 그들이 말한 파티는 정말 확실한 '파티'였다. 그 어떤 고민거리도 그 어떤 열등감도 모두 잊고 즐거운 리듬에 몸을 맡기는, 세상에 웃을 일이 이렇게 많았나 싶을 정도로 배꼽을 잡게 하는 수다가 끊이지 않는……. 지칠 줄 모르는 열정을 가진 라티노들과 함께한 내 생애 최고로 흥거운 생일파티는 그렇게 밤이 깊고 새벽이 올 때까지 계속되었다.

새벽 3시가 다 되어서야 춤을 추던 사람들이 하나둘 자리에 앉기 시작하더니 루까스가 거실 한편에서 기타를 가지고 왔다. 우우~ 우리들은 손뼉을 치며 그의 노래를 청했다. 사소한 농담에도 얼굴은 물론 귀까지 벌겋게

달아오르는 수줍음 많은 순수 청년 루까스는 쑥스러운 듯한 표정으로 자신의 자작곡을 연주하며 노래를 불렀다.

그런데 멋지게 연주를 끝낸 루까스가 갑자기 초조해하며 자리에서 일어나 데킬라를 한 잔 들이켜더니 고백할 게 있다고 말을 꺼냈다. 뜻밖의 상황에 놀란 우리 모두 루까스의 눈치만 보며 아무 말도 못 하고 앉아 있었다. 나는 뭔가 재미있는 일이 벌어질 것만 같은데 혹시라도 말을 못 알아들어 그 상황을 놓칠까 봐 귀를 쫑긋 세우고 루까스의 다음 말을 기다리고 있었다. 그런데 그는 엉뚱하게도 나에게 다가와 느닷없이 손을 잡더니 손등에 입을 맞추었다.

"잠깐…… 루까스…… 왜 이러는 거야?"

당황한 나는 물론이고 그 자리에 있던 동기들 모두가 밤새 마신 술이 다 깼다는 듯한 표정으로 입을 떡 벌리고 루까스를 바라보았다.

"왜 이러냐고…… 음, 사실 내가 미나 너를 좋아하고 있거든……. 넌 정말 예쁘고 착한 것 같아."

허걱…… 이 무슨 어이없는 상황이란 말인가. 루까스는 우리 동기생들 중에서도 가장 막내에 속하는 20대 초반의 젊은 청년, 그러니까 내 입장에서 볼 때는 거의 조카뻘이라 해도 과언이 아닐 정도이다 보니 그가 내게 그런 말을 하리라고는 정말 꿈에도 상상하지 못했다. 나이 차도 나이 차지만 나는 루까스와 단둘이 밥을 먹어 본 기억도 없었다.

순간 가만히 생각을 해보니 루까스는 수업 시간에 늘 내 주변에 앉아 있거

순수 청년 루까스.
그는 이 사진을 찍고 정말 행복해했다.
그의 멋진 기타 연주를
다시 듣는 날은 언제가 될까?

나 우연히 내가 고개를 돌려 보면 나를 쳐다보고 있다 싱긋 웃곤 했던 것
도 같았다. 하지만 그게 다였는데……. '넌 정말 예쁘고 착한 것 같아' 라
니……. 너무나 순수하고 진심 어린 루까스의 고백이 정말 고맙게 느껴졌지
만 그렇다고 좋아라 할 수 있는 일은 아니었다.

"음…… 어쩌지, 저기…… 나는 있잖아…… 나는 너보다 열 살이나 나이가
많잖니…… 그러니까 내 말은……."

"미나, 네가 좋다는데 왜 엉뚱한 소리를 하는 거야? 사랑을 구하고 있는
데 거기서 나이가 왜 나와? 나이랑 사랑이랑 무슨 상관이 있다고……. 단
지 젊기 때문에 누군가를 사랑한다면 말이 안 되는 소리 아니겠어? 나이가
많아서 사랑할 수 없다고 생각하는 것도 그만큼이나 이상한 일이야. 사람
의 아름다움은 나이에 가려지는 것이 아니잖아. 왜 그렇게 바보 같은 소리

를 하……는……지……."

갑자기 말끝을 흐리던 루까스는 거짓말처럼 의자 등받이에 머리를 박고 곯아떨어지고 말았다.

"으이구 녀석, 어쩐지 밤새 마시지도 못하는 데킬라를 너무 들이켜더라."

루까스와 가장 절친한 동료인 리까르도가 혼잣말처럼 중얼거렸다. 어디론 가 나를 납치라도 할 듯 용감하게 구애를 하다 말고 그렇게 갑작스레 잠이 들다니……. 주책없이 허무한 마음이 드는 것도 사실이었지만 그쯤에서 루 까스가 곯아떨어진 것은 한편으로 참 다행스런 일이었다. 만약 그렇지 않았 다면 어쩔 수 없이 모든 친구들이 지켜보는 앞에서 면전에 대고 거절의 말 을 해야 했을 것이고 그건 나로서도 곤혹스러운 일이 되었을 것이다. 우리 들의 파티는 황당한 에피소드 덕분에 화려한 막을 내렸지만, 사실 나는 그 날 루까스로부터 정말 멋진 생일선물을 받은 기분이었다.

사랑과 나이가 무슨 관계가 있느냐는 열 살 연하남의 사랑 고백이라……. 어이없게도 갑자기 내가 20대 초반의 아름다운 여자로 다시 태어난 듯 우 쭐한 마음까지 들었다.

'맞아~ 사랑하는데 나이가 무슨 상관이람? 나이는 숫자에 불과한 걸. 진 정한 아름다움은 나이에 가려지는 것이 아니라고. 오늘로써 한 살을 더 먹 었지만, 아무것도 달라지는 것은 없어~ 오늘은 그저 1년에 한 번씩 돌아오 는 기쁜 나의 생일일 뿐!'

미겔과 함께한
경찰서 실습

크리스마스 방학을 얼마 앞두고 경찰 기자 실습이 시작되었다. 두 사람씩 짝이 되어 1주일 동안 밤마다 경찰서를 돌며 그날그날의 기사를 쓰는 것이었다. 실제 기자들이 경찰서를 돌며 하는 강도 높은 훈련에 비하면 거의 맛보기에 불과했지만, 스페인의 경찰서를 드나들며 경찰차를 타고 현장에 출동도 하고 사람들을 취재할 수도 있는 프레스카드가 주어진다는 것은 내겐 무척이나 매력적인 일이었다.

하지만 기대가 되는 만큼 걱정도 많았다. 경찰서 일이라는 것이 그야말로 예측불허인 데다 경찰들이 교수님들처럼 일일이 나를 배려해 못 알아듣는 말을 몇 번이고 다시 설명해 줄 리는 만무했기 때문이다. 그렇다고 아주 희망이 없는 것은 아니었다. 만일 운 좋게 힐다나 마르띤처럼 용감한, 혹은 마우리찌오나 리까르도처럼 똑똑한, 혹은 글로리아나 파비올라처럼 친절하고 다정한 파트너가 걸린다면 크게 걱정하지 않아도 될 것 같았다. 아니, 사실 그 누구라도 괜찮았다. 그중 어느 누구라도 나보다는 바르셀로나 사정에 밝았고 나의 고충을 모른 척할 리가 없었다.

단, 너무나 말이 없고 소심한 데다 사교성도 부족해 우리 동기들 중 유일하게 외톨이로 지내다시피 하는 미겔과 파트너가 되지 않기만을 바랐다. 그는 성격도 성격이지만 바르셀로나 인근 시골 출신으로 심한 카탈루냐 사투리를 써서 말을 알아듣기도 힘든 데다가 순전히 마음만 앞섰지, 실력이 턱없이 부족해 오히려 내가 도움을 줘야 할 판이었다. 다른 과제라면 몰라도 경찰 기자 실습을 하는데 미겔과 짝이 된다는 것은 적어도 내게는 있어서는 안 될 일이었다. 하지만 세상일이 다 그렇듯, 그 있어서는 안 될 일은 결국 현실이 되고 말았다.

파트너를 정하는 일은 제비뽑기로 진행되었다. 지금껏 살면서 나는 제비를 뽑는다든가 사다리를 탄다든가 혹은 복권이나 행운권 추첨처럼 순전히 운으로 승부를 거는 일에서 행운이 따랐던 경우가 거의 없었다. 이상하게도 그런 일들은 단 한 번도 내게 작은 행운조차 가져다준 적이 없다. 불길한 예감이 들었다. 그래도 설마 하는 마음으로 신중에 신중을 기해 제비를 뽑았는데 결국 나는 미겔과 짝이 되었다. 정말 대박이었다. 무려 27 대 1의 확률이었는데 난 '미겔'에 당첨됐다. '미에르다!(젠장!), 난 왜 이리 재수가 없을까? 스페인에서도 역시 제비뽑기는 안 되는군' 딱 보기에도 이미 우리 둘은 환상의 복식조였다. 몇몇 친구들이 괜찮겠냐며 나를 위로했지만 도움이 되기는커녕 오히려 더 걱정이 되었다. 하지만 어쩌면 미겔도 나만큼이나 운이 없다고 생각하고 있을지 모를 일이었다. 늘 뒤처져서 수업을 따라가는 미겔 입장에서도 이왕이면 도움을 받을 수 있는 동료를 원했을 텐데 그 많은 사람들 중에 하필 나라니…….

미겔과 내가 배치된 본부는 바르셀로나에서 관광객이 가장 많이 모이는 람블라스 거리 중간에 위치해 있었다. 사실 바르셀로나는 그다지 사건 사고가 많지 않은 평화로운 도시이기 때문에 유흥가가 밀집되고 사람이 많이 모이는 곳에 위치한 본부에 배치를 받은 것은 매우 운이 좋은 일이었다. 그나마 무슨 일이 벌어질 가능성이 가장 높았기 때문이다.

미겔은 매일같이 약속 시간보다 훨씬 더 일찍 도착해서는 경찰서 문 앞에서 코트 주머니에 두 손을 찔러 넣고 나를 기다리곤 했다. 하필 우리가 실습을 하는 동안 바르셀로나에는 이례적인 한파가 닥쳤는데 미겔은 추위에 오들오들 떨면서도 절대 경찰서 안으로 먼저 들어가지 않고 밖에서 내가 오기를 기다렸다. 혼자 경찰서 안에 들어가기 쑥스러우니까 처음에 하루 이틀 그러는 거겠지 했는데 사흘째 되던 날도, 나흘째 되던 날도 미겔은 항상 같은 자리에서 날 기다렸다.

그렇게 흘러간 나흘 동안은 실망스럽게도 경찰서 내에서나 순찰을 돌 때나 그다지 기삿거리가 될 만한 일은 벌어지지 않았다. 실습 닷새째 날이었던 12월의 어느 금요일, 그날은 심지어 내가 한 10분 정도 지각을 했는데 그때까지도 미겔은 오가는 차에서 혹시 내가 내리는지 보려는 듯 고개를 쭉 빼고 하얀 입김을 내뿜으며 같은 자리에 서 있었다. '아니 대체 왜 저렇게 밖에서 날 기다리고 있지?' 벌써 거의 1주일째 한 팀이 되어 시간을 같이 보내고 있었지만, 미겔과는 기본적인 인사와 꼭 필요한 말 외에는 해본 적이 없었다. 그런 마당에 이제 실습도 하루밖에 안 남았는데 굳이 듣기 싫은 소리를 할 필요는 없었을지 모른다. 하지만 그날은 미안하기도 하고 부담스럽기도 한 마음에 나도 모르게 순간 짜증이 났다.

경찰서 안으로 들어가 순찰을 함께 나갈 두 명의 당직 경찰들을 기다리는 사이 얼굴도 쳐다보지 않고 내가 말을 건넸다.

"있잖아, 왜 그렇게 맨날 밖에서 날 기다려? 그냥 먼저 들어와 있으면 되잖아."

나도 모르게 약간은 퉁명스런 말투가 튀어나온 바람에 미겔의 눈치를 살피려 고개를 돌려보았다. 추운 밤거리에 한참을 서 있다 들어와서인지 그렇지 않아도 두꺼운 미겔의 안경에는 여전히 뿌연 김이 서려 있었다.

"응…… 기사 내용도 내용이지만 여기서 우리가 생활하는 태도도 모두 학교로 보고되어 평가자료가 된대. 혹시 내가 먼저 들어와 있으면 네 점수가 깎일까 봐, 그래서……. 괜찮아. 나 별로 안 추웠어." 순간 어찌나 미안하던지 더 이상 뭐라 할 말이 없어 궁색해진 얼굴로 멋쩍게 땅만 바라보고 있는데 미겔이 말했다.

"난 워낙 시골 출신이라 바르셀로나 밖으로는 거의 나가본 적이 없는데 넌 정말 대단한 것 같아. 너처럼 용감한 친구랑 같이 이걸 하게 되어서 얼마나 다행인지 몰라."

바로 그때 우리를 인솔할 두 명의 경찰이 계단에서 내려왔다.

"자, 이제 순찰을 돌 시간입니다. 함께 가시죠. 저는 호세구요, 이 친구는 까를로스입니다."

무슨 사건이라도 일어나지 않을까 기다려 보았지만 밤 12시가 다 되도록 순찰차의 무전기에서는 아무 소식이 없었다. 아무래도 결국 별다른 사건 없이 경찰서 실습이 끝나는가 보다 생각하며 본부로 돌아가고 있는데 갑자기 다급한 목소리가 무전기를 통해 들려왔다. 바르셀로나 항구 근처의 빈민가에서 5층짜리 건물이 붕괴 직전의 위기에 놓여 있다는 소식이었다. 우리는 차를 돌려 급히 그곳으로 향했다. 그곳에는 이미 소방차 한 대와 시에서 나온 자원봉사자들이 도착해 있었다. 우리가 할 일은 그곳에 있는 주민들을 안전하게 대피시키는 일이었다. 문제는 가장 위층에 살고 있는 한 90대 노인이었다. 노인은 건물이 무너진다 하더라도 자기는 그곳에서 나오지 않겠다고 고집을 피우고 있었다. 우리를 인솔한 경찰들의 행동은 정말 일사불란했다. 우리도 함께 올라가야 할지 말지를 물을 새도 없이 곧장 그들의 뒤를 따라 비좁고 허름한 건물의 계단을 올랐다. 이러다 갑자기 건물이 무너지기라도 하면 어쩌나 하는 생각을 하니 발길이 쉽게 떨어지지 않았는데 나보다 더 겁이 많을 것 같았던 미겔은 어느새 나를 앞질러 계단을 오르고

붕괴 직전의 건물 주민들을 구하러 출동했을 때
함께 순찰을 돌던 경찰과 함께 주민을 인터뷰하는 중.

있었다. 고집을 피우는 할머니를 설득하던 경찰은 어쩔 수 없다는 듯 문을
뜯고 들어가 할머니를 끌어냈다. 바로 그때 한 소방관이 큰 소리로 외쳤다.
"이제 정말 시간이 없습니다. 우리가 조치를 취하고는 있지만 혹시 모르니
어서 빨리 다들 건물을 빠져 나가세요!"

경찰관 한 명과 나는 할머니를 부축해 계단을 내려왔고 할머니는 결국
울음을 터뜨렸다. 자신을 외면하고 몇 년째 소식이 없는 자식들이 어쩌면
찾아올 수도 있는데 그곳을 떠날 수는 없다는 것이었다. 한 자원봉사자에
게 할머니를 맡겨 두고 경찰관을 따라 이곳저곳을 다니며 기사 작성을 위
한 정보를 열심히 수첩에 받아 적고 있는데 또다시 사건 소식이 전해졌다.

뒷일은 다른 경찰과 소방관들에게 맡겨 두고 우리 네 사람은 다시 순찰차에 올랐다.

차 안에서는 쉴 새 없이 무전을 통해 현장 상황이 전해졌다. 그 근방 한 가게 안에 총을 든 2인조 강도가 들었다는 것이었다. 총이라고? 미겔과 나는 말없이 놀란 토끼 눈을 하고 서로를 쳐다보았다. 무슨 일이 터지기를 그렇게 고대했건만 막상 그 상황이 되니 덜컥 겁부터 났다. 가게 근처에 도착하자 두 경찰은 위험할 수도 있으니 우리 둘은 그냥 차 안에 있으라는 말을 남기고 순식간에 차에서 내려 총을 앞에 겨누고는 낮은 걸음으로 가게 쪽으로 다가갔다. 가게 문 앞에는 앞서 도착한 두 명의 경찰이 이미 총을 빼 들고 그들을 기다리고 있었다.

"우리는 어떻게 해야 하는 거지? 진짜 그냥 여기 있어야 되나? 그래도 내려봐야 하는 거 아냐?"

뜻밖에도 미겔은 그 상황에서 정말 용감한 질문을 던졌다.

"글쎄…… 난 솔직히 좀 무섭다……. 갑자기 강도가 총이라도 쏘면서 밖으로 뛰어나오면 어떡해?" "무서워하지 마. 내가 있잖아."

이 사람이 정말 미겔이 맞나 싶어 다시 한번 얼굴을 쳐다보며 말을 하려는 순간 갑자기 탕탕탕하는 총소리가 울렸다.

주위를 살필 겨를도 없이 우리 둘은 동시에 몸을 숙여 경찰차 바닥까지 기어들어 가고 말았다. 총소리는 가게 안에서 들려오는 것이었고 길에는 이미 아무도 없었지만, 그 상황을 우리가 알 턱이 없었다. 이러지도 저러지도 못하고 덜덜 떨고 있는데 사람들의 말소리가 들려왔다. 그제서야 다시 자리에 앉은 우리가 놀란 가슴을 쓸어내리고 있는 사이 상황을 정리한 두 경찰이 돌아와 차에 올라탔다.

"많이 놀랐죠? 이런 일은 정말 드문데 두 사람 별 경험을 다 하네. 총을 든 강도들이 가게 안으로 들어갔다고 해서 일단 공포탄을 쏘면서 가게로 들어갔는데 이미 뒷문으로 도망치고 난 후였어요. 강도를 잡았으면 더 좋았을 걸." 본부로 돌아가는 차 안에서 두 경찰은 우리에게 자세한 상황 설명을 해 주었고, 미겔과 나는 열심히 메모를 했다.

"이제 경찰서에서 다시 볼 일은 없겠네요. 그동안 수고 많았어요." 인사를 하고 경찰서를 나왔을 땐 어느새 새벽 세 시가 다 되었다. 거리에는 아직도 금요일 밤 파티를 즐기는 젊은이들이 적지 않게 눈에 띄었다. 택시를 잡아 타려고 했지만, 미겔은 끝까지 고집을 피워 나를 집까지 자기 차로 데려다 주었다. 이렇게 늦은 시간에 놀란 가슴을 한 나를 혼자 택시에 태워 보낼 수는 없다는 것이었다. 그리고는 자기가 메모한 노트를 내게 건네며 말했다.

"글씨를 너무 못 써서 미안해. 그래도 네가 빠뜨린 부분이 많을 것 같아서…… 혹시라도 도움이 될 게 있나 보고 월요일에 돌려줘."

미겔 말처럼 정말 알아보기 힘든 글씨체가 가득한 메모였지만 꼼꼼한 성격대로 어찌나 미주알고주알 모든 상황을 적어 놓았던지 내게는 큰 도움이 되었다. 대부분 아무런 사건 없이 경찰 기자 실습을 마친 다른 동기들은 우리 두 사람을 무척이나 부러워했고 그렇게 무사히 2004년의 마지막 과제를 마치고 우리는 크리스마스 방학을 맞았다.

강도와의 총격전을 벌이는 현장에서 미겔이 얼마나 용감한 태도를 보였는지 내가 아무리 얘기해도 친구들은 믿으려 하지 않았지만, 미겔 덕분에 나는 제비뽑기에 절대 성공하지 못했던 징크스를 깼다. 미겔, 미겔, 용감한 미겔, 그라시아스(고마워)~!

이보다 완벽한
새해 선물은 없다

크리스마스 휴가를 함께 보내기 위해 영국에서 공부하고 있던 동생이 바르셀로나를 찾았다. 오랜만에 만난 동생과 연휴를 즐기는 사이 2004년의 마지막 날이 다가왔고 친구들이 새해맞이 파티를 한다는 연락을 해 왔다. 주말이면 어김없이 함께 어울려 시간을 보내는 우리 패거리들 중 하나인 까를로스의 아파트에서 함께 저녁을 먹고 카운트다운을 한다는 것이었다. 동생과 나는 선물로 와인과 한국 음식을 싸 들고 까를로스의 아파트를 찾았다.

그날의 멤버는 파티 장소를 제공한 까를로스와 그의 사촌 여동생 메르세데스, 로베르또와 마누엘, 그들의 친구인 곤살로, 마르따와 다비드 부부 그리고 우리 남매였다. 혹시나 외롭게 시간을 보낼까 걱정하는 마음에 몇 번이나 확인 전화를 해준 고마운 까를로스를 조금이라도 도와줄 생각으로 발걸음을 재촉해 약속 시간보다 일찍 그의 집에 도착했다. 하지만 까를로스는 이미 파티 준비를 끝내고 우리를 기다리고 있었다.

　다른 친구들이 모두 도착하자 우리는 하몽과 치즈 등을 각자의 접시에 담아 거실에 둥그렇게 둘러앉아 먹으면서 함께 TV를 보았다. TV에서 하는 새해맞이 특별방송의 모습은 우리의 그것과 크게 다르지 않았다. 사람들이 모여 있는 시내 중심가에 설치된 특설무대에서 가수들의 축하공연이 이어졌고, 마드리드와 바르셀로나 등 주요 도시의 새해맞이 풍경이 릴레이로 중계되고 있었다. 이런저런 이야기를 나누며 식사를 하다 자정이 가까워오자 마르따가 까를로스와 함께 포도가 담긴 접시를 모두에게 나누어 주었다.

　"미나, 준비됐니? 하나도 어려울 것 없어. 오늘 포도 먹기까지 제대로 해내면 넌 정말 스페인 사람이 되는 거나 다름없어. 잘할 수 있지?"

　스페인에서는 새해맞이 카운트다운을 할 때 포도를 먹는 전통이 있다. 정확한 유래는 알 수 없지만 '땡땡땡~' 하고, 시계가 12시를 알리는 소리를 낼 때마다 그에 맞춰 열두 개의 포도알을 삼켜야만 한 해 동안 행운이 함께한다고들 말하고 예외 없이 모든 사람들이 그렇게 새해맞이를 한다. 친구들 사이에 섞여 접시를 들고 서로를 쳐다보고 있는데 긴장하고 있는 우리 남매의 모습이 우스운지 다들 배꼽을 잡았다.

　"하하하, 목에 포도가 걸리지 않게 잘해~"라고 다비드가 우리 남매를 걱정하며 말하던 순간 TV 속의 아나운서가 흥분된 목소리로 곧 카운트다운

포도 먹기는 정말 이색적인 경험이었다. 2005년 새해맞이 파티에서.
왼쪽부터 내 동생, 곤살로, 메르세데스.

이 시작될 것임을 예고했다.

"자~ 이제 시작이다. 모두들 준비해!" 디에스, 누 에베, 오초, 씨에떼……
(열, 아홉, 여덟, 일곱……) TV 속 군중의 함성이 들려오는 가운데 우리도
함께 새해맞이 카운트다운을 하면서 정신없이 열두 알의 포도를 씹어 삼
켰다.

솔직히 전혀 어려울 것 같지 않았는데 막상 해보니 왜 그리 우리를 걱정
했는지 알 것 같았다. 아무래도 익숙하지 않은 동생과 나는 아슬아슬하게
열두 번째 포도를 입에 넣었고 우리들은 "펠리스 아뇨 누에보(새해 복 많이
받아)"라 말하며 서로의 양 볼에 입을 맞추었다. 친구들은 너무나 훌륭하게
포도 먹기를 해 냈다면서 우리 남매에게 박수까지 보내주었고 어느새 TV

에서는 새해가 된 것을 축하하는 화려한 쇼가 시작되었다. 하늘에서 뿌려지는 오색 꽃가루를 맞으며 서로를 부둥켜안고 기뻐하는 사람들의 모습을 보면서 '아, 이렇게 스페인에서 새해를 맞는구나. 시간 참 빠르네……' 하는 생각이 들었다. 바로 그때 마르따가 모두에게 할 말이 있다고 입을 열었다.

"다들 내 얘기 좀 들어봐. 한 가지 뉴스가 있어." 뉴스라고? 어리둥절해하는 우리 앞에서 다비드가 마르따의 어깨를 감싸 안으며 이마에 입을 맞추더니 두 사람이 서로를 바라보며 의미심장한 미소를 지었다. "무슨 일인데?" 다들 어서 이야기하라고 재촉을 하고 있는데 까를로스가 갑자기 뭔가 알겠다는 듯 두 눈을 동그랗게 뜨며 물었다. "설마! 진짜야? 그거야?" 마르따와 다비드는 얼굴 가득 감격스런 표정을 감추지 못하며 고개를 끄덕였다.

"맞아. 오늘처럼 함께 새해를 맞는 기쁜 날 이런 소식을 알리게 되어 정말 행복해. 마르따가 아기를 가졌어."

우와! 우리는 또다시 축하의 키스와 포옹을 나누었다. "마르따가 아기를 가졌다! 드디어 내게도 스페인 조카가 생긴다~ 와우!" 키 190센티미터의 거구인 까를로스가 마르따를 번쩍 들어 올리자 다들 지금 제정신이냐며 난리를 쳤지만 정작 마르따와 다비드는 놀라는 기색도 없이 연신 싱글벙글 웃기만 했다.

마르따 부부는 벌써 3년째 불임클리닉을 다니면서 아기를 갖기 위해 노력하고 있던 터였다. 인공수정부터 시험관 아기까지 안 해본 게 없는 그들이 아기 갖는 일을 포기하기로 거의 마음 먹었을 때 하늘이 도운 것이었다.

대학 1학년 때 같은 과 동기생으로 만난 두 사람은 연인으로 지낸 지 2년째 되었을 때 마르따가 원인을 알 수 없는 희귀병에 걸려 어느 날 갑자기 시력의 대부분을 잃게 되는 시련을 겪었다. 마르따는 그런 상황에서 다비드와 결혼할 수 없다고 고집을 피웠지만 그렇기 때문에 더더욱 꼭 자기와 결혼해야 한다고 우긴 다비드의 끈질긴 구애에 힘입어 결국 결혼에 골인했다.

마르따는 그런 일을 당하고도 자신의 운명을 원망하기는커녕 오히려 더욱 열정적이고 긍정적으로 살아가며 모든 친구들에게 희망을 주는 특별한 친구였다. 그들이 그토록 원했던 새로운 생명은 절망적인 운명 앞에 굴하지 않고 사랑을 지켜내고 행복을 만들어 가는 두 사람에게 어쩌면 당연한 신의 선물이었다. 그리고 그런 두 사람을 진심으로 마음 깊이 사랑하는 우리들에게도 그보다 더 가슴 벅찬 소식은 있을 수 없었다.

"그럼, 언제 아기가 태어나게 되는 거지? 내가 한국으로 돌아가기 전에 아기를 볼 수 있어야 할 텐데……."내가 마르따의 두 손을 잡으며 물었다.

"사실 벌써 2달쯤 됐거든. 전에도 한 번 유산한 적이 있어서 진작에 알리지 않았는데 이번엔 잘될 것 같다더라. 모든 게 잘되면 올 7월에 아기가 태어날 거야. 너를 위해서라도 빨리 아기가 세상에 나오도록 기도할게." 하늘이 내린 새로운 생명, 그보다 더 완벽한 새해 선물은 없었다. 새로운 도전을 위해 한국을 떠난 지 반년, 그렇게 또 한 해는 저물고 아주 특별한 선물과 함께 나는 스페인에서 새해를 맞았다. 서울을 떠나며 마음속에 품었던 꿈과 목표들에 얼마나 가까이 가고 있는지 한 번쯤 생각해 보고 새로운 마음가

짐을 해야 할 때였다.

　만감이 교차하는 가운데 파티를 마치고 동생이랑 마르따 부부와 함께 까를로스의 집을 나서는데 하늘에서 때마침 새하얀 눈발이 날렸다. "와 눈이다!" 다비드의 말에 우리는 동시에 하늘을 올려다보았다.

　"바르셀로나에 눈이 오다니…… 몇 년에 한 번 올까 말까 한 눈인데…….올해는 첫날부터 눈도 내리고 우리 아기도 생겼고, 미나 너도 이곳에 있고…… 정말 특별하고 행복한 해가 될 것 같다."

　희망에 부푼 우리 네 사람이 나란히 어깨동무를 한 채 노래를 부르며 바르셀로나의 밤거리를 걷는 사이, 새해맞이 카운트다운에 맞춰 터진 폭죽과 함께 공중에 흩날리던 색종이 가루처럼 하늘에서는 2005년의 첫눈이 달빛을 받아 반짝이며 쏟아져 내렸다. 참으로 멋진 한 해의 시작이었다.

3부
스페인 사람처럼 사는 법

천하무적 고집불통
스페인 사람들

새해 첫날부터 흩뿌리던 눈은 예사로운 눈이 아니었다. 새해 첫 주 마드리드에는 40년 만의 폭설이 내려 항공기 1백여 편이 결항됐는가 하면 바르셀로나에도 꽤 많은 양의 눈이 내렸다. 5~6년에 한 번 눈발이 날릴까 말까한다는 바르셀로나에 제법 큰 눈이 내렸던 그 주, 크리스마스 방학이 끝나고 새 학기가 시작되었다.

나는 일찍 집을 나서 학교로 향했다. 하얀 눈이 소복이 쌓인 바르셀로나 대학의 캠퍼스는 평소와 다른 낯선 모습이었지만 무척이나 아름다웠다. 건물의 초록색 지붕 위도, 곳곳에 심어져 있는 야자수의 넓은 잎사귀도 하얀 눈으로 덮인 아름다운 교정을 걸어 건물 안으로 들어서는데 평소 같으면

바르셀로나 대학원 건물 1층 발코니에서 바라본 정원.
흰 눈이 내려앉은 야자수의 모습이 이색적이다.

아직 도착했을 리가 없는 몇몇 친구들의 웃음소리가 들려왔다.

'웬일들이야? 이렇게 이른 시간에 벌써 학교에 와 있다니……'

친구들은 나를 보자 새해 인사와 함께 왜 이리 늦게 왔냐며 수선을 떨었다. 무슨 일인가 했더니 나의 남미 친구들은 태어나서 처음으로 '눈'이라는 걸 본 것이었다. 말로만 듣고 영화 속에서만 보던 눈을 나이 서른이 다 되어 처음으로 보고 만지는 느낌은 과연 어떤 것일까? 나로서는 도저히 상상조차 하기 힘든 일이었기에, 설마 눈이 왔다고 아침 일찍부터 학교에 모여 그 난리를 치고 있을 줄은 꿈에도 몰랐다. 내가 도착했을 때 친구들은 이미 학교 교정을 돌며 수도 없이 사진을 찍고 눈싸움까지 하고서 구내 카페테리아에 앉아 커피를 마시고 있는 중이었다.

"미나야, 넌 전에도 눈을 본 적이 있니?"

"본 적이 있느냐고? 물론이지. 한국에는 겨울에 눈이 많이 내리는 편이야. 무릎까지 눈이 쌓인 곳을 걸어본 적도 있는걸."

"진짜? 우와, 멋지다. 우린 태어나서 오늘 처음으로 눈을 봤거든. 얼마나 신기한지 몰라. 밖에 좀 봐. 우리의 작품이야~" 발코니가 내다보이는 카페테리아 한쪽 벽의 유리문 너머로 친구들이 만들어 놓은 듯한 눈사람이 보였다.

"하하하, 진짜 귀엽다. 저 코는 또 뭐야?" 눈을 보고 좋아하는 학생들의 모습이 재미있었던지 카페 주인 마누엘로가 당근을 꽂아 코를 만들고 자기 털모자까지 씌워 놓은 모양이었다. 나도 눈을 좋아하는 편이지만 그날 난생처음으로 새하얀 눈을 본 남미 친구들은 말 그대로 감격에 겨워했다.

새로 시작된 학기의 주요 수업 내용은 라디오와 텔레비전 방송, 그리고 다큐멘터리. 신문과 통신 등 활자매체 중심의 수업에서 이제는 방송 쪽으로 방향 전환이 이루어진 셈이었다. 라디오 시사 프로그램을 직접 기획하고 제작, 편집하는 내용을 마치게 되면 TV 뉴스 리포팅 실습을 하고 다큐멘터리 제작에 관한 수업을 받게 되어 있었다. 유럽의 석사 과정은 우리나라의 석사 과정과 달리 실전 위주의 강의와 실습이 주가 된다. 석사라는 것은 본래 미국의 교육 시스템에 존재하는 과정으로 유럽의 대학에는, 특히 스페인에는 석사 과정이 생겨난 것 자체가 그리 오래되지 않았다.

내가 스페인에서 살면서 느낀 바에 의하면 스페인 사람들이 자기들만의 시스템을 고집하는 것은 비단 교육에 있어서 뿐만이 아니었다. 할리우드 영화가 판을 치는 것은 세계 어디를 가나 비슷한 현상이겠지만 스페인의 극장은 분명 우리와 다른 점이 있었다. 스페인에서는 원어로 영화를 상영하는 특수한 극장을 찾아가지 않는 이상 모든 외화는 스페인어로 더빙된 것을 볼 수밖에 없다. TV에서 하는 외화 시리즈도 마찬가지다. 미국에서 수입된 영화나 드라마를 스페인어로 더빙해서 보면 그 작품이 주는 본래의 느낌이 사라지지 않느냐는 나의 질문에 스페인 친구들은 대게 이렇게 답했다.

'외국 영화가, 특히 미국 할리우드 영화가 의도하는 모든 것을 그대로 받아들여 그들의 문화적인 지배를 받고 싶진 않다. 우리가 굳이 힘들게 자막을 읽어가면서까지 그들의 영화와 드라마를 보아야 할 필요가 어디 있느냐. 우리말로 보고 우리 식대로 느끼면 그만이다.'

아시아의 대도시는 물론 아프리카의 오지와 중동의 사막 한가운데서도 만날 수 있다는 맥도날드와 스타벅스도 스페인에서는 그리 많이 찾아볼 수 없다. 훌륭한 자기들의 브랜드를 놔두고 미국의 상업 전략에 속아 넘어갈 수는 없다는 스페인 사람들의 자존심과 고집이 미국 기업들에게 설 땅을 만들어 주지 않은 까닭이다.

우리나라 같으면 온 나라가 초콜릿의 물결로 뒤덮일 발렌타인데이도 스페인에는 존재하지 않는다. 대신 카탈루냐 지방에서는 남자는 여자에게 장미를, 여자는 남자에게 책을 선물하는 자기들만의 연인의 날을 만들어 사랑하는 사람들끼리 선물을 주고받는다. 고집불통 스페인 사람들에게 때로는 질린다 싶을 때도 있었지만 쉽사리 자존심을 내주지 않는 그들의 그런 성향 덕분에 그 독특한 문화와 전통이 변질되지 않고 이어져 내려올 수 있는 것이 아닐까 하는 생각도 들었다. 또 전자음악이나 하우스 음악에 맞춰 춤을 출 수 있는 나이트클럽도 있지만, 웬만한 클럽에서는 매일 밤 세비야나나 살사, 플라멩코와 같은 음악이 잠시라도 흘러나오고 그럴 때면 오히려 더 열광하며 멋들어지게 전통춤을 출 줄 아는 스페인의 젊은이들에게서 우리가 배워야 할 점은 분명히 있지 않나 싶었다.

단, 내가 생각할 때 그들이 고집을 좀 꺾고 달라져야 할 부분이 있다면 그것은 바로 그들의 '시간관념'이다. 우리도 소위 '코리안 타임'이라고 해서 시간약속을 제대로 지키지 못하는 국민적인 습관에 대해 스스로 꼬집어 말하던 때가 있었다. 하지만 그런 것도 다 지난 얘기가 되어버린 지 오래고 설사 아직까지도 코리안 타임을 고수하는 사람들이 있다 한들 라티노들에게는 감히 도전조차 할 수 없을 것이다.

새 학기가 시작되었던 그날도 개강 파티를 겸한 저녁 모임이 있었다. 나는 람블라스 거리 한복판에 있는 지하철역 출구에서 친구들을 만나 함께 식당으로 가기로 했다. 반년에 가까운 시간 동안 그들과 생활하고 난 터라 솔직히 반신반의했던 것도 사실이다. 하지만 추운 날씨 때문에라도 길에서 한 약속을 어길 리 없을 것이라고 믿었던 내가 바보였다. 결론부터 말하자면 약속 시간인 밤 10시에 정확히 맞추어, 아니 심지어 10분 전에 도착한 나는 무려 한 시간 반 동안 추위에 떨며 혼자 발을 동동 굴러야 했다. 처음엔 조금

늦어지나 보다 생각했었다. 그러다가 한 30분이 지났을 때는 그래도 이제는 한두 명이 얼굴을 드러내겠지 싶었다. 그러나 웬걸, 도저히 참지 못하고 10시 40분이 넘어 친구들에게 전화를 걸기 시작했을 땐 거의 절망적인 답변밖에 들을 수가 없었다.

"아, 미나구나. 에…… 왜 이리 재촉이야. 지금 집에서 나가고 있어. 금방 갈 거야."

모두가 같은 반응이었다. 재촉이라니? 만나기로 한 시간에서 40분도 넘었는데 그제야 집에서 출발을 한다면서 나를 성격 급한 아이로 몰아붙인다는 건 도저히 이해를 하려야 할 수가 없었다.

크리스마스 연휴에 만났던 동생이 해준 이야기가 떠올랐다. 내 석사과정 동기들만큼이나 다국적 팀을 이루고 있는 동생의 연구실 동료들끼리 시간 약속에 관한 이야기를 한 적이 있단다.

'예를 들어 길거리에서 누군가와 오후 3시에 만나기로 했다 치자. 그러면 당신 나라의 사람들은 일반적으로 몇 시쯤 그 장소에 나타날 것인가?' 그 질문에 영국과 일본 학생은 3시 20분 전이라고 답했고 대부분의 다른 나라 학생들은 3시 5분 전이나 5분 후라고 답했다. 그런데 정말 기막힌 것은 한 멕시코 여학생의 답이었다. 그녀의 답은 바로 '4시 30분'이었다. 다들 황당해하며 도대체 무슨 생각으로 그런 답을 하는 거냐고, 그럼 상대방한테 무려 한 시간 반을 밖에서 기다리라는 뜻이냐고 반문했더니 그 여학생의 답이 가관이었다.

1 미워하려야 미워할 수 없는 나의 친구들. 왼쪽부터 레안드로, 나탈리아, 나, 아나
2 왼쪽부터 파비올라, 힐다, 그리고 나.

"무슨 소리야? 그 사람도 네 시 반에 오면 되지, 왜 그렇게 일찍 와서 기다려?"

내가 미쳤지. 어쩌자고 시간에 정확히 맞춰 나왔나 후회에 후회를 거듭했지만 이미 때는 늦었다. 결국 난 근처 커피숍에서 혼자 시간을 보내다 약속 시간보다 한 시간 반이나 늦게 나타난 동료들과 함께 파티 장소에 가서 식사를 할 수 있었다. 그런데 미안해하기는커녕 아무 일도 없었다는 듯 반갑게 인사하는 친구들이 이상하게 밉지가 않았다. 세상에 둘도 없는 고집불통에 시간도 안 지키는 천하태평들이었지만 이미 그들은 모두 소중한 나의 친구가 되어 있었다. 무슨 일이든 그냥 그러려니 하고 받아들이는 것 또한 그들만의 낙천적인 사고방식이었고, 나도 모르는 사이 내 몸에도 어느덧 그 기운이 스며들고 있었던 모양이다. 나는 건망증 환자처럼 조금 전의 일을 금세 잊고 희희낙락 파티를 즐겼다. 또다시 시작된 학교생활을 위해, 한층 더 깊어진 우리들의 우정을 위해 잔을 높이 들어 축배를 들었다.

살룻!(건배!)

카탈루냐 광장에 울려 퍼진
쨍과리 소리

　라디오 실습 과정까지 마무리되자 이제 석사 과정도 TV 방송과 다큐멘터리 부문만을 남겨놓은 채 막바지를 향해 달려가고 있었다. TV 실습에서는 세 사람이 한 조가 되었다. 한 사람은 카메라맨 역할을, 또 한 사람은 PD 역할을, 그리고 또 한 사람은 기자 역할을 돌아가면서 맡아 촬영을 한 후 편집까지 마무리해 모두 여섯 번의 뉴스 리포팅 프리젠테이션을 해야 했다.

　동기생이 총 28명인데 세 사람씩 짝이 되다 보니 두 사람이 한 조가 되는 경우도 있었는데 우리 조도 그중 하나였다. 나는 페루의 잡지사 기자 출신인 이야와 파트너가 되었다. 우리가 TV 실습을 시작한 그 주에 나는 마침 매우 욕심나는 소식을 접하게 되었다. 한국의 농악대와 줄타기 공연단이

유럽 순회공연의 일환으로 바르셀로나를 찾는다는 것이었다. 한국적인 소재이니만큼 내가 PD 겸 기자 역할을 맡고 이야는 카메라를 잡기로 했다. 나는 다른 석사 과정 동기들에게도 한국의 문화를 접할 수 있는 좋은 기회가 될 것이라 생각해 모두가 와볼 수 있도록 시간과 장소를 공지했다.

여전히 쌀쌀한 날씨가 계속되었지만 계절과 상관없이 눈부신 햇살이 쏟아지던 카탈루냐 광장에는 그날도 사람이 무척 많았다. 우리가 도착했을 때는 농악대와 공연단이 아직 등장하기 전이었지만 현장에는 경기도에서 온 행사 관련자들과 아시아 문화센터 관계자들이 나와 막바지 준비를 하고 있었다. 농악과 줄타기에 대해 내 딴에는 열심히 설명을 했지만 이야는 영 감이 안 잡힌다는 눈치였다. 하긴 그녀가 내게 페루의 전통 음악이나 놀이를 아무리 잘 설명한다 해도 내 눈으로 직접 보지 않고서는 그것이 정확히 어떤 것인지 알 도리가 없었을 것이 분명했다.

이야는 우리의 첫 번째 과제인데 혹시라도 공연에 차질이 생기거나 별 볼일 없는 공연이 될까 봐 시종일관 노심초사하고 있는 눈치였다. 절대 실망하지 않을 것이라는 내 말에 유일한 희망을 거는 그녀를 안심시키는 사이 사물놀이 의상을 차려입은 경기 농악대 단원들 몇 명이 어디선가 나타나 줄타기를 위한 준비 작업에 들어갔다. 준비가 거의 다 되었을 즈음 일부러 시간을 내어 들른 동기들도 도착하고 구경거리가 난 것을 귀신같이 알아챈 사람들이 어느새 광장을 둘러싸기 시작했다. 줄타기를 위해 마련된 무대 뒤에는 한국에서 온 공연단임을 알리는 커다란 현수막이 걸렸고 주변 잔디밭에도 호기심 어린 눈초리의 사람들이 자리를 잡았다.

'이제 시작할 때가 되었는데……'라고 생각하며 시계를 보는데 드디어 "짜란짠짜 짠짜라라" 귀에 익은 꽹과리 소리와 함께 농악대 단원들이 둥글게 원을 그리며 등장했다.

"아이, 께 과이!(어쩜, 너무 멋지다!)"

우리의 사물놀이패가 모습을 드러내자마자 내 옆에 있던 동기생들은 두 손을 모으고 감탄사를 연발했다. 꽹과리와 장고, 북과 징이 어우러진 흥겨운 장단은 물론이고 화려한 색감이 돋보이는 우리 농악대의 의상도 스페인 사람들을 감동시키기에 충분해 보였다. 카탈루냐 광장 한복판에서 빙빙 돌며 신명 나는 가락을 연주하는 우리 농악대의 파랗고 노란 옷자락이 바람에 나풀거리는 모습에 스페인 사람들은 "께 보니또!(와, 진짜 예쁘다!)"라고 외쳐대며, 뭘 안다는 듯 고개를 끄덕이면서 박자를 맞추었다.

분위기가 무르익자, 이번에는 몇몇 단원들이 상모를 돌려 큰 박수를 받았고 그때마다 이야와 나는 자리를 옮겨가며 그 모습을 화면에 담느라 진땀을 뺐다. 하지만 뭐니 뭐니 해도 그날 공연의 하이라이트는 줄타기였다. 사람들은 생전 처음 보는 그 신기한 모습에 처음엔 모두 침이라도 흘릴 듯 입을 헤 벌린 채 숨죽이고 줄타기를 지켜보더니 나중에는 한술 더 떠 "엉덩이 안 아파요?"라고 농담까지 던지며 즐거워했다.

행여나 멋진 장면을 놓칠세라 동분서주하며 촬영을 한 이야와 나는 이번엔 아시아 문화센터 관계자들과 시민들, 또 농악대 단원들과의 인터뷰를

1 경기 농악대 단원들과의 인터뷰. 오른쪽에 계신 분이 줄타기의 주인공.
2 그날 우리의 농악대는 정말 멋진 공연을 펼쳐 우레와 같은 박수를 받았다.
  특히 상모를 돌리는 모습은 스페인 사람들을 완전히 매료시켰다.

화면에 담았고 끝으로 나의 리포팅 멘트가 남아 있었다. 10년 가까이 마이크 잡고 말하는 일을 했는데도 스페인어로 방송 리포트를 한다니 나도 모르게 긴장이 되는 것은 어쩔 수 없었다. 하지만 공연하고 있는 모습을 뒷배경으로 담으려면 잠시도 망설이고 있을 틈이 없었다. 순식간에 카메라를 설치하고 이야의 큐를 받아 멘트를 시작했다.

"휴일인 오늘 바르셀로나의 카탈루냐 광장에서는 한국의 전통 공연단이 독특하고 수준 높은 공연으로 시민들의 발길을 사로잡았습니다. '농악'이라는 이름의 이 공연은 한국의 농촌에서 풍년을 기원하며 농부들이 행하던 전통 놀이로 흥겨운 이 가락의 한국 이름은 '사물놀이'입니다. 이번 행사는 최근 들어 높아지고 있는 아시아에 대한 시민들의 관심에 부응하기 위해 아시아 문화센터와 한국의 지방정부가 함께 마련한 것으로 해마다 늘고 있는 스페인 내 아시아 이민자들의 문화를 이해하고 포용하기 위한 노력의 일환으로 보여집니다. 지금까지 바르셀로나 카탈루냐 광장에서 손미나였습니다." 급한 상황일수록 초인적인 힘이 발휘된다더니 나는 단 한 번의 NG도 없이 녹화를 끝내 버리고 말았다.

"우와, 대단해 미나. 오케이~ 정말 잘했어! 이제 편집만 잘하면 될 것 같아."

이야가 기뻐하며 말했다. 이야도 이야지만 나 역시 그 상황을 믿기 힘들었다. 나도 모르는 새 스페인어가 많이 늘었고, 우리의 농악대를 아이템으로 한 덕에 힘이 솟아 모든 일이 일사천리로 풀린 모양이었다.

이야를 도와 장비를 정리하는 사이 모든 공연이 끝나고 한국 공연단은 카탈루냐 광장을 가득 메운 군중들로부터 엄청난 박수갈채와 환호를 받았다. 이렇게 멋진 공연일 줄은 상상도 못했다고 칭찬을 아끼지 않는 동기생들과 함께 막 자리를 뜨려는데 한국인 유학생들과 관광객들이 몰려와 사인을 해달라고 했다. 머나먼 타국 땅에서까지 날 알아보고 인사해 주는 사람들에게 고마운 마음이 들어 일일이 사인도 해주고 사진도 찍었는데 어느새 내 동기생들이 그 모습을 화면에 담고 있었다.

"야, 미나야. 너 한국에서 유명한 사람인가 보구나. 그런데 넌 어쩜 그리 한 번도 그런 얘길 안 했니?" 그 자리에 있던 안드레아가 말했다.

"아니야, 그냥 외국에 와 있으니까 반가워서 그렇겠지."

"무슨 소리야? 외국에서 봤다고 아무한테나 그렇게 사인을 받아? 우리 반에 아시아에서 온 스타가 있다고 칠레 고향에 있는 친구들한테 자랑해야겠다." 나는 왠지 쑥스러운 마음이 들었지만 친구들은 사람들에게 사인을 해주는 내 모습이 꽤 신기했던 모양이다.

"내일 학교 가서 애들한테 아까 찍은 거 보여줘야겠다. 우리가 몰랐던 유명한 미나의 모습을 다른 애들도 봐야지." 이야가 말했다. 그러자 또다시 안드레아가 끼어들며 큰 소리로 이렇게 말했다.

"뚜 에레스 파모사, 미나! 파모사 미나!(너는 유명한 미나라고! 유명한 미나!)"

다음 날부터 학교에서 나의 별명은 '파모사 미나'가 되었다. 그리고 며칠 후 프리젠테이션 시간 이후에는 파모사 미나만큼이나 한국의 농악과 줄타기도 우리 동기생들 사이에서 유명세를 타게 되었다. 까다롭기로 이름난 TV 부문 담당 교수님은 농악대의 역동적인 모습을 훌륭하게 담아내었을 뿐 아니라 외국어로 하는 리포팅임에도 불구하고 프로다운 모습이 엿보였다며 이야와 나에게 칭찬을 아끼지 않았다.

고생 끝에 낙이 온다더니 겨우내 사전을 끌어안고 열심히 스페인어 공부를 하고 시도 때도 없이 모두가 떠난 빈 강의실에 남아 애를 썼던 힘겨운 시간을 모두 보상받은 느낌이었다. 강의실 문을 나서며 이야와 나는 팔을 높이 들어 손바닥을 마주쳤다.

아리바 미나, 아리바!!!(다음엔 더 잘하는 거야 미나, 파이팅!!!)

히틀러를 이긴
작은 거인

강의와 실습도 물론 흥미로웠지만 내가 밟고 있던 석사 과정 커리큘럼 중에 가장 나의 관심을 끌었던 것은 매주 한 명씩 초대되는 사회 저명인사들의 세미나였다. 특별한 일이 없는 한 석사 과정이 진행되는 내내 일주일에 한 번씩은 스페인과 남미에서 매우 영향력 있는 정치권 인사들과 언론계, 학계, 그리고 연예계와 스포츠계에서 이름이 난 사람들까지 우리 강의실을 방문해 흥미로운 특강을 진행했다.

여느 때와 마찬가지로 세미나가 있던 어느 금요일 오후, 그날은 특히 많은 사람들이 일찍부터 강의실에 모여 앉아 서로 조용히 이야기를 나누며 세미나의 시작을 기다리고 있었다.

'헥또르 펠리시아노, 푸에르토리코 출신으로 미국 《워싱턴포스트》지와 《로스앤젤레스타임스》의 문화부 기자로 오랫동안 일한 경력이 있는 저널리스트'라는 간략한 그의 프로필은 이미 며칠 전 헤르쉐르 교수가 나누어 준 자료에서 본 적이 있다. 내가 헥또르 펠리시아노 기자에 대해 알고 있는 것은 그게 전부였다.

"오늘 온다는 그 사람이 대체 어떤 사람이길래 이렇게 많이들 모였어?" 옆자리에 있던 친구에게 물었다.

"어, 너는 잘 모를 수도 있겠지만 남미와 유럽에서는 아주 유명한 사람이야. 수년간 위험을 무릅쓰고 프랑스의 미술품에 대한 취재를 해서 책을 썼는데 그게 큰 화제가 됐지. 난 그 책을 읽어봤는데 꼭 종군기자만이 용감한 것이 아니더라고. 한번 만나보고 싶었는데, 웬일이니. 진짜 그 사람을 이렇게 가까이서 본다는 게 믿기지 않는다……."

잠시 후, 헤르쉐르 교수가 강의실 문을 열고 들어왔다.

'혹시 저 뒤에 따라 들어오는 사람이 펠리시아노?' 말끔한 정장에 넥타이를 맨 차림으로 나타나 고상한 말투로 강의하는 모습을 기대한 것은 물론 아니었다. 하지만 오랜 기자 생활을 하고 세계적으로 화재를 불러일으킨 책을 저술한 분 답게 소위 말하는 '글쟁이'의 느낌을 풍기거나, 그가 했던 용감한 취재 활동으로 미루어 보아 우람한 체격에 말도 거친 그런 남자일 것이라고 나는 막연한 상상을 했었다. 하지만 나의 그런 예상은 완전히 빗나갔다.

헥또르 펠리시아노의 저서
〈사라진 미술관〉의 서반아어판

아담한 키에 깡마른 체격의 그는 청바지와 운동화 차림을 하고 심지어 쑥스러운 듯 얼굴을 붉히며 들어와 말없이 강의실 앞쪽에 가 섰다. 그의 행동이 너무 조심스러워 우리도 모두 숨을 죽이고 서로 눈치만 보고 있을 뿐이었다.

"안녕하세요? 헥또르 펠리시아노입니다. 반갑습니다."

어찌나 목소리가 작은지 순간 강의실 안에 있던 사람들의 고개가 펠리시아노 기자가 서 있는 쪽으로 한 뼘은 더 틀어지는 것 같았다. 그는 그의 저서 《사라진 미술관》의 서반아어판 출판 시점에 맞춰 스페인을 찾게 되었다는 말과 함께 본격적인 강의를 시작했다.

청년 시절 펠리시아노는 아버지의 대를 이어 의사가 되라는 집안의 압력을 피하기 위해 도미했고, 미국에서 대학을 마친 후 파리 대학에서 공부를 계속했다. 문화, 예술 방면에 남다른 관심이 있었던 그는 졸업 후 파리시 문화부에서 일하다《워싱턴포스트》파리 지사의 기자로 재직하게 되었다. 바로 그때 그는 파리 루브르 박물관에서 사들였다 분실된 스페인 화가 무리요의 작품에 대한 취재를 하게 되었는데, 그 과정에서 우연히 제2차 세계대전 당시 파리의 미술품 중 20퍼센트 이상이 어디론가 사라졌다는 이야기를 듣게 되었다. 그리고 프랑스의 미술 관계자들과 그 사라진 미술품의 일부를 개인적으로 소장하고 있던 프랑스의 부호들 중 어느 누구도, 그 작품들이 모두 어디로 갔는가에 대해 묻지도 말하지도 않는다는 것을 알게 되었다. 말하자면 프랑스의 미술 역사에는 어느 누구도 알아서는 안 되는 비밀에 부쳐진 실종된 시기가 있었다. 그 후로 그는 무려 7년 동안 사비를 털어 뉴욕과 유럽 각지를 오가면서 직장 생활 외의 시간에 아무도 몰래 조사를 하며 글을 썼고, 결국 자취를 감추어버린 프랑스의 미술사를 다시 살려냈다.

그가 밝혀낸 사실들은 가히 충격적이었다. 프랑스의 미술 역사를 지워버린 것은 바로 히틀러와 그의 군사력이었다. 젊은 시절 히틀러는 스스로 화가가 되기를 열망했지만 결국 그 꿈을 이루지 못했다. 그러던 그가 나폴레옹이 빼앗아 간 독일의 예술품들을 되찾는다는 명목하에 매우 조직적으로 프랑스의 미술품들을 약탈해 간 것이다. 히틀러는 미술 전리품의 획득과 관리를 위해서만 독립된 세 개의 조직을 가동시켰고, 결국 프랑스로부터 2만 점 이상의 그림과 조각품을 약탈해 갔다. 작품들은 하나하나 사진으로 촬영되고 목록으로 작성된 다음 독일로 운송되었는데, 미술품을 담았던 수

천 개의 나무상자 위에는 나치의 휘장과 '제3국 소유'라는 낙인까지 찍혀 있었다.

우리도 가슴 아픈 전쟁의 역사를 간직한 민족이기에 잘 알고 있지만 전쟁은 무고한 사람들의 생명을 해치고 국토와 권력을 점령할 뿐 아니라 문화와 예술품에 대한 약탈과 지배 또한 초래하도록 되어 있다. 특히 제2차 세계대전 때, 전쟁을 통한 문화재 약탈 중 인류 역사상 가장 교묘하고 조직적이며 대대적인 문화재 약탈이 행해졌다는 사실은 익히 잘 알려져 있다. 하지만 모두가 침묵하는 가운데 역사는 그렇게 검은 베일에 싸여 잊혀져 가고 있었던 것이다.

그는 강의를 하는 도중 아무도 몰래 그 엄청난 역사의 기밀을 파헤쳐 가던 당시를 떠올리며 눈시울을 적셨다. 그의 작업을 알아챈 프랑스와 독일 정부에서 비밀리에 그를 음해하려 했던 일, 유럽 각지를 다니며 2백여 건의 인터뷰와 자료조사를 하느라 빚을 지고 심지어 자기 가족이 끼니까지 굶어야 했던 일, 그리고 진실을 알고 있으면서도 끝내 침묵으로 평생을 일관했던 미술품 소장 가족들의 아픔이 그에게 상처를 남겼다고 했다. 하지만 그는 언론인으로서의 사명을 다하기 위해 묵묵히 그 시간을 이겨냈고 전혀 후회는 없다면서 이내 밝은 표정을 지었다.

한 시간 반 가량의 강의가 끝나고 이번엔 우리들이 그에게 질문을 할 수 있는 시간이 주어졌다. 먼저 누군가가 앞으로 하고 싶은 일에 대해 물었다. 그는 아직도 그 소재를 알 수 없는 수많은 미술품들이 있지만 히틀러가 만든 비밀리스트까지 찾아냈으니, 이제는 좀 더 참을성을 갖고 노력하는 일만 남은 것 같다며 계속해서 그 일에 매진하고 싶다고 말했다. 그의 답이 끝나자, 이번에는 그의 저서 첫머리에 나오는 '나는 이 작업을 통해 더 많은 것을 아는 사람이 되었지만, 더 슬픈 사람이 되었습니다'라는 말의 의미에 대한 질문이 있었다.

"말 그대로입니다. 나는 이 취재를 하면서 무력을 사용해 피점령국 프랑스의 미술품들을 차지하려 했던 히틀러의 집요한 욕망과 음모, 폭력의 내막을 낱낱이 파헤칠 수 있었고 탐욕에 눈이 먼 한 인간이 얼마나 추하고 잔인해질 수 있는지, 또 전쟁을 통해 얼마나 많은 사람들이 대대로 이어지는 상처를 안고 살아가는지, 그리고 그러한 자들의 무력에 인류의 위대한 유산이 이용당하고 훼손되는 일이 얼마나 큰 우리 모두의 손실이고 아픔인지를 뼈저리게 깨닫게 되었습니다.

그렇기 때문에 나는 어쩌면 어느 누구도 알려고 하지 않았던 역사의 비밀까지 알게 되었고 그래서 슬퍼졌습니다. 하지만 바로 그런 일을 할 수 있었기에 언론인의 길을 선택한 것을 매우 다행스럽게 생각합니다. 이 세상에는 여러분처럼 젊고 실력 있는 언론인들의 힘과 용기를 필요로 하는 일이 얼마든지 있습니다. 그 일을 찾아 나서십시오."

강의가 끝나고 몇몇 사람들이 그에게 사인을 받기 위해 줄을 섰고 나도 그들과 함께 줄을 서서 펠리시아노 기자와 몇 마디 이야기를 나눌 수 있었다. 그는 내게 한국에서도 그의 책이 몇 년 전 출판되었던 것으로 알고 있다며 내가 묻기도 전에 먼저 프랑스 국립도서관에 보관되어 있는 우리의 《직지심체요절》에 대해 이야기를 꺼냈다.

"프랑스에서 TGV 판권과 관련해 계약을 할 때 돌려주기로 했다가 결국 그 약속을 지키지 않았다면서요?"

"네, 잘 알고 계시네요. 하지만 그것 말고도 우리가 잃어버린 문화 예술 품은 한두 가지가 아니에요. 일본에 빼앗겼다가 큰 지진이 났을 때 많은 부분 소실된 왕조의 기록도 있고요. 그 밖에도 미술품과 서예 작품, 도자기는 물론 탑에 이르기까지 그 수를 헤아릴 수 없을 만큼 많은 우리의 문화유산이 일제강점기 일본의 손에 넘어가 버렸지요."

"한국 사람들도 제가 했던 작업과 비슷한 노력을 계속하다 보면 분명 그 훌륭한 자산들을 되찾을 수 있을 겁니다. 또 반드시 그래야 하고요."

"혹시 한국을 방문하실 계획은 없나요?"

"그럴 수 있으면 정말 좋겠죠. 한국에 가게 되면 연락할게요." 나는 그렇게 펠리시아노 기자와 이메일 주소를 교환한 후 악수를 하고 강의실 문을 나섰다.

시종일관 인자한 미소를 잃지 않고 조용조용 속삭이듯 말하던 그의 이미지 때문인지 강의라기보다는 마음씨 좋은 아저씨한테 옛날이야기라도 듣고 난 듯한 느낌이 들었다. 바로 그런 태도 때문에 그가 그렇게 용감한 일을 해낸 사람이라는 것이 끝까지 믿기지 않을 정도였지만 그의 말속에 담겨 있던 힘과 그가 내게 남긴 인상은 너무도 강렬했다. 펜은 칼보다 강하다더니 헥또르 펠리시아노 기자는 나폴레옹이나 히틀러가 수십만의 군대를 동원해 뒤바꾸려 했던 비밀스런 역사의 한 부분을 혼자서 바로잡는 데 성공했다.

그를 만난 여파로 나는 그 후로도 며칠 동안 여러 가지 생각을 하게 되었다. 방송 일을 하다 보면 아나운서는 방송인과 연예인의 중간쯤에 서 있는, 언론인과는 거리가 먼 존재로 치부하는 사람들을 만날 때가 종종 있다. 그럴 때마다 아나운서는 엄연히 언론인이다라고 말해 온 나는 과연 언론인으로서의 사명을 다하기 위해 어떤 노력을 해왔고 앞으로는 어떤 길을 가야 할 것인가? 한편으로는 마음이 무거웠지만 어쩌면 두 시간에 걸친 펠리시아노 기자의 강의를 통해 나는 이미 분명한 답을 얻은 것인지도 모를 일이다.

내 사랑,
꽃무늬 스포츠카

∎

　아침마다 잠을 깨우는 햇살도 그렇고 사람들의 옷차림도 그렇고 어느새 봄이 머지않았음이 느껴졌다. 부활절 휴가를 앞두고 나는 친구들과 여행계획을 세우기 위해 마르따의 집에 모여 식사를 했다. 그런데 그 자리에서 나는 그만 바닷가에 살아보는 게 평생의 꿈이었는데 막상 바르셀로나처럼 아름다운 항구 도시에 살면서도 학교 공부 때문에 바다는 구경조차 할 시간이 없다고 불평을 늘어놓고 말았다. 순간 내가 괜히 분위기를 흐렸나 싶어 눈치만 보고 있는데 마르따가 말했다.

　"아유 이런, 미나가 그런 생각하는지 우린 몰랐네. 우린 늘 바다를 쉽게 접하고 살았기 때문에 그게 어떤 느낌인지 몰랐지. 가만있어 보자, 내게 좋은 생각이 있는데 일단 며칠 좀 기다려 봐."

며칠 후 마르따에게서 전화가 왔다.

"내가 좀 알아봤는데 어쩌면 네 꿈을 이룰 수 있을지도 모르겠다. 우리 부모님이 바르셀로나 외곽에 작은 여름휴가용 콘도를 가지고 계신데, 요즘은 거의 사용을 안 하시거든. 나도 임신을 했으니, 당분간은 갈 일이 없고. 네가 원한다면 그곳에서 지내라고 하시네. 단 거기 살려면 차가 필요할 텐데 우리가 집세는 안 받을 거니까 그 돈으로 차를 빌려서 학교를 다니면 되지 않겠어?"

"진짜? 우와, 꿈만 같다. 정말 고마워. 그렇지만 집세는 내야지." "안 돼. 친구끼리 어떻게 돈을 받아? 그럼, 다 없던 얘기로 한다." 마르따는 무슨 어린애 협박하듯 내게 말했다. 그 후로도 우리는 무려 10여 분간 집세를 내니 안 내니 하는 문제로 실랑이를 벌이다 결국 내가 스페인을 떠날 때 다시 이야기하자며 마무리를 지었다. 서양인들은 무조건 더치페이만 하는 줄 알았다가 스페인에서 적지 않게 놀랐던 것이 바로 밥을 먹고 나서도, 술을 마시고 나서도, 서로 돈을 내겠다고 몸싸움까지 벌이는 그들의 모습이었다. 이번에도 마르따는 친구끼리 돈을 주고받는 건 싫다며 절대 고집을 꺾지 않았다. 여하튼 나는 마르따 덕에 내 평생소원을 이루게 된 셈이었다.

마르따 부모님의 별장이 있는 곳은 바르셀로나에서 북쪽으로 약 40킬로미터 떨어진 '아렌즈 델 마르'라는 곳으로, 그곳에 별장을 가진 사람들이 여름 한철 모여 와 사는 작은 마을이었다. 아렌즈 델 마르는 바르셀로나 시내에서 좀 멀긴 했지만, 어차피 바르셀로나까지 가는 도로가 많이 막히지도 않을뿐더러 프랑스 국경과도 가까워서 여행을 하기에는 아주 좋은 위치였다. 문제는 자동차였는데 스페인에는 마침 기업의 광고를 붙인 차를 싼값에 렌트해주는 업체들이 몇 군데 있었다. 좀 우스꽝스럽긴 하겠지만 시간을 두고 미리 예약하면 하루에 단돈 몇 유로만 내고 오너드라이버가 될 수 있으니 그까짓 광고쯤은 문제 될 것이 없다고 생각했다. 단, 오토 면허밖에 없는 나에게는 자동차를 고를 때 선택의 여지가 별로 없었다.

결국 내가 빌릴 수 있었던 유일한 자동차는 메르세데스 벤츠에서 나온 2인승 스포츠카였다. 그 차는 '뚜껑(?)'이 열리는 컨버터블 자동차여서 나는 영화 속에서나 보던 대로 머리카락을 휘날리며 폼 나게 스페인의 고속도로를 질주하겠구나 하는 기대로 마음이 설레었다. 함께 차를 빌리러 간 친구들은 그렇게 요란한 차를 탈 수 있겠냐며 약간 걱정했지만, 너무 들떠 있어서 그랬는지 내가 보기엔 그리 나쁘지 않았다. 지하철 요금으로 벤츠 스포츠카를 탈 수 있다는데 그 정도쯤이야. 내게는 그 파란색 차체에 덕지덕지 붙은 노란 꽃무늬가 전혀 눈에 거슬리지 않았고 심지어 예뻐 보이기까지 했다.

결국 나는 부활절 방학 기간 동안 친구들과 여행을 다녀온 후 곧바로 바닷가의 집으로 이사했고 그때부터 나의 새로운 바르셀로나 생활이 시작되었다. 아무래도 여름 별장용 콘도가 밀집되어 있는 곳이라 아직까지는 비어 있는 집이 많았지만, 매일같이 눈에 띄게 사람이 늘어나는 것을 알 수 있었다. 그중 내가 살던 집은 발코니에서 바다가 정면으로 보이는 첫 번째 라인에 위치한 아파트 3층에 있었는데, 그 집이 정말 내가 꿈에 그리던 곳이었다고 할 수밖에 없는 이유는 모래사장으로 곧장 연결되는 아파트 지하의 비밀 문 때문이었다. 말하자면 집에서부터 비키니를 입고 엘리베이터를 타고 내려가면 바로 거기가 해변이었다. 게다가 나에게는 꽃무늬 벤츠 스포츠카도 있었다. 나는 서서히 끝을 향해 달려가고 있는 스페인 체류의 마지막을 원 없이 멋지게 보낼 수 있을 것이라는 기대에 부풀어, 그렇게 행복할 수가 없었다.

그런데 그 자동차를 타고 밖으로 나가면 신호에 걸려 차가 서게 될 때마다 옆에 있는 차에서 남자들이 죄다 히죽거리며 나를 쳐다보는 것이 슬슬 마음에 걸리기 시작했다. 하지만 워낙 여자들에게 치근거리기 좋아하는 스페인 남자들인 데다가 아시아 여자가 그런 요란한 무늬의 스포츠카를 몰고 다니니 시선을 끄는 것은 당연하다고만 여기고 있었다. 그러던 어느 날 학교에 가는 길에 차에 기름을 넣으려고 주유소에 들렀는데 정말 어이없는 일이 벌어지고 말았다. 스페인의 주유소에서는 대부분 셀프로 기름을 넣기 때문에 주유를 마치면 가게 안으로 들어가 돈을 내야 한다. 물도 한 병 사고 돈도 낼 겸 줄을 서 있는데 정말 느끼하게 생긴 한 남자가 선글라스를 낀 채로 들어오더니 내게 말을 걸었다.

"어이, 세뇨리따! 아가씨, 참 예쁘네."

난 그 말을 무시한 채 웃기지도 않는다는 표정으로 한 번 째려보고는 앞만

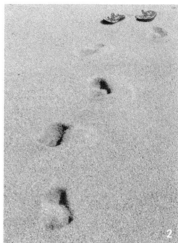

1 바닷가의 새로 살게 된 집에서 엘리베이터를 타고 내려가 문을 열면 보이는 풍경이 바로 이것이다.
　한마디로 꿈이 현실이 되던 곳. 아렌즈 델 마르의 해변
2 모래사장에 찍힌 나의 발자국.

보고 서 있었다. 그러자 그 남자가 이번엔 아예 내 옆으로 가까이 다가와 안경까지 벗고 나를 뚫어져라 쳐다보며 다시 말을 이어갔다.

"에이, 왜 그렇게 무뚝뚝해. 저기, 그러니까 전화를 걸면 뭘 할 수 있다는 거지?"

대체 무슨 소리를 하는 거야, 이 사람이…… 아니, 내가 언제 자기한테 전화번호를 준다고 했나? 내가 매우 불쾌해하고 있는데 그 남자가 한층 더 느끼한 목소리로 물었다.

"아가씨 애인 있어요? 없구나. 말이 없는 걸 보니 없나 보네. 그럼 그렇지. 아가씨처럼 아름다운 여자는 스페인 남자들한테 과분해."

그럼 자긴 뭔데? 오호라, 발음이 꼬여 있는 게 수상하다 했더니 혹시 이탈리아 남자 아니야? 이탈리아 남자라면 이렇게 느끼하고 대책 없이 처음 보는 여자한테 들이대고도 남겠지. 아니나 다를까, 그 사람은 마치 나 혼자 속으로 생각하고 있는 말에 대답이라도 하듯 바로 말을 이어갔다.

"내가 사실 이탈리아 사람이거든. 이런 미인을 상대하려면 이탈리아 남자 정도는 돼야지. 나처럼 말이야. 그래서 말인데, 저기 차에 있는 전화번호 있지, 그거 정확히 뭐야?"

차에 있는 전화번호? 내 차에 무슨 전화번호가 있다는 건지 알 수가 없었지만, 그 사람의 음흉한 표정을 봐서는 뭔가 이상한 것이 내 차에 적혀 있음이 분명했다. 난 스페인어를 할 줄 모른다고 대충 영어로 둘러대서 그를 따돌리고는 그곳을 빠져나와 천천히 차를 훑어보았다.

아뿔싸. 내 차의 뒷부분에는 '야마 이 엔꾸엔뜨라'라는 노란 글씨가 그 현란한 꽃들 사이에 전화번호와 함께 떡 하니 적혀 있었다. '야마 이 엔꾸엔뜨라, 전화해서 만나세요' 왜 미처 이걸 보지 못했던 걸까? '엔꼰뜨라르'라는 스페인어 동사는 찾고 있던 물건이나 전화번호를 발견했을 때도 쓰이지만 사람을 만난다는 뜻도 지니고 있다. 광고주는 일부러 그 이중적인 의미를 노리고 광고를 제작한 모양이었다. 하지만 나는 그것이 우리나라의 114처럼 전화번호를 안내해 주는 회사를 알리기 위한 것이라는 설명만 듣고 아무 생각 없이 차를 넘겨받은 것이었다. 웬 아시아 여자가 현란한 꽃무늬의 스포차카를, 그것도 전화해서 만나라는 문구를 차에 붙이고 돌아다니니 너 나 할 것 없이 호기심 어린 눈초리로 쳐다봤을 수밖에……. 물론 모든 스페인 남자들이 그 느끼한 이탈리아 아저씨처럼 엉큼한 생각을 하진 않겠지만 오해의 소지는 분명히 있었다.

　그런데 그 순간 짜증이 아닌 웃음이 났다. 내가 무슨 걱정이라도 할라치면 무조건 "노 빠사 나다(별일 아니야)"라는 말로 만사를 형통시키는 법을 알려준 스페인 친구들 덕분이었다.

　내가 고민을 털어놓을 때마다 나의 스페인 친구들은 부모님이 돌아가신 것이 아니면 슬퍼하지 말 것이며 인생을 뒤흔드는 일이 아니라면 그냥 웃어버리라고 어깨를 툭툭 치며 조언해 주곤 했다. 자기들이 볼 때 나는 너무 심각하다나? '걱정을 왜 해? 문제가 있으면 해결을 하고 해결이 안 되면 그냥 포기해.' 그들의 삶의 논리는 그렇게 단순했다. 모든 일에 같은 원리를 적용해서 무조건 웃어넘기든지, 아니면 바보가 아닐까 싶을 정도로 죄다 잊어버리든지.

그렇다. 이왕 이렇게 된 거 나도 그냥 웃어버리는 수밖에. 물론 별다른 선택의 여지가 없었던 것도 사실이다. 하지만 스페인에서 생활한 지도 어느덧 10개월, 웬만한 일은 그저 '하하하, 그럴 수도 있지. 그냥 그렇게 대충 받아들이지 뭐, 그게 뭐 대수라고……' 하는 식으로 웃어넘길 수 있게 된 나 자신에 나도 놀라고 있었다. 가만 생각해 보니 마지막으로 화가 나거나 짜증이 났던 게 대체 언제였는지도 기억조차 나지 않았다.

나는 그 후로도 몇 달 동안 나의 꽃무늬 스포츠카를 타고 바르셀로나의 도로를 질주했다. 부르르르릉~ 이제는 쳐다보는 사람들에게 손도 흔들어 주면서…….

걱정을 왜 해? 그냥 받아들이지 뭐~ 노 빠사 나다!!!

축구가 싫다면
스페인을 떠나라

누군가 지어낸 이야기인지 실화인지 알 수 없는 이야기 하나.

축구 경기가 있던 어느 일요일, 스페인의 한 열혈 축구 팬이 레알 마드리드의 경기를 보기 위해 차를 몰고 축구장을 향해 가고 있었다. 경기가 시작될 시간이 가까웠는데 한꺼번에 몰려든 사람들 때문에 길이 막혀 차가 꼼짝도 하지 않자, 그 남자는 경기를 못 보게 될까 애태우던 끝에 차를 그 자리에 버려두고 축구장으로 달려갔단다. 여기까지만 듣고도 얼마나 축구를 좋아하길래 길에다 차를 버리고 축구를 보러 뛰어갔을까 싶지만, 이 이야기에는 더 황당한 결말이 기다리고 있다.

그 남자가 축구를 보고 다시 자기 차를 찾으러 나왔을 때 차는 그 남자가 버려둔 자리에 그대로 있었다는 것이다. 차라리 차를 포기하고 축구를 보겠다며 축구장으로 달려간 사람은 그 남자뿐이 아니었기 때문이다. 상상해 보라. 축구장으로 향하던 모든 사람들이 차에서 내려 자동차는 버려둔 채 축구장을 향해 달려가는 그 모습을. 웃어야 할지 말아야 할지 모를 이 이야기를 들었을 때 나는 많이 과장되고 황당한 이야기라고 생각했었다. 하지만 스페인에서 살아보니 어쩌면 이것이 실화일지도 모른다는 생각마저 든다.

스페인 사람들에게 있어 축구는 어떤 의미에서는 종교와도 같다. 전체 국민 중 90퍼센트 이상이 가톨릭 신자인 스페인에서는 어떤 종교를 갖고 있는지를 묻는 법이 없다. 어떤 종교를 갖고 있느냐는 질문 대신 스페인에서는 종교 이야기를 할 때 "쁘락띠까스 오 노 쁘락띠까스?"라는 질문을 한다. 가톨릭 신자인 것은 기정사실로 인정한 채 일요일에 성당에 나가 미사에 참여하느냐 그렇지 않느냐를 묻는 것이다. 축구도 마찬가지다. 축구를 좋아하느냐 아니냐는 그들에게 전혀 필요 없는 질문이다. 어느 선수, 어느 팀을 좋아하느냐, 혹은 얼마나 자주 축구장에 가느냐 하는 것이 둘 이상만 모이면 늘 화제에 오른다.

주말마다 스페인의 거리에서는 자기가 좋아하는 팀의 좋아하는 선수 등번호가 새겨진 유니폼을 입고 축구장으로 가는 사람들의 행렬을 어렵지 않게 볼 수 있다. 축구장에 가야만 축구를 보는 것은 물론 아니다. 축구 경기가 열리는 주말 저녁의 스페인은 온 나라가 축구 때문에 들썩인다. '아저씨'들은 축구장 못지않은 응원 열기로 가득한 동네 술집에서 생맥주와 담배 연기에 얼큰하게 취해 TV 속 해설가보다 더 큰 목소리로 훈수를 두고, 축구장에도 술집에도 가지 않는 사람들은 집에서 축구를 본다. 프리메라리가 시즌이 되면 그야말로 월드컵이 해마다 되풀이되는 것 같은 분위기인 것이다.

나도 학창 시절 마드리드에 살 때, 친구들과 함께 축구 경기 결과를 알아맞추는 '끼니엘라'라는 복권을 매주 긁었다. 우리는 주로 집에서 함께 축구를 보거나 간혹 용돈에 여유가 생길 때면 직접 축구장을 찾기도 했는데 어디서 축구를 보든 복권은 빠지지 않았다. 홈팀의 승리를 1로, 원정팀의 승리를 2로, 무승부를 X로 표시하여 주말마다 총 14경기의 결과를 맞추는 것이었는데 모든 경기의 스코어를 다 맞추면 바하마로 휴가를 보내 주는 상품이 걸려 있었다. 우리는 그 복권을 사서 1주일 내내 바하마에 가면 뭘 하고 싶다는 둥 이야기꽃을 피웠지만 결국 늘 한 경기의 스코어를 맞추지 못해 바하마에 가는 꿈은 접어야 했다.

내가 바르셀로나의 축구장을 찾은 것은 그로부터 꼭 10년 만의 일이었다. 우리 석사 과정 동기 중에는 스페인의 가장 유력한 스포츠신문 중 하나인《엘 문도 데포르티보》의 기자로 경력을 쌓은 축구 마니아 조르디라는 친구가 있었다. 조르디는 언제나 바르셀로나 축구팀과 관련된 문양이 들어간 티셔츠만을 입고 나타나 축구 얘기만 하다가 금요일이 되면 항상 주말에 있을 경기의 몇 가지 예상 스코어를 적어서 경기 결과를 점치는 내기를 하자며 동기들을 조르는, 한마디로 축구에 인생을 건 청년이었다.

조르디는 석사 과정이 시작된 지 얼마 안 되었을 때부터 매주 동기생 두어 명을 돌아가면서 초대해 축구를 보여주곤 했다. 친구들 말로는 조르디의 가족이 모두 조르디 못지않은 축구 마니아여서 바르셀로나 축구장 내에 가족석이 따로 있을 정도라고 했다. 조르디는 내게도 꼭 축구를 보여 주고 싶다며 여러 차례 나를 초대했지만, 학교 공부에 늘 바빴던 나는 시간을 내지 못했고 그해 바르셀로나에서 열리는 마지막 경기를 그와 함께 보러 가게 되었다. 축구장에 도착한 조르디와 나는 일단 음료수로 목을 축였다. "난 네가 그렇게 축구를 좋아하는 줄은 몰랐다." 조르디가 신기하다는 듯 말을 건넸다.

"그래? 사실 난 운동이라면 거의 다 좋아하긴 해. 하는 것도 좋아하고 보는 것도 좋아하고. 축구, 농구, 야구…… 그런데 그중에서도 난 축구가 제일 좋더라. 그리고 지난 월드컵 이후에 한국에서는 축구의 인기가 정말 높아졌어."

"그렇구나. 근데 왠지 너는 그런 스포츠를 별로 안 좋아할 것 같았어." 스페인 사람들이 갖고 있는 동양 여자에 대한 이미지라는 것이 보통 그랬다. 항상 순종적이고 수동적이고 정적이고……. 기모노를 둘둘 말아 입고 남자 앞에서 무릎을 꿇고 앉아 공손하게 절하는 일본 여성들의 모습을 영화에서 너무 많이 본 것이다.

"무슨 소리야. 내가 얼마나 스포츠를 좋아하는데. 난 워낙 운동광이고, 낚시처럼 남자들만 좋아할 것 같은 취미에도 열광하는 면이 좀 있어."

"낚시라고?" 갑자기 조르디가 눈을 크게 뜨며 깜짝 놀라 소리를 지르듯 말했다.

"나도 진짜 낚시 좋아하는데. 아, 그럼, 한국 가기 전에 기회가 되면 우리 별장에 꼭 한번 놀러 와. 우리 가족은 여름마다 메노르카 섬에 가거든. 거기 오면 나랑 매일 낚시를 할 수 있어."

그럴까…… 라고 이야기를 하려는데 갑자기 사람들이 서둘러 들어가는 것이 이제 곧 경기가 시작될 모양이었다. 우리도 음료수가 담겨 있던 컵을 쓰레기통에 냅다 내던지고는 좌석까지 힘껏 달렸다. 거기까지 가서 한순간이라도 경기를 놓칠 수는 없는 일이었다.

자리에 앉자마자 선수들이 입장하고 주심의 호루라기 소리와 함께 경기가 시작되었다. 나는 서둘러 가방에서 캠코더를 꺼냈다. "께 부에노 뚜!(넌 정말 끝내줘!)" 어법에 맞는지 아닌지도 모를 그 말은 내가 성룡이랑 함께 찍은 사진을 본 후 나의 열렬한 팬이 된 조르디가 늘 내게 하는 말이었다. 조르디를 향해 한쪽 눈을 감아 윙크를 날리고는 캠코더를 돌렸다. 사실 그날 캠코더를 들고 간 나의 진짜 목적은 경기를 통째로 녹화하려는 것이 아니라 줌을 당겨서 호나우지뉴가 달리는 모습을 자세히 보려는 것이었다.

경기가 시작되고 호나우지뉴가 나의 조준 반경 안에 들어왔다. 흥분하는 나를 보며 조르디는 얼굴 가득 흐뭇한 미소를 지어 보였다. 역시 스포츠 경기는 실제로 관람을 해야 제맛이다. 게다가 바르셀로나의 축구장에서, 호나우지뉴가 그 탐스러운 곱슬머리를 휘날리며 뛰는 모습을 그렇게 가까이 보게 되다니……. 그 꿈같은 시간을 한순간도 놓치지 않기 위해 나는 최선을 다해 경기에 몰입했다. 하지만 안타깝게도 전반전에서는 양 팀 모두 득점을 하지 못한 채 다소 지루하게 경기가 끝나버렸다.

휴식 시간에 조르디는 나를 아래층 관람석으로 데려가 경기장과 선수들을 더 가까이에서 볼 수 있도록 해주었다. 경기장을 배경으로 기념사진도 한 장 찍고 자리로 돌아가자, 후반전이 시작되었다. 이번에도 나의 캠코더는 줄곧 호나우지뉴의 빠른 움직임을 따라다니기에 바빴다.

"야, 웬일이니, 웬일이야. 저 발 좀 봐. 기도 안 막혀 정말……." 캠코더를 최대한 줌인해서 본 호나우지뉴의 모습은 정말 놀라울 따름이었다. 잔디밭 위를 달리는 그의 발은 만화 속에서 정말 빠른 걸음을 묘사하기 위해 발이 바퀴처럼 돌아가듯 둥글게 그리는 모습 그대로였다. 어떻게 그리 빠를 수 있는지. 게다가 때때로 보이는 그 익살스러운 얼굴 표정이란.

"어쩜, 난 호나우지뉴가 정말 좋아. 난 저렇게 유머스런 남자가 좋더라. 멋져 멋져."

하하하, 조르디는 내 말에 배를 잡고 웃어대면서도 내가 경기의 흐름을 잃지 않도록 틈틈이 선수들의 움직임을 생중계하는 것을 잊지 않았다. 이러다 시시하게 비기는 거 아니냐며 우리 둘이 모두 실망하고 있던 순간 드디어 골이 터졌다.

누가 먼저랄 것도 없이 우리는 서로를 부둥켜안고 "비바 바르사! (바르셀로나 축구팀 만세!)"를 외쳤고 객석은 순식간에 열광의 도가니가 되었다. 그날의 일등 공신은 아프리카 출신 선수인 에토였다. 우리는 바르사와 에토를 번갈아 외치며 주변의 관중들과도 승리의 하이 파이브를 나누었다. 그리고 잠시 후, 그러니까 경기 종료 시간을 약 3분 정도 남겨두었을 때 바르셀로나가 또 하나의 골을 기록했다. 경기장은 그야말로 흥분이 최고조에 달했고 나와 조르디도 정말 미친 듯이 바르셀로나 축구팀 만세를 외치며 방방 뛰었다.

"야, 내가 에토 그 녀석이 그럴 줄 알았다니까. 오늘 진짜 재미있지 않았니? 처음에 좀 지지부진했기 때문에 나중에 가서 경기가 더 극적으로 느껴졌던 것 같아."

조르디는 골이 터지던 순간의 흥분이 채 가시지 않은 듯 경기장을 나서면서 같은 말을 반복했다. 나도 질세라 호나우지뉴의 빠른 발동작에 거품을 물고 감탄하며 한국으로 돌아가기 전 반드시 호나우지뉴의 등 번호가 새겨진 유니폼을 하나 사고야 말겠다고 다짐했다. 바로 그때 조르디가 무언가 생각난 듯 말했다.

"아참, 맞다. 그래, 한국으로 돌아가기 전······ 아까 말하다 말았는데 우리 별장에 올래? 여기서 비행기 타고 1시간이면 되거든. 우리 집에서 묵으면 되니까 비행기표만 사가지고 와. 네가 진짜 낚시를 좋아한다면 절대 후회 없는 시간을 보내게 될 거야."

난 꼭 그렇게 하도록 노력하겠다는 약속을 하고 집으로 돌아왔다.

하지만 솔직히 그때는 내가 여름에 조르디 가족의 별장을 찾아 함께 낚시를 할 수 있을지 없을지 확신이 없었다. 아니, 내가 과연 한국으로 돌아가기

1 바르셀로나의 축구장 캄 노우(Camp Nou).
  월드컵도 아니고 매주 펼쳐지는 축구 경기에 이렇게 많은 사람들이 모이다니……
  스페인 사람들의 축구 사랑은 정말 대단하다.
2 전반전이 끝나고 휴식 시간에 1층 관람석 한편에서 조르디가 찍어준 사진.

전 그 소중한 여름휴가의 한 부분을 조르디의 가족과 보내고 싶은지부터가
미지수였다. 낚시? 메노르카? 하지만 지금 생각해 보면 아찔하기까지 하다.
만약 그때 내가 낚시 얘기를 꺼내지 않아 메노르카에서의 여름휴가가 내 인
생에서 빠졌더라면 얼마나 슬픈 일이 되었을까…….

프랑코가 남긴
지울 수 없는 상처

따사로운 햇살, 초록빛 옷을 갈아입은 가로수들, 사람들의 가벼워진 옷차림. 학교생활에 정신이 팔려 있는 사이 계절이 바뀌어 바르셀로나에도 봄이 찾아왔다. 그 무렵 석사 과정의 모든 강의와 실습이 끝나고 우리에게는 학위를 받기 위한 마지막 관문만이 남아 있었다. 교수님과의 면담을 거친 후 각자의 관심 분야와 특기에 따라 갈 길이 정해졌다. 한 가지 연구 주제를 정해 논문을 쓰거나 서너 명이 한 조가 되어 25분 분량의 TV 다큐멘터리를 제작하는 두 가지 과제 중에 나는 다행히 원하던 대로 TV 다큐멘터리 제작에 참여하게 되었다.

나는 마우리찌오, 마르띤과 한 조가 되었고 우리는 프랑코 시대 인민 학살에 관한 다큐멘터리를 만들기로 마음을 모았다. 내가 그들과 한 조가 된 것은 매우 운 좋은 일이었다. 마우리찌오는 콜롬비아에서 다큐멘터리를 제작한 경험이 있는 카메라 기자였고 마르띤은 프랑코 시대 인민 학살이 행해졌던 대표적인 지역, 스페인 북부 바스크 지방 출신이었으므로 누구보다 그 사정에 밝았기 때문이다. 문제는 우리가 정한 소재 자체가 바르셀로나 내에서는 취재가 불가능하다는 것이었다. 최소 1주일 이상 학교의 수업과 세미나에 참석할 수 없었고 사비를 털어 바스크 지방으로 촬영을 떠나는 것이 불가피했다. 스페인의 유명한 다큐멘터리 제작자이자 우리의 다큐멘터리 제작 지도를 맡았던 루이스 로뻬스 교수는 일단 철저하고 치밀한 사전 계획서의 제출을 요구했다.

마우리찌오와 나는 마르띤으로부터 그 시대 스페인의 자세한 역사에 대해 브리핑을 받는 시간을 갖기로 했다. 마르띤의 집에서 모였던 첫날, 거실 탁자에 세 사람이 모여 앉자마자 내 딴에는 마르띤의 고향에 대한 칭찬을 한답시고 한마디를 건넸다.

"마르띤, 이번에 네 고향인 바스크 지방에 드디어 가본다고 생각하니 너무 좋다. 스페인 내에서 가장 아름다운 곳 중에 하나라고 들었어." 그런데 갑자기 얼굴색이 싹 변한 마르띤이 두 눈을 감고 한숨을 푹 내쉬더니 이렇게 말했다.

"미나 네가 외국인이니까 이번엔 그냥 넘어가겠지만, 다시는 그런 말을 듣지 않았으면 좋겠다."

뭘 잘못 말한 건지 영문을 알 수 없던 나는 당황해 어쩔 줄을 몰랐다. 그때 마르띤이 곧 다시 말을 이어갔다.

"그곳은 스페인의 일부가 아니야. 스페인과는 별개의 나라라고. 이런, 이렇게 기본이 안 되어 있으니, 어디서부터 어떻게 시작을 해야 할지 원." 난 그제야 나의 실수를 알아챘다. 우리에게 스페인 테러 조직인 '에따'의 고향으로 잘 알려진 바스크 지방은 스페인어로는 '빠이스 바스꼬', 그러니까 우리말로 직역하면 '바스크 국가'라는 이름을 가지고 있다. 사실 우리에게 바스크 지방은 스페인으로부터의 분리독립을 원하는 스페인의 한 지역 정도로 인식되어 있다. 하지만 실제로 바스크 지방 사람들은 행정 체계가 어떻게 되어 있거나 말거나 자기들만의 언어와 문화를 고수하면서 바스크가 하나의 독립된 국가라고 생각하며 살고 있는 것이다.

그들 말대로 원래 바스크 국가는 지금의 스페인 북부지역과 프랑스 남부지역에 걸쳐 있던 독립국가였다. 역사의 소용돌이 속에 바스크 국가의 일부가 카탈루냐 지방과 포르투갈 등과 함께 스페인의 영토가 되었지만 그중 포르투갈은 독립했다. 어차피 먹고 먹히는 영토 싸움이 오랜 역사 속에 반복되어 어디까지가 원래 스페인이고 어디까지가 아닌지를 따진다는 것은 의미 없는 논쟁이 되어버렸지만, 적어도 바스크 지방 사람들은 언젠가 자기 나라를 되찾겠다는 의지가 확고하다. 그리고 그런 데에는 그럴만한 이유가 있다.

근대 이후의 역사 속에서 바스크 지방과 카탈루냐 지방은 스페인 경제와 문화의 중추적 역할을 해왔다. 전통적으로 금융 및 상업이 발달했을 뿐만 아니라 대표적인 사상가와 문인, 예술가들 대부분은 그 두 지역 출신이었다. 그런데 1936년 정부에 대항하는 반란이 일어나면서 내란이 시작됐고 프랑코 장군의 지배하에 스페인이 휘둘리기 시작했다. 그 당시 프랑코 입장에서 볼 때 이 두 지역이 매우 중요한 의미를 지녔음은 두말할 필요가 없다.

그는 두 지역의 경제력을 잘 이용해야 했고 그러기 위해서는 의식 있는 지식인들을 제거해야 했다. 결국 프랑코는 바스크 지역의 죄 없는 인민들을 무차별 학살했을 뿐만 아니라 독일군의 힘을 빌어 바스크의 한 작은 마을을 초토화시켰는데 그곳이 바로 '게르니카'였다. 그날 게르니카에서는 단 하루 만에 마을 주민 7천 명 중 1천6백여 명이 목숨을 잃었고 8백여 명이 부상을 당했다. 그 참상을 피카소가 화폭에 담아낸 것이 우리에게도 잘 알려진 〈게르니카〉라는 작품인 것이다.

이데올로기 전쟁의 소용돌이 속에 소리 없이 사라져 간 죄 없는 사람들……. 그들의 가족을 비롯한 생존자들은 프랑코 시대가 막을 내린 지 30년이 지난 지금까지도 두려움에 떨며 침묵을 지켜왔는데 바스크 지방에서 최근 새로운 움직임이 일고 있었다. 대량 학살된 사람들이 공동으로 매장된 곳들을 파헤쳐 실상을 파악하고, 생존자들의 증언을 기록으로 남기는 운동이 전개되고 있는 것이다.

우리는 무엇보다 희생자 가족들의 아픔에 초점을 맞추는 휴먼 다큐멘터리를 제작하기로 뜻을 모았다. 우리 세 사람은 몇 날 며칠 동안 머리를 맞대고 고민한 끝에 인터뷰 계획과 촬영 일정을 정리해 로뻬스 교수에게 제출했고 촬영을 강행해도 좋다는 허락을 받았다.

촬영은 총 열흘로 계획되었다. 우리는 예산도 절감할 겸 마르띤의 집에 머물기로 했는데 바르셀로나에서 마르띤의 집이 있는 '자라우츠'라는 마을까지 가는 방법에는 두 가지가 있었다. 비행기로 일단 빌바오까지 간 다음 기차를 타고 한 시간을 가는 것과 바르셀로나에서부터 버스를 타고 10시간을 가는 방법이었다. 따져보면 결국 큰 비용 차이가 나는 것도 아닌데 마우리찌오가 혼자 버스를 타고 가겠다고 고집을 피웠다. 나나 마르띤에게는 큰돈이 아니었지만 마우리찌오에게는 부담이 되는 모양이었다. 그의 상황이 힘든 것은 알고 있었지만, 솔직히 그때까지만 해도 그가 얼마나 절박한 심정이었는지는 잘 알지 못했다. 비행기표를 사주겠다고 해도 극구 사양하는 마우리찌오 때문에 결국 의리 빼면 시체라고 할 수 있는 마르띤을 따라 나도 함께 버스에 몸을 싣고 10시간 동안 스페인의 국도를 달려 자라우츠에 도착했다. 무척이나 고단한 여행이었지만 덕분에 우리 세 사람은 이미 오랜 친구나 남매처럼 마음을 열고 단단한 팀웍으로 무장될 수 있었다.

마르띤의 집은 자라우츠에서도 매우 전망이 좋은 산등성이에 위치해 있었다. 거실에 딸려 있는 넓은 테라스에서는 산이 보였고 집 뒷마당에서는 바다가 한눈에 들어왔다. 비가 자주 내리는 북부지역의 기후적 특성 때문에 바스크 지방에서는 어디를 가나 녹음이 우거진 아름다운 경치가 펼쳐져 있었지만, 왠지 모를 슬픔이 어려 있는 곳이라는 느낌이 들었다.

우리는 먼저 자라우츠에 인접한 바스크 지방 최대 도시인 산 세바스티안에 가서 역사박물관과 대학, 연구소, 시청 등을 뒤지며 자료를 수집하고 취재원들의 연락처를 손에 넣었다.

열 명이 넘는 우리의 인터뷰 대상자들 중 첫 번째 인물은 아흔 살의 마이떼 란딘이었다. 그녀는 프랑코 시절 아버지와 오빠, 사촌들까지 모두 다섯 명의 가족을 억울하게 잃은 여성이었다. 그녀의 조카는 건강을 이유로 인터뷰를 최대한 간단하게 마쳐줄 것을 당부했지만 일단 입을 열기 시작한 그녀는 시종일관 힘찬 어조로 무려 네 시간이나 이야기를 이어갔다.

"우선 담배 한 대 피워도 될까? 몇십 년이 지난 지금도 그 얘기를 하려면 이게 필요하단 말야……." 수전증이 있는지 검버섯으로 뒤덮인 앙상한 손을 덜덜 떨며 그녀가 담배에 불을 붙였다.

"물론이죠, 얼마든지 기다리겠습니다." 마르띤이 말했다. 그 순간 마우리찌오와 나는 서로 눈짓을 했다. 결국 내가 용기를 내어 말을 꺼냈다.

"저, 괜찮으시다면 담배 태우시는 모습부터 촬영을 시작해도 될까요? 그 대신 언제든 편하실 때 말씀을 시작하실 수 있습니다."

"마음대로들 해. 담배 피우는 모습이 화면에 나가는 것을 내가 걱정할까 봐 그러나? 천만에, 내가 어떤 인생을 살았는데…… 내가 아직도 이 세상에 두려운 게 있을 거라고 생각해?"

'끌링' 하는 소리와 함께 카메라에 불이 들어왔다. 마우리찌오가 정면에서 그녀를 촬영하고 나는 그녀의 옆모습과 세세한 손동작, 그녀의 표정들을

마르띤의 집 뒷마당에서 내려다본 해안의 풍경.
자라우츠는 매우 아름다운 곳으로 알려진 바스크 지방의 작은 마을이다.

클로즈업 촬영할 카메라를 맡았다. 사실 그녀는 우리의 인터뷰 대상 중 가장 중요한 인물이기도 했고 이 모든 역사적인 움직임의 시작이 된 인물이었다.

몇 년 전 그녀는 프랑코 학살과 관련해서 바스크 지방의 역사를 연구하던 한 역사가를 알게 되었다. 그와의 만남을 통해 많은 생각을 하게 된 그녀는 이제 모든 것을 밝힐 때가 되었다고 결심했고 그 역사가와 함께 그녀의 인생을 낱낱이 고백한 책을 발간해 화제가 되었다. 전쟁이 끝나고도 너무나 많은 시간이 흘렀기 때문에 그 시기에 목숨을 잃은 수많은 사람들의 가족 중에서도 이제는 70~80줄에 들어선 그들의 자녀들이 남아 있을 뿐이었다. 그 자녀들도 하나 둘 세상을 떠나기 시작한 지 오래, 지금이 아니면 그 시절에 관한 생생한 증언을 할 사람은 모두 자취를 감추어 버리게 될 위기에 놓여 있었다. 그런 사실을 인지한 몇몇 역사가와 저널리스트들의 움직임에 그녀의 책이 힘을 실어주었고, 덕분에 사람들이 용기를 얻어 입을 열기 시작하면서 그 지역의 한 역사가가 평생을 건 프로젝트로 전쟁의 참혹함을 밝히는 일을 추진하고 있었다.

"우리 아버지는 그렇다 치고 오빠는 그저 평범한 젊은이였어. 저기 사진에 있는 사람이 우리 오빠거든. 정말 잘생기고 총명했던 그는 정치적인 모임에 가담한 적도 없었고 미래를 약속한 약혼녀와 결혼 준비를 하면서 자기 공부만 열심히 하고 있던 학생이었지. 그런데 어느 날 정부에서 파견된 사람들이 찾아와 멋진 경험을 하게 해 준다며 몇몇 청년들을 강제로 끌고 가서 큰 배에 태운 거야. 그 배에 탄 오빠는 작별 인사를 하러 간 내게 이렇게 말했어. '마이떼, 내 느낌인데 아무래도 이건 속임수인 것 같아. 하지만 빠져나갈 방법이 없단다. 만일 돌아오지 못하거든 나의 약혼녀와 어머니에게 내가 그들을 얼마나 사랑하는지 꼭 전해다오. 그리고 사랑하는 내 동생, 너는 지금까지 내 인생에서 가장 소중한 존재였단다.' 그리고는…… 영영……."

두꺼운 돋보기 뒤로 그녀의 눈동자가 충혈되더니 이내 눈물이 흘렀다. 주름 진 그녀의 얼굴에 흐르던 굵은 눈물방울은 테이블 위로 떨어졌고 그녀는 다시 담배에 불을 붙였다.

"나중에 알게 된 사실이지만 그 배에 탄 젊은 사람들은 어디로 이동할 것도 없이 바로 그날 밤에 그 배 안에서 총살을 당했어. 배에서는 피가 흘러넘쳤지. 그 붉고 선명한 피가 마구 흘러 바다까지 시뻘겋게 물들였으니 얼마나 많은 사람들이 얼마나 잔인하게 희생되었는지 너희들은 보지 않았어도 짐작할 수 있을 거야. 아, 끔찍해…… 정말 끔찍해. 하지만 프랑코 그가 몰랐던 것은, 아무리 많은 사람들을 잔인하게 죽여도 우리 가슴속에 남아 있는 정신은 절대 죽일 수 없었다는 거지. 암, 그렇고말고. 우리가 누군데, 바스크인들인데…… 우리는 결코 잊지 않았어. 잊을 수가 없지." "그런데 오빠분은 왜 희생이 된 거죠?"

"그건 우리도 몰라. 아무도 몰라. 그래서 우리가 억울하다는 거 아니야. 그놈이 우리 오빠를, 또 수많은 사람들을 왜 죽였는지 우리는 몰라. 핑계는 이데올로기였지만 진짜 이유를 우리가 어떻게 알겠어? 아마도 프랑코 정권의 마음에 들지 않았던 우리 아버지 때문이었던 것 같아. 또 그 당시엔 이름난 지식인들과 총명한 젊은이라면 목숨을 부지하기 힘들 때였으니까……. 적어도 이곳 바스크 지방에서는……."

인터뷰가 끝나갈 즈음 그녀가 물었다.

"젊은이들이 참 기특하네, 이런 일을 다 하고. 그나저나 아가씨는 어느 나라에서 왔어? 우리 역사에 대해 알기는 하는 건가?"

"아, 네…… 저는 한국에서 왔습니다. 스페인 역사에 대해 조금은 알고 있어요. 이런 일을 통해 더 많은 것을 배울 수 있어서 매우 뜻깊게 생각하고 있습니다."

"그래, 훌륭해. 하지만 바스크 지방은 스페인이 아니야. 내가 지적해도 괜찮다면 말야. 우린 스페인이었던 적도 없고 그러고 싶지도 않다고. 이런 억

역사의 증언자가 된 마이떼 란던과의 인터뷰.
우리는 무려 4시간이 넘도록 그녀의 이야기를 경청했다.

울한 일을 겪었는데 어떻게 반란을 일으키지 않겠어. 그래서 시작된 게 바로 에따의 활동이지. 물론 지금은 그들이 터뜨리는 폭탄에 죄 없는 사람들이 희생되면서 의미도 퇴색했고 지지도 받지 못하지만, 난 그들을 십분 이해해."

첫 번째 인터뷰부터가 충격적이었고 동시에 성공적이었다. 우리는 그렇게 무려 열두 명의 희생자 가족들의 집을 방문해 이야기를 들었다. 또 다른 전문가들과 함께 희생자들이 생매장되거나 학살된 후 묻혔던 지역들을 돌며 그 모습을 카메라에 담았다. 인터뷰에 응했던 사람들은 아직도 그 총성이 들리는 듯해 두렵다며 인터뷰 도중에도 종종 눈물을 흘렸다. 프랑코가 사라진 지 이미 30년이 넘게 지났는데도 그들의 아픔은 아직도 진하고 강렬하게 가슴속에 자리하고 있는 것 같았다.

로뻬스 교수의 우려와 달리 매우 흡족한 촬영을 마친 우리는 또다시 밤새 버스를 타고 바르셀로나로 돌아왔다. 이제는 우리가 촬영한 스무 개가 넘는 테이프를 편집하는 일만이 남아 있었다.

"촬영이 잘된 건 좋은데 우리 이제 죽었다. 이거 너무 촬영을 많이 한 거 아니야? 어떻게 좀 효율적으로 일할 방법이 없을까?"

언제나 꾀를 부리는 마르띤은 벌써부터 빠져나갈 궁리를 하고 있는 모양이었다. 하지만 그런 꼴을 그냥 두고 볼 마우리찌오가 아니었다.

"무슨 소리야, 이 자식이. 어림없는 소리. 자, 내일부터는 편집이다. 나한테 편집 기계가 있으니까 우리는 굳이 학교에 가지 않아도 돼. 내일 아침 10시에 우리 집에서 집합!"

"오케이~"

마우리찌오의 말에 힘을 실어주기 위해 내가 기다렸다는 듯 '오케이'를 외쳤다. 하지만 사실 나도 은근히 걱정이 되었다. 방송 일을 영 모르는 바가 아니었으니 어쩌면 마르띤보다 더 묘안을 찾고 싶었는지도 모른다. 하지만 지난 1년 동안 했던 고생에 비하면 이런 것쯤은 아무것도 아니었다. 이제 마지막으로 젖 먹던 힘까지 다해 유종의 미를 거두도록 노력해야 할 때였다. 열흘 동안의 강행군과 긴 여행에 지칠 대로 지친 나는 집에 돌아가자마자 침대에 누워 그대로 곯아떨어져 버렸다.

세 번의 계절이
바뀌고......

"어쩜, 너도 이름이 미나니?"

마우리찌오의 집에서 다큐멘터리 편집을 시작하던 날, 난 드디어 마우리찌오의 그녀, '이탈리안 미나'를 만났다. 마우리찌오에게는 벌써 6년째 같이 살고 있는 애인이 있었는데 그녀의 이름도 '미나'였다. 로마 출신의 그녀는 화가인 어머니를 따라 콜롬비아에 갔다가 마우리찌오를 알게 되었다. 그러던 중 그녀의 어머니가 콜롬비아에 아예 정착하게 되면서 두 사람 사이도 연인으로 발전했고, 그들은 3년 전 콜롬비아를 떠나 바르셀로나로 왔다. 단 몇 마디 대화에도 그녀는 영락없는 이탈리아인임을 알 수 있는 사람이었다. 매력적인 외모에 무척이나 다정한 말투와 몸짓도 그렇고 무엇보다 그녀에게는 강한 이탈리아어 억양이 여전히 남아 있었다.

나와 인사를 마친 후 그녀는 볼 일이 있다며 서둘러 외출을 했고 우리도 일을 시작했다. TV 리포팅 실습 때는 양이 많지 않아 미처 몰랐는데 스무 개가 넘는 테이프 내용을 일일이 정리하고 흐름에 따라 인터뷰를 잘라 붙여 25분짜리로 편집하는 일은 그야말로 피를 말리는 작업이었다. 멋모르고 시작한 그 일 때문에 우리는 한동안 다른 어떤 일도 할 수가 없었다. 아침에 눈만 뜨면 마우리찌오의 집에 가서 편집을 하다가 오밤중이 되어서야 집으로 돌아오기를 꼬박 이 주일, 자막 작업만을 남겨놓았을 때 우리는 잠시 쉬기도 할 겸 간단한 저녁 식사를 하기로 했다.

선선한 바람이 불던 초여름 저녁, 마우리찌오의 아파트 옥상에서 우리 세 사람과 이탈리안 미나는 와인을 곁들인 바비큐 파티를 열었다. 배도 부르고 와인과 음악에 취해 분위기가 무르익었을 즈음 내가 물었다.

"두 사람, 왜 하필 바르셀로나로 오게 되었어?"

마우리찌오가 잠시 생각에 잠긴 듯한 표정을 짓는 사이 그녀의 연인이 입을 열었다.

"응, 사실 콜롬비아에서는 더 이상 살 수가 없었어……."

일순간 침묵이 흘렀다. 모두가 마우리찌오의 눈치를 살피고 있었기 때문이었다.

"아니, 그렇다고 그곳이 싫었다는 얘기는 아니야. 물론 우린 무척 행복한 시간을 보냈어. 그치, 자기야?"

그녀가 마우리찌오의 머리를 쓰다듬으며 말했다.

"그래, 네 말이 맞아. 우리나라이긴 하지만 위험한 건 사실이지. 전쟁? 흠…… 물론 바스크 지방 사람들도 그렇고 미나 너희 나라도 전쟁을 겪었지만 콜롬비아는 벌써 20년째 내전이 계속되고 있는 나라인 걸. 세계에서 가장 오랜 내전을 겪고 있는 나라라고. 다른 나라 사람들은 그 상황이 하도 오래되니까 그냥 그러려니 하겠지만 우리는 그렇지가 않지……."

마우리찌오가 괴로운 듯 인상을 쓰며 말하더니 잔에 남아 있던 와인을 단숨에 들이켰다.

괜한 질문을 꺼낸 것 같아 당황해하는 내게 이탈리안 미나가 말했다.

"우리가 피할 수 없는 현실인 걸 뭐. 우리 어머니는 여전히 거기에 계시고……. 그치만 난 그렇게 살 수는 없었어. 아니 그러기 싫었어. 우리가 콜롬비아에서 함께 사는 3년 동안 난 한 번도 보디가드 없이 외출을 해본 적이 없으니 말 다했지, 뭐. 게다가 마우리찌오가 언제 어디서 게릴라군에게 끌려가 목숨을 잃을지 모르는 기자 일을 하는데 어떻게 거기서 살겠어. 그래서 꿈에 그리던 바르셀로나에서 새로운 인생을 시작하고 싶었지. 근데 그것도 쉽지는 않아." 분위기는 더욱 침울해졌다.

"에이, 다 잘될 거야. 술이나 마시자. 자, 건배! 기운들 내라고."

마르띤이 분위기를 바꾸어 보려 말을 꺼냈지만 이미 때는 늦었다. 잠자코 있던 마우리찌오가 이내 진지한 표정으로 다시 말을 꺼냈다.

"이제 한 달이면 내 비자가 만료돼. 그전에 직장을 구하지 못하면 우린

1 의리 청년 마르띤. 다시 태어나도 바스크인으로 태어나고 싶다는 마르띤은
  내게도 틈만 나면 바스크 지방의 언어인 에우스께라를 가르쳐주곤 했다.
2 똑똑하고 성실한 마우리찌오. 그가 들고 있는 책이 바로 마이떼 란딘의 인생을 담은 책이다.
  표지 속의 소녀가 바로 마이떼 란딘.

끝이라고. 무슨 일이든 해야 하는데……. 난 불법체류자로 이곳에서 살고 싶지는 않아. 그렇게 되면 어쩔 수 없이 콜롬비아로 돌아가야겠지. 너희들은 모를 거야. 그게 얼마나 슬픈 일인지. 자기가 태어난 조국에 돌아가기 싫어 발버둥을 쳐야 하는 이 심정을……."

그러더니 갑자기 이탈리안 미나를 바라보며 애원하듯 말했다.

"자기야, 그렇게 되면 자기는 어떻게 할 거야? 날 버릴 거지? 나와 함께 콜롬비아로 돌아가진 않을 것 아니야? 그럼 난 어떻게 해, 어떡하지? 난 너 없이는 살 수 없는데……."

두 사람은 손을 맞잡고 서로를 바라보다 이내 눈물을 흘렸다. 하지만 그녀는 끝끝내 헤어지지 않겠다는 약속은 하지 않았다.

마우리찌오가 힘든 상황인 것은 알고 있었지만 그렇게까지 자세한 얘기는 마르띤이나 나나 처음 듣는 것이었다. 친구의 딱한 사정을 듣고 있던 마르띤과 나도 괴롭기는 마찬가지였다.

"우리도 최선을 다해 한번 알아볼게. 일단 다큐멘터리를 잘 만들자. 로뻬스 교수도 그랬잖아. 잘되면 방송국에 그 테이프를 팔 수도 있다고. 그러면 일이 잘 풀리지 않을까? 그리고 혹시 한국에서 내가 일자리를 찾으면 그땐 꼭 와야 해, 알았지?"

내가 말하자, 마우리찌오가 크게 웃으며 답했다.

"그래, 한국 좋~지. 고맙다. 미안해, 얘들아. 괜히 분위기가 안 좋아졌네. 일단 오늘은 즐겁게 놀자~"

사실 남미에서 온 친구들 중에는 마우리찌오처럼 자기 나라로 돌아가지 않고 스페인에 남고 싶어 하는 친구들이 여럿 있었다. 극도로 위험한 치안이나 가난 때문에 집으로 돌아가고 싶지 않다는 그들의 이야기는 너무 많이 들어서 익히 잘 알고 있었다. 그리고 콜롬비아는 그중에서도 특히 사정이 좋지 못한 편이었다. 다큐멘터리를 촬영하고 편집하는 내내 마우리찌오는 콜롬비아의 비극적인 현실에 대해 이야기를 들려주었고 그가 콜롬비아에서 촬영했던 비디오를 보면서 마르띤과 나도 함께 눈물을 흘렸다.

나는 친구들에게 남과 북이 여전히 대치하고 있는 우리나라의 상황과 어떤 면에서는 바스크 지방의 역사와 많이 닮아 있는 우리의 광주민주항쟁에 대해서도 설명해 주었다. 물론 내게는 기쁜 마음으로 돌아가기를 고대하는 조국과 나를 기다려 주고 있는 직장도 있었지만, 우리에게는 분명 서로를 통하게 하는 무언가가 있었다. 전쟁을 직접 겪거나 독재자의 손에 의해 억울하게 희생된 가족이 없다 해도 우리 세 사람의 가슴 한편에는 남모르는 저마다의 상처가 있었다. 어쩌면 그것이 우리 세 사람을 뭉치게 한 보이지 않는 끈이었는지도 몰랐다. 그리고 그것이 바로 우리가 다큐멘터리를 통해 말하고 싶은 것이기도 했다.

힘겨운 시간이 끝나고 드디어 다큐멘터리가 완성되었다. 다큐멘터리의 제목은 '70년간의 침묵'으로 최종 결정되었다. 종강 파티가 있던 날 오전, 동기생 모두와 졸업생, 바르셀로나 대학 교수들은 물론 미국 콜롬비아 대학 교수진까지 참석한 가운데 다큐멘터리 프리젠테이션이 있었다.

다큐멘터리를 제작한 팀은 우리 말고도 세 팀이 더 있었다. 가장 먼저 도시 개발과 함께 하루아침에 삶의 터전을 잃은 바르셀로나 해안가 빈민들의 이야기를 담은 네 여학생의 다큐멘터리가 상영되었다. 또 야디라가 방학을 이용해 멕시코까지 건너가 촬영해 온 내용이 포함된 다큐멘터리가 그 뒤를 이었다. 그것도 역시 스페인 내전과 관련이 있었다. 내전 당시 스페인에서는 일부 부모들이 자식들의 생명을 지키기 위해 아이들을 배에 태워 남미 각지로 보냈던 가슴 아픈 일이 있었다. 야디라와 네우스, 라우라는 그런 아이들이, 또 그들의 자손들이 지금 어떻게 살고 있는가를 취재해서 다큐멘터리를 만들었다. 다음으로 힐다와 다비드, 조아낀은 돈키호테 탄생 4백 주년을 맞은 스페인에서의 '돈키호테의 상업화'를 주제로 작품을 제작해 발표했다.

끝으로 우리의 작품이 상영되고 음악과 함께 우리 이름까지 자막으로 올라가자, 강의실에 불이 켜졌다. 항상 방송에 출연해 마이크를 잡고 말하는 일만 하다 작품 끝에 내 이름이 자막으로 올라가는 모습을 보니 기분이 묘했다. 그것을 본 사람들이 어떤 평가를 내릴지 궁금하기도 했고 약간은 불안한 마음도 들었다. 박수가 마구 쏟아져 나오는 상황을 기대했는데 의외로 강의실 안에는 잠시 침묵이 흘렀다. 주위를 둘러보니 모두가 깊은 생각에 잠긴 듯한 표정을 하고 있었고 몇몇은 심지어 눈물을 흘리고 있었다.

잠시 후 누군가가 박수를 치기 시작하니 다들 이제야 정신이 난다는 듯한 표정으로 함께 박수를 치며 우리를 격려했다. 동기들과 교수님들의 반응은 우리가 생각했던 것보다 훨씬 더 좋았다. 그들은 특히 멕시코 아이들의 다큐멘터리와 우리의 작품이 인상적이었다는 평가를 했고, 로뻬스 교수는 우리의 작품을 스페인 국영 방송과 카탈루냐 방송에 소개하고 싶으니 데모 테이프를 만들어 제출하라고까지 했다. 힘들었지만 노력한 보람이 있었다. 마르띤과 마우리찌오, 그리고 나는 서로 손뼉을 마주치며 쾌재를 불렀다.

그렇게 석사 과정이 막을 내리고 그날 저녁에는 종강을 기념하는 파티가 열렸다. 파티는 우리가 늘 수업을 듣던 건물 내의 구내식당에서 열렸다. 식사가 시작되자 가장 먼저 우리의 지도교수인 헤르쉐르 교수에게 우리의 마음을 담은 선물이 증정되었다. 선물은 스페인의 특산물인 이베리아식 정통 하몽, 한마디로 그것은 근사하게 포장해서 리본까지 묶은 돼지 뒷다리였다. 아무리 그것이 스페인의 명물이라지만 돼지 뒷다리를 끌어안고 감격스런 얼굴로 학생들을 향해 마지막 인사를 하시던 교수님의 모습은 정말 재미있었다. 그리고는 언제 준비했는지 우리 동기 중 유일한 공식 커플인 레안드로와 글로리아가 깜짝 순서를 마련했다.

레안드로는 1년간 우리의 모습을 담은 사진들을 엮어 음악까지 곁들인 영상물을 상영했고, 글로리아는 모든 사람들의 가장 기억에 남는 한마디를 정리해 사진에 맞춰 낭독을 했다. 내용도 정말 기발했지만 두 사람의 정성에 식당 안은 온통 감동의 물결이었다.

"저 정도는 돼야 그 힘든 공부를 하면서 애인도 만들 수 있는 거라고~" 누군가 소리를 지르자, 모두가 손뼉을 치며 두 사람의 키스를 보고 싶다고 외쳤다. 쑥스러워하던 두 사람이 못 이기는 척 입을 맞추자 여기저기서 함성

프리젠테이션이 있던 날.
대학원 건물 앞에서 석사 과정 동기들과 함께.

을 지르며 잔을 부딪치는 소리가 이어졌다.

식사가 끝난 후에는 식당 옆 홀에서 댄스파티가 이어졌다. 하지만 아쉽게도 나는 오랜 시간 머무를 수가 없었다. 서울에서 온 후배와 함께 다음 날 새벽 첫 비행기로 여행을 떠나야 했기 때문이다. 섭섭한 마음이 컸지만, 여행을 다녀온 후 한국으로 돌아가기 전에 꼭 다시 만나자는 약속과 함께 친구들에게 작별 인사를 하고 집으로 향했다.

모든 것이 끝났다는 것을 도무지 실감할 수가 없었다. 스페인의 대학에서 석사 과정을 밟을 수 있을지 없을지를 반신반의하며 시험 준비를 하던 것이 엊그제 같은데, 아니 한국을 떠나온 것이 얼마 되지 않은 것 같은데, 세 번이나 계절이 바뀌고 공부도 끝이 났다니……. 뿌듯한 마음과 함께 주체할 수 없는 허탈감이 밀려왔다. 복잡 미묘한 심정에다가 이제 곧 시작될 여행에 대한 기대감까지 더해져 나는 터질 듯한 가슴을 안고 건물을 나섰다. 그날따라 휘영청 밝게 뜬 커다란 달이 어두운 캠퍼스를 환하게 밝혀 주고 있었다.

4부
태양은 뜨겁고,
나는 자유로웠다

코르도바 축제의
열기 속으로

스페인을 보겠다며 일본에서부터 날아온 숙향이. 미모의 대학 강사인 그녀는 대학 시절부터 나의 절친한 후배이자 친구였다. 숙향이와 나는 오래전부터 꼭 한번 스페인 남부 여행을 함께 하기로 약속했었다. 드디어 그 꿈을 이루기 위해 떠난 여행에서 우리가 가장 먼저 찾은 곳은 '5월의 도시' 코르도바였다.

바르셀로나에서 비행기 편으로 말라가에 도착한 우리는 자동차를 타고 코르도바로 향했다. 우리가 달리는 고속도로 양쪽으로는 키 작은 올리브 나무들이 빼곡히 들어선 들판과 황금빛 밀밭만이 끝없이 이어져 있었다. 그 고속도로의 단조로운 풍경을 그나마 덜 지루하게 하는 것이 있다면 그것은

스페인 곳곳에서 만날 수 있는 언덕 위의 검은 황소.
거대한 평면의 간판이라고 하기에는 너무나 살아 있는 황소 같은 모습이다.

바로 언덕 위에 우뚝 서 있는 커다란 검은색 황소들이었다. 스페인의 고속
도로 어디를 가나 심심치 않게 볼 수 있는 그 황소는 실제 황소가 아니라
입체감 없이 납작한 황소 간판이다. 스페인을 처음 찾는 관광객들은 그것
이 스페인의 상징이라 그렇게 곳곳에 서 있는 것이 아닐까라고 생각한다.

나도 처음엔 아무런 의심 없이 그런 줄만 알았다. 하지만 그것은 원래 스페
인 남부의 전형적인 포도주인 셰리주를 생산하는 한 회사의 선전용 간판이
었다. 그 황소 간판이 처음에 세워지기 시작했을 때는 그 회사 말고도 수많
은 회사들의 홍보용 간판이 고속도로에 가득했었다. 그러던 어느 날 여기저
기 세워지는 간판들이 풍경을 망친다고 생각한 스페인 정부가 일제히 단속
에 나서면서 스페인 고속도로의 홍보용 간판들은 모두 자취를 감추었다. 그
런데 황소 간판을 스페인의 명물로 여긴 관광객들이 강력하게 항의하면서

유일하게 그것만 남겨놓게 되었다고 한다.

사연이야 어찌 됐건 그 황소 간판들은 이제 정말 스페인의 고속도로를 달리면 꼭 만날 수 있는, 또 관광객들이 꼭 한번 보고 싶어 하는 스페인의 명물로 확실히 자리 잡게 되었다. 시커먼 황소 간판이 나타날 때마다 후배는 깩 소리를 지르며 연신 사진을 찍어 댔다. 하긴 내가 그렇게 찍은 황소 사진도 수십 장은 될 테니 후배의 그런 반응은 당연한 것이었다. 그렇게 몇 마리의 황소를 지나쳤을까, 우리는 드디어 코르도바에 도착했다.

코르도바는 좁은 골목 사이사이에 들어서 있는 하얀 집들과 발코니에 주렁주렁 달려 있는 이름 모를 붉은 꽃들 때문에 봄이 되면 그 아름다움이 절정에 이르는 도시이다. 또 스페인 내에서도 가장 유명한 미술과 춤 학교가 밀집되어 있는 예술의 도시이기도 하다. 하지만 코르도바는 무엇보다 '메스키타'를 보기 위해 많은 사람들이 찾는 곳이다.

메스키타는 종교적으로 매우 의미가 있는 코르도바의 회교 사원이다. 코르도바는 아랍인들이 8세기 이베리아반도를 점령한 후 제일 먼저 정한 그들의 수도였다. 그래서 이슬람의 대사원들이 많이 있지만 그중에서도 메스키타는 메카에 있는 아카바 대사원을 제외하고는 회교 사원 중에 가장 크고 웅대한 것으로 잘 알려져 있다. 메스키타 내부에 들어섰을 때의 첫인상은 듣던 대로 야릇했다고나 할까. 건축과 예술이 묘하게 조화를 이룬 듯한 붉은 줄무늬의 아랍식 아치를 수백 개의 기둥이 떠받치고 있는 모습은 가히 독보적이었다. 수 세기에 걸쳐 여러 양식이 가미되어 매우 독특한 모습을 하고 있는 사원의 중앙에는 르네상스풍의 예배당이 들어서 있어 그 신비로운 모습을 더했고, 치열했던 역사 속의 세력 다툼을 그대로 증언하는 듯했다.

회교 사원도 천주교 성당도 아닌, 야릇한 느낌을 머금은 메스키타 내부와 아름다운 정원을 모두 둘러본 우리는 밖으로 걸음을 옮겨 메스키타를 배경으로 사진을 찍었다. 그런데 골목 저편에서 화려한 원색의 전통 의상을 차려입은 아가씨들 대여섯 명이 우리 쪽을 향해 걸어오는 것이 보였다. 나는 후배를 위해 그녀들에게 부탁해 사진을 찍었고 뜻밖에도 그녀들로부터 바로 그때가 코르도바의 축제 기간이라는 이야기를 듣게 되었다. 그 유명한 코르도바의 축제가 열리고 있는 것도 모르고 그냥 갈 뻔했는데 이렇게 운이 좋을 수가! 우리는 축제를 보기 위해 그녀들을 따라가 보기로 했다.

신나게 그 뒤를 따르기 시작했건만 잠깐이면 된다던 그녀들의 이야기와는 달리 무려 삼십 분 이상을 땡볕 아래서 걷고 나서야 축제 현장에 다다를 수 있었다. 우리는 행여나 그 아가씨들을 놓칠세라 비지땀을 흘리며 걷다가 때로는 뛰어도 보았다. 하지만 몸에 꽉 끼는 옷을 입고 굽 높은 구두를 신고도 어찌나 빨리 걸어가는지 따라가기가 쉽지 않았다. 더위에 지치고 발도 아파서 그만 포기하려던 순간 그녀들이 뒤를 돌아보더니 환한 미소를 머금고 "바로 저기예요"라고 말하고는 어디론가 사라져 버렸다.

그 아가씨들이 가리키는 곳으로 고개를 돌려보니 전통 의상 차림으로 모여든 수백 명의 사람들이 인산인해를 이루고 있는 것이 보였다. 양쪽으로 길게 늘어선 천막 사이의 넓은 길에는 말이나 마차를 타고 도착하는 사람들의 행렬이 이어졌고 그때마다 희뿌연 모래바람이 일었다.

화려한 레이스가 인어공주의 꼬리를 연상시키는 안달루시아 전통 의상을 입고 머리에는 꽃을 꽂아 한껏 멋을 낸 아름다운 코르도바의 여인들은 이곳저곳으로 떼를 지어 몰려다니며 춤을 추었다. 그리고 언뜻 보기에 서부영화 속 카우보이의 모습과 비슷한 전통 의상을 입은 남자들은 대낮부터 술을 들이켜며 여인들을 탐색하고 있었다. 흡사 영화의 한 장면을 연상시키는 그곳에서는 말로만 듣던 안달루시아의 축제가 한창이었다.

시대극에서 튀어나온 듯한 사람들 사이를 비집고 걸으며 주위를 아무리 둘러봐도 우리 같은 관광객은 눈에 띄지 않았다. 너무나 무방비 상태로 얼떨결에 그곳에 가 있었지만 '뻘쭘'하게 서 있다가 그냥 나올 수는 없는 일, 우리도 플라멩코 음악이 흘러나오는 천막들을 돌며 춤을 추기 시작했다. 아무래도 어색한 마음에 처음엔 한구석에서 눈치만 볼 수밖에 없었지만, 후배와 나는 이내 그곳 분위기에 젖어 나름대로 즐거운 시간을 보냈다. 낯선 모습을 한 두 동양 여인들의 어설픈 춤을 보며 사람들은 재미있다는 표정을 감추지 못했고 우리에겐 그것조차도 흥미로운 경험이었다.

사실 그렇게 더운 날씨만 아니었어도 축제를 좀 더 즐길 수 있었을지 모른다. 하지만 우리 같은 동양 사람들에게 코르도바의 5월 날씨는 한여름 사막의 더위가 이럴까 싶을 정도로 숨 막히는 것이었다. 게다가 천막이 이어진 길을 따라 신이 나서 축제를 구경할 때는 몰랐는데 불편한 신발을 신고 한

1 코르도바의 축제 현장에서.
2 화려한 안달루시아 전통 복장을 입은 여인들의 행렬.

참을 걸었던 탓인지 발에는 수없이 상처가 나 있었다. 차가 있는 곳까지는 적어도 40분 이상 다시 걸어가야 했는데 도저히 그럴 힘이 남아 있지 않았다. 혹시나 하는 마음에 마차를 세워 두고 이야기를 나누고 있는 마부들에게 다가가 사정도 해보았지만, 모두가 주인을 기다리고 있기 때문에 아무리 많은 돈을 낸다 해도 태워줄 수 없다는 대답뿐이었다.

바로 그때 한 남자가 우리에게 다가와 말을 걸었다. 말끝을 흐리는 안달루시아 사투리를 심하게 쓰던 그 중년의 남자는 우리가 그와 함께 술을 한잔한다면 자기 마차에 태워 차 있는 곳까지 데려다주겠다고 집요하게 우리를 졸라댔다. 좋은 말로 거절하기를 수차례 결국 화가 막 치밀려는 순간 그가 말했다.

"워워…… 알았어요, 아가씨. 내가 그렇게 마음에 안 든다면 할 수 없지. 하지만 이런 예쁜 아가씨들이 걱정하는 모습을 보고 어떻게 그냥 있겠어. 그렇다면 스페인 남자가 아니지. 사실 여기 마차들은 모두 누군가가 하루 종일 사용하기로 계약을 한 거라 도저히 방법이 없거든요. 대신 괜찮다면 5분만 기다려요. 이 동네 사는 친구가 여기 오기로 되어 있는데, 뭐 아주 근사한 마차는 아니지만 아마 아가씨들을 데려다줄 수 있을 거예요."

솔직히 그 말에는 도저히 신뢰가 가지 않았다. 그걸 핑계로 잠시라도 더 치근대려는 것이겠지 싶었지만 별다른 도리가 없던 우리는 일단 기다려 보기로 했다. 잠시 후 그 중년의 남자가 큰 소리로 말했다.

"아, 저기 오네요. 내가 가서 친구에게 부탁을 해볼게요."

뭐? 그다지 멋진 마차는 아니라고? 다리가 쭉쭉 뻗은 잘생긴 말들이 끄는 신데렐라의 마차 같은 것을 기대하지는 않았지만, 늙어빠진 당나귀 한 마리가 끄는 달구지란 얘기는 안 했었잖아? 황당하고 실망스러웠지만 그런 걸 따질 상황은 아니었다. 게다가 마차를 끈다는 그의 친구는 적어도 70은 되어 보이는 이가 다 빠진 할아버지였다. 자리가 비좁아 후배는 다른 할아버지들과 뒷자리에 끼어 타고 나는 마부 할아버지 옆자리에 겨우 자리를 잡고 앉았다. 덜컹덜컹 달구지가 움직이자 아까 그 중년의 남자가 우리를 향해 손을 흔들어 주었다.

"그래, 뭐 달구지면 어때. 이렇게 앉으니까 정말 살 것 같다."

그를 향해 '그라시아스(고마워요)'라고 크게 외치며 나도 손을 흔들었다. 그런데 나와 후배를 태운 달구지가 사람들 사이를 헤집고 그 장소를 빠져나가기 시작하자 사람들은 구경거리가 났다는 듯 모두 우리를 향해 몰려들었다. 하긴 우습기도 하겠지. 모두가 1년 중 최고로 멋을 내고 최고의 마차를 타고 모인 그 자리에 웬 두 명의 동양 여자가 더위에 지친 모습으로 털이 다 빠진 당나귀가 끄는 달구지를 타고 지나가고 있으니…….

구경하는 사람들은 우리의 사진을 찍어 대고 심지어 어떤 이들은 손을 내밀어 악수까지 청했다. 마치 여왕의 행렬에 열광하는 국민들처럼 그들은 우리를 보고 환호를 보냈다. 어이없는 그 상황에 후배와 나는 갑자기 웃음보가 터져 눈물까지 흘려가며 배를 잡고 웃었다. 드디어 축제 현장을 빠져나와 주차장에 도착하자 고맙다는 인사를 하며 마차에서 내리는 우리에게 할

아버지는 "어때? 내 마차 끝내주지?"라며 활짝 웃어 보였다.

"물론이죠. 정말 최고였어요, 할아버지~ 고맙습니다."

다시 차를 타고 세비야로 향하는 고속도로를 달리는데 조금 전 그 축제 현장에서의 일들이 마치 전날 밤의 꿈처럼 아련하게 느껴졌다. 세상을 녹여버릴 듯 뜨겁게 내리쬐던 태양 때문인지, 과거의 시간 속으로 돌아간 듯 한 분위기 때문인지, 아니면 정말 어이없는 달구지 에피소드 때문인지 코르도바에서의 하루는 왠지 실제로 지나온 시간 같지가 않았다. 그렇게 꿈을 꾸듯 몽롱한 기분으로 두어 시간을 달려 우리는 세비야에 도착했다.

세비야의
플라멩코 추는 밤

세비야, 세비야, 세비야! 드디어 세비야에서 아침을 맞았다. 플라멩코와 투우, 정열적인 사람들…… 자유롭고 열정적인 스페인의 모습으로 가득한 안달루시아에서는 1년 내내 축제가 끊이지 않는다. 바로 그 스페인다움의 결정체, 세비야에 우리가 와 있었다.

세비야에서의 첫날, 후배와 나는 세비야 성당을 찾았다. 세비야 대성당은 현존하는 세계 3대 성당의 하나로 관광객과 신도들의 발길이 끊이지 않는 곳이다. 그날도 역시 성당 앞에는 이른 아침부터 수많은 사람들이 줄을 서 있었다. 우리는 그 행렬을 따라 안으로 들어가 안내 지도를 보며 성당 안을 돌아보았다.

어마어마한 규모의 성당 한쪽에는 콜럼버스의 무덤도 있었다. 스페인의 네 왕조를 대표하는 왕들의 동상이 어깨에 받들고 서 있는 그 거대한 무덤 앞에서 우리는 사진을 찍었다. 성당을 빠져나가기 직전 문득 위를 올려다보았더니 하늘을 향해 둥글게 솟은 천장에는 파스텔 톤의 옷을 휘감은 천사들의 조각이 가득 매달려 있었다. 하마터면 놓칠 뻔한 그 신비로운 모습을 한참 올려다보던 후배와 나는 이번엔 성당의 종탑인 '라 히랄다'에 올랐다.

믿음을 상징하는 청동 조각들이 서 있는 종탑에서는 세비야시 전체의 모습을 볼 수 있었다. 하얀 집들을 덮고 있는 황금색 지붕, 중간중간에 새파란 물을 담고 있는 수영장들과 그 사이를 수놓는 진분홍과 진한 주황색의 꽃들. 한 폭의 그림 같은 아름다운 도시 전경 저편에는 높이 솟은 금탑과 투우장의 모습도 보였다. 유럽의 성당을 찾을 때마다 느끼는 것이었지만 역시 그 시대의 종교인들은 스스로가 진정 신과 같은 존재가 되길 원했던 게 아닐까 하는 생각이 들었다. 그렇지 않고서야 이토록 화려하고 웅대한 성당을 지었을 리도, 또 그럴 수도 없었으리라.

성당과 사원들을 돌아보며 비교적 차분하게 하루를 보낸 다음 날, 우리는 플라멩코 공연을 보러 가기로 되어 있었다. 나름대로 야심 차게 준비한 나풀나풀 원피스를 차려입은 후배와 나는 나란히 공연장을 찾았다. 사실 요즘 스페인에서 제대로 된 플라멩코 공연을 보려면 마드리드의 이름난 극장을 찾는 것이 가장 정석이었지만 세비야까지 간 이상 플라멩코를 보지 않을 수는 없었다. 생각보다 준비가 늦어진 우리는 공연 시작 시간에 아주

1 세비야의 어느 상점에서 발견한 깜찍한 와인 케이스.

　투우사의 옷과 플라멩코 무희의 옷을 입은 와인병들의 모습이 익살스럽다.

2 세비야 시 강가의 해 질 녘 풍경.

　황금빛으로 온 도시가 물드는 그 시간은 세비야가 가장 아름다워지는 때다.

3 세비야의 플라멩코 공연장에서.

　집시의 영향 때문인지 동양적인 정서도 품고 있는 플라멩코는 애절하고 슬픈 느낌 때문에

　더욱 신비롭고 아름답다.

빠듯하게 맞춰 현장에 도착했다.

　자리에 앉자마자 무대의 막이 오르고 먼저 검은 의상을 차려입은 남자들이 기타를 들고 등장해 무대 위 의자에 앉았다. 그들이 기타를 연주하며 노래를 부르자 그 옆에 서 있던 한 남자가 손벽으로 박수를 맞추며 함께 노래를 불렀다. 잠시 후 화려한 의상을 차려입고 한쪽 귀에 붉은 꽃을 꽂은 여자 무용수가 등장해 발을 구르며 춤을 추기 시작했다. 그녀가 격렬하게 춤을 추면 출수록 노래를 부르는 남자들은 점점 더 피를 토할 듯 한스러운 목소리를 내었다. 무대가 무너져 내릴 듯 강하게 발을 구르며 춤을 추는 무용수의 얼굴 표정은 마치 굿판에서 춤이 절정에 다다랐을 때 무당의 그것을 떠올리게 했다. 실제로 플라멩코 음악을 제대로 이해하려면 신의 내림을 받아야 한다는 말이 있을 정도이니 그런 느낌이 드는 것은 어쩌면 당연한 일일지도 모른다.

　사랑에 버림받은 아픔을 처절하게 토해내는 노래의 가사처럼 그 여인은 무대 위 조명 아래서 온몸을 불살라 춤을 추고 있었다. 집시들의 영향을 받아서인지 기타 선율이나 노랫소리, 그리고 무희의 몸짓 하나하나에 한을 담고 있는 그들의 공연을 보고 있으려니 온몸에 소름이 돋았다. 하마터면 나도 따라 울컥하는 마음이 들려던 그 순간 관광객들의 입맛에 맞춘 공연의 후반부가 시작되었다.

　캐스터네츠와 부채를 든 화려한 복장의 무희들이 대거 등장해 좀 더 힘차고 흥이 나는 가락에 맞춰 춤을 추더니 마지막으로 남자 무용수의 격정적인 솔로 공연과 함께 무대의 막이 내렸다. 마드리드의 소규모 클럽에서 보는 것만은 못했지만 안달루시아의 영혼이 서려 있는 도시 세비야의 밤에 우리가 있다는 것을 충분히 실감할 수 있는 시간이었다.

공연 후에는 택시를 잡아타고 플라멩코 공연이 밤새 이어진다는 시내 클럽들을 찾아 나섰다. 처음에 간 곳은 무대도 따로 없이 클럽 한쪽에 자리를 마련해 놓고 소위 말하는 언더그라운드식 공연을 펼치는 곳이었다. 역시 서글픈 기타 소리에 맞춰 노래를 하는 가수들과 실제로 거친 세월을 살아온 듯한 무용수의 춤 동작은 클럽 안에 모여든 사람들을 흥분의 도가니로 몰아넣었다. 객석에 앉아 있던 사람들까지 끌어들여 춤판을 벌이는 모습을 지켜보던 우리는 행여나 보기 드문 아시아 여자들이라고 앞에 나와 춤을 추랄까 봐 도망치듯 그곳을 빠져나왔다.

샌들의 높은 굽을 빼딱거리며 걷기 시작한 지 얼마 지나지 않아 이번에는 세비야의 젊은이들이 모여 전통춤을 추는 클럽들이 밀집돼 있는 곳에 도착했다. 달빛과 조명으로 아름답게 빛나는 세비야의 강가에는 크고 작은 술집들이 줄잡아 수십 개는 자리하고 있었다. 우리는 그중에서도 호텔 직원이 가장 유명한 장소라고 했던 '엘 누에스뜨로'라는 곳을 가보기로 했다. 입구만 봐서는 스페인 어디를 가나 수도 없이 널려 있는 그저 평범한 술집처럼 보이는 곳이었지만 안으로 들어서니 분위기가 사뭇 달랐다.

클럽 안에는 아직 이른 시간임에도 제법 많은 사람들이 모여 그럴듯한 폼으로 세비야의 전통춤, 세비야나를 추고 있었다. 언젠가 세비야에 가게 되면 꼭 멋지게 세비야나를 추어야지 하는 생각에 바르셀로나에 있을 때 춤 학원에 다닌 적도 있었다. 하지만 다큐멘터리 작업 때문에 한동안 춤을 추지 못했더니 그 복잡한 스텝이 영 가물가물해져 난 그저 다른 사람들이 춤추는 모습을 물끄러미 바라보고 서 있을 뿐이었다. 후배와 나는 한동안 서서 구경만 하다가 클럽 가장 구석진 곳에 자리를 잡고 앉았다.

그런데 잠시 후 낯익은 얼굴의 한 남자가 우리 옆자리에 와 앉았다. '어디서 봤더라?' 후배도 낯이 익는다고 하는 걸로 봐서는 내가 스페인에 와서 알고 지낸 사람은 아닌 것 같았다. 자세히 보니 그는 앞니 두 개가 툭 튀어나온 데다 긴 곱슬머리를 하나로 묶고 있는 것이 꼭 축구선수 호나우지뉴를 닮아 있었다. 그래서 낯이 익었나 보다 하는 생각을 하고 있는데 갑자기 눈썰미 좋은 후배가 말했다.

"언니, 저 사람 아까 그 공연에서 춤추던 사람 아냐?" 그러고 보니 그는 우리가 본 공연의 마지막에 등장해 혼자 춤을 추었던 플라멩코 무용수였다. 공연을 마치고 동료들과 그곳을 찾은 듯한 그는 조용히 앉아서 사람들이 춤추는 모습을 지켜만 보고 있었다.

"하긴 진짜 고수는 이런 데서 춤을 안 추겠지. 그렇지 않니?"

"그러게. 저런 사람이 한번 나서주면 언니가 실력 발휘를 좀 할 수 있을 텐데, 아쉽다."

후배와 내가 재미 삼아 그런 이야기를 나누고 있는데 엉뚱하게 다른 남자들이 다가와 우리에게 춤을 청했다. 처음엔 절대 못 하겠다고 손사래를 쳤지만 한쪽 무릎까지 꿇고 손을 내밀어 정중하게 춤을 청하는 그들을 거부하지 못하고 결국 우리는 춤을 추었다.

세비야나는 플라멩코에 강한 영향을 미친 안달루시아의 전통춤인데, 그 형식에 맞춰 제대로 추자면 꽤나 복잡했다. 춤을 배운 나나 전혀 배우지 않은 후배나 엉성하게 스텝을 밟기는 마찬가지였다. 나름대로 노력을 해보았지만 춤이 나아지기는커녕 오히려 갈수록 발이 더 꼬이는 것만 같았다. 우리의 엉터리 스텝을 바로잡아 주느라 진땀을 빼면서도 그 세비야 총각들은 시종일관 안달루시아 남자 특유의 매너를 과시하며 친절한 모습을 잃지 않았다.

안달루시아 사람들은 외모도 무척 매력적이지만 이성에게 정열적인 구애를 하는 것으로도 유명하다. 뒤로 빗어 넘긴 탐스러운 흑발, 숯검댕이 눈썹과 완벽한 턱선, 그리고 부담스러울 정도로 뜨거운 눈빛. 안달루시아의 남자들은 모두가 안토니오 반데라스를 닮았다. 우리와 춤을 추던 세비야 총각들도 바로 그런 외모의, 전형적인 안달루시아 매력남들이었다.

사실 그들은 춤 자체에는 별로 관심도 없는 듯했다. 그보다는 틈틈이 우리에게 예쁘다는 찬사를 보내거나 장미꽃을 파는 장사치가 나타날 때마다 장미를 한 송이씩 사다 바치는 일에 더욱 정성을 쏟았다. 안달루시아 남자들이 둘째가라면 서러워할 천하의 작업남(?)들이라는 건 이미 잘 알고 있었기 때문에 그런 속 보이는 아부에 넘어갈 우리는 아니었지만, 예쁘다는 소리를 싫어할 여자는 이 세상에 없는 법, 속는 셈 치고 즐거운 마음으로 그

1 아랍인들의 영향으로 하얀 집들이 가득한 이 작고 아름다운 시골 마을의 이름은
  아르코스 데 라 프론테라.

2 스페인 남부 내륙 지역에는 산속에 숨겨져 있는 17개의 하얀 집 마을이 있다.
  그 마을들은 푸에블로스 블랑코스라고 불린다.

시간을 즐겼다.

세비야 총각들은 밤새 자기들과 춤을 추자고 후배와 나를 졸라댔다. 하지만 어설픈 춤 그만하면 많이 췄다 싶었던 우리는 끈질긴 그들을 겨우겨우 설득해 그곳에 남겨두고는 술집을 빠져나와 호텔로 돌아갔다. 뱁새가 황새 따라가려다 가랑이가 찢어진다더니……. 후배는 나에게 언제 그렇게 세비야나를 배웠냐며 호들갑을 떨었지만, 어줍지 않은 실력으로 춤을 춘 바람에 온몸이 쑤시는 것은 나도 마찬가지였다. 완전히 녹초가 된 우리는 샤워를 끝내자마자 누가 먼저랄 것도 없이 바로 곯아떨어지고 말았다. 그리고 다시 해가 떠올랐을 때는 우리 여행의 마지막 날이었다.

아침 일찍 호텔을 나선 우리는 드라이브도 할 겸 산속에 있는 하얀 집 마을을 둘러보며 하루를 보낸 다음 공항으로 향했다.

"여행 즐거웠니?"

"응, 언니. 스페인 정말 와보고 싶었는데 덕분에 여행 잘했네. 생각해 보니 '너무 이뻐' 소리만 수백 번 하다 가는 것 같아. 그만큼 좋았어."

곧 다시 보게 될 후배인데 여행을 하다 그렇게 헤어지려니 왠지 섭섭한 마음이 밀려왔다.

"우리 스페인식으로 인사할까?"

"좋지."

후배와 나는 그렇게 말라가 공항에서 볼에 키스를 주고받고 진한 포옹을 한 다음 서로의 집으로 향하는 비행기에 따로따로 몸을 실었다.

그녀는 도쿄로 그리고 나는 또다시 바르셀로나로. 꽤 괜찮은 여행이었다,
그렇지, 숙향?

느리게
산다는 것

남부지역 여행을 끝내고 바르셀로나에 돌아온 나는 본격적인 섬 기행을 시작하기 전에 바르셀로나의 일상을 잠시 즐기기로 했다. 그사이 내가 살고 있던 여름 별장 촌에는 많은 사람들이 찾아들어 한산한 모습을 찾아볼 수가 없었다. 해변에도 파라솔이 적지 않게 눈에 띄었고 집 앞 모래사장에는 여름에만 임시로 세워지는 술집들이 들어섰다.

나의 일상은 매우 단조로웠지만 비로소 스페인으로 떠나올 때 내가 바라던 휴식을 취할 수 있어 나는 무척이나 행복했다. 아침에 눈을 뜨면 일단 거실에서부터 바다가 한눈에 들어오도록 발코니 창문의 블라인드를 걷어 올렸다. 시원한 바닷바람을 맞으며 기지개를 켠 다음에는 탱탱한 발렌시아산

스페인 재래시장의 모습에서도 역시 사람 냄새가 났다.
매일 아침 시장으로 장을 보러 가는 일은 내게 묘한 즐거움을 안겨 주었다.

오렌지를 꾹 눌러 짜서 주스를 만들어 마셨다. 그러고는 샤워를 하고 어김없이 동네의 상점가를 찾았다.

　여러 가지 잡다한 물건들을 파는 가게에 들러 신문을 사고 그날 먹을 음식의 장을 보았다. 나는 주로 대형마트가 아닌 재래시장에서 장을 봤는데 요리의 재료가 훨씬 더 신선하고 값도 쌌을 뿐만 아니라 상인들과 한 마디씩 인사를 주고받는 재미도 쏠쏠했기 때문이다. 피망과 아스파라거스, 브로콜리와 완두콩, 토마토, 호박, 오이, 상추와 아보카도까지 신선한 샐러드 재료를 산 뒤 그날그날 내 마음이 내키는 대로 해물이나 닭고기 혹은 스페인식 소시지를 사고 치즈도 한 가지씩 장바구니에 담았다.

가끔은 재래시장 바로 옆의 주류 전문 매장에 들러 그 지역의 농장에서 생산한 홈메이드 와인 한 병도 샀다. 집에 돌아와 냉장고를 채운 후에는 수영복을 입고 책 한 권과 타월을 들고 곧장 해변으로 향했다. 이상하게 마음이 끌리는 한 자리에 타월을 펼쳐 놓고 바다 쪽을 향해 엎드려 책을 읽다 보면, 시원한 바람 덕분에 온몸에 땀이 송송 맺히는 것도 잊은 채 책장을 넘기게 되곤 했다.

사실 스페인행을 처음 결심했을 때 내가 하고 싶었던 일은 뭐 그리 거창한 것이 아니었다. 내게는 무엇보다 휴식이 필요했고 나 자신을 돌아볼 시간이 절실했다. 어쩌다 보니 방송 연수도 하고 석사학위 과정까지 밟게 되었지만, 처음엔 아무런 다른 이유 없이 그저 떠나고 싶었기 때문에 떠나왔고 또 용기 내어 떠날 수 있어서 행복했다. 바쁘게 보낸 시간도 물론 보람 있었지만 이렇게 혼자서 책도 읽고 생각도 할 수 있는 시간과 자유야말로 내게 꼭 필요한 것이었다.

한국에서의 시간들을 다시 떠올리다 보면 후회스러운 일도 많았다. 내가 있던 자리, 내가 가진 것들이 얼마나 감사한 것인지를 미처 깨닫지 못할 정도로 생활에 치여 불평하거나 짜증스러워했던 나의 모습들이 안타깝게 느껴졌다. 이렇게 1년을 쉬어 가도 되는 것을 죽을힘을 다해 앞으로 달리지 않으면 큰일이라도 나는 것처럼 안간힘을 썼던 것이 참으로 부질없었다는 생각이 들었다. 느리게 산다는 것이 과연 어떤 것인지 체험하게 된 이곳에서의 시간들에 감사하고 한국에 돌아가서도 그런 생활을 할 수 있으려면 어

1 마술 치마처럼 두르면 저절로 흥이나 사뿐사뿐 춤을 추며 신나게 요리를 하게 되던 나의 앞치마.
2, 3 신기하게도 시간이 참 느리게 흘렀던 그곳. 아렌즈 데 마르의 해변

떻게 해야 할까에 대해서도 여러 가지 생각을 하게 되었다. 그러자 전에 없던 여유가 생겼고 에너지로 충만해진 나 자신의 모습에 새로 태어난 것만 같은 착각이 들 정도로 마음이 설레었다. 그 존재만으로도 나를 겸손하게 하는 드넓은 바다를 눈앞에 두고 난 그렇게 매일같이 내 안의 잡념과 욕심들을 파도에 실어 보냈다.

해가 뜨거워지고 해변가 간이 술집들에 사람들이 모여들기 시작하면 시계를 보지 않아도 점심때가 가까워졌음을 알 수 있었다. 그러면 나는 맨발로 모래밭을 걸어 집으로 돌아가 식사를 준비했다. 한국에서는 사실 무언가에 끌려가듯 일을 하느라 나 자신을 돌보고 아낄 시간을 내기가 힘들었다. 끼니를 거르거나 급조한 김밥 한 줄을 운전하며 먹기가 일쑤였던 한국에서의 생활을 잠시 접어둘 때 내가 결심했던 것 중의 하나가 바로 '한 끼를 먹어도 제대로, 맛있게, 여유 있게, 그리고 멋있게 먹자'라는 것이었다.

나는 빨간 바탕에 검정색 땡땡이 무늬가 박힌 플라멩코 의상을 본뜬 나의 애愛 앞치마를 두르고 맘보나 살사의 흥겨운 음악에 맞춰 춤을 추며 요리를 했다. 그날의 메인 요리가 보글보글 끓고 있는 사이 샐러드 재료를 씻어 접시에 담고 올리브유와 레몬, 식초, 소금으로 간을 한 다음 와인 한 잔을 따라 발코니의 테이블 위에 상을 차렸다. 아무도 보는 이가 없다 해도 상관없었고 누군가 정신 나간 짓이라 해도 상관없는 일이었다. 나는 그렇게 나만을 위한 근사한 식탁을 차려 놓고 바다를 바라보며 식사를 하고 커피를 마셨고 또 책을 읽었다.

점심식사가 끝나면 거실 소파에 누워 바다를 바라보며 낮잠을 청했다. 로마에 가면 로마법을 따르라고 꼬박꼬박 시에스타를 챙겨 잔 지 거의 1년, 하지만 낮잠 자는 것이 습관이 되면 한국에 가서 어떻게 하나 따위의 걱정은 하지 않기로 했다. 지난 일을 후회 않고 미리 앞서 걱정하지 않는다는 것이 내가 1년간 터득한 스페인식 생활의 철칙이었다. 늘어지게 한숨 자고 일어나도 여전히 뜨거운 햇살, 밤 9시가 될 때까지 질 줄 모르는 태양, 그곳은 바로 스페인이었다.

그렇게 하루 종일 바다를 끼고 책을 읽다가 혼자만의 만찬을 즐기는 여유로운 시간이 지나고 또다시 여행이 시작되기 전날 나는 친구들을 만나기 위해 바르셀로나 시내를 찾았다. 우리는 평소에 즐겨 찾던 바르셀로나 해변에 위치한 한 식당에서 저녁을 먹었는데 그 식당은 거의 바닷가 모래사장 위에 지어지다시피 한 곳이었다. 우리가 저녁 식사를 하는 동안에도 여전히 바다에서 해수욕을 하는 사람들이 눈에 띄었고 시시각각 어둠이 깔리는 바다 위 하늘에는 어느새 하나 둘 별이 총총 떠올랐다.

아무리 앞서서 걱정하는 일이 없다 해도 그날 우리의 대화 주제는 어쩔 수 없이 내가 떠나게 될 날에 대한 것이었다. 언제 돌아가느냐, 또 언제 다시 바르셀로나에 올 것이냐, 얼마나 자주 연락을 해야 할 것이며 또 그들은 언제 한국에 올 수 있을 것인지……. 이미 우리는 미래의 만남에 대한 이야기를 나누며 평생 함께할 친구가 되었음을 서로 가슴 깊이 느끼고 있었다.

해변의 식당을 나와 친구들이 나를 데리고 간 곳은 바르셀로나 시내의

바르셀로나의 야경은 그리 화려하진 않지만 나름대로 소박한 아름다움이 있다.
어느 여름 밤, 친구들과 함께 찾은 티비다보 언덕의 한 클럽 발코니에서.

야경을 한눈에 볼 수 있는 한 클럽이었다. 그 클럽은 외관으로 보나 실내 장식으로 보나 누군가 살고 있을 것 같은 평범한 집처럼 보이는 곳이었다. 알고 보니 그곳은 원래 어떤 돈 많은 노부부가 살던 저택이었는데 그들이 세상을 뜨면서 손자들에게 유산으로 남겨준 것이라 했다. 그런데 놀기 좋아하던 그 손자들이 어떻게 하면 바르셀로나의 예쁜 여자들을 한꺼번에 볼 수 있을까 궁리하던 끝에 그만 그 집을 나이클럽으로 개조해 버렸다는 것이다. 정말 '믿거나 말거나' 같은 이야기지만 사실이었다. 어쨌든 그들의 발상은 기발하기 그지없었고 그 시도는 매우 성공적이어서 그곳은 바르셀로나 내에서도 매우 인기 있는 장소가 되었다.

집 내부와 정원을 오가며 춤을 추다가 바르셀로나 전경이 내려다보이는 발코니에 기대어 마르따와 이야기를 나누었다.

"내일이라고 했나? 메노르카에 가는 게? 즐거운 여행이 되길 바래. 메노르카, 참 아름다운데…… 좋겠다. 그다음은 또 이비사에 간다고 했지? 나도 임신을 안 했더라면 같이 갔을 텐데 아쉽다. 재미있게 놀다 와."

"그래, 고마워. 다녀오면 금방 한국으로 가야 할 텐데 섭섭해서 어쩌나. 참, 내가 여행 다녀오기 전에 아기가 태어나면 안 되는데……. 시간 잘 맞추라고 해, 그 녀석. 하하……."

깊어 가는 여름밤 그 발코니에서 바라본 바르셀로나의 야경은 참으로 아름다웠다. 이곳에 다시 올 수 있을까를 생각하니 갑자기 슬픔이 밀려왔지만, 작별의 슬픔에 잠기기에는 아직 일렀다. 이번 여름휴가의 하이라이트, 꿈에 그리던 발레아레스의 섬들을 도는 여행이 또다시 나를 기다리고 있었다.

'그래, 끝까지 최선을 다해 모든 순간을 즐기자. 이 밤이 지나면 드디어 이글거리는 태양 아래 스페인의 여름 섬으로 떠나는 거다. 가자! 태양 속으로, 여름 속으로!'

코난과
함께한 여름

"대체 가방에다 뭘 넣었길래 이렇게 무겁냐? 하루만 있어 보면 알 거야. 여기서는 수영복 말고는 필요한 게 없어."

낑낑대며 내 짐을 차에 싣던 조르디가 말했다. 우연한 기회에 낚시 얘기를 하다 조르디와 한 약속을 지키기 위해 난 조르디 가족의 별장이 있는 메노르카를 찾았다. 비행기를 탈 때까지만 해도 실감 나지 않았는데 학교에서 보던 조르디가 수영복에 슬리퍼만 신고 마중 나온 것을 보니 그제야 그곳이 섬인가 싶었다. 게다가 이미 그곳에서 보낸 몇 주간의 생활을 말해 주듯 원주민처럼 피부가 검게 그을린 조르디는 완전히 다른 사람 같은 낯선 모습을 하고 있었다.

공항을 빠져나간 다음부터는 한동안 비포장도로가 이어지더니 이내 산속으로 뚫린 길을 지나 잔잔한 에메랄드빛 바다를 끼고 있는 해변이 나타났다. 조르디 가족의 별장은 바로 그 '칼라 앤 포르텔'이라 불리는 해변에 위치해 있었다. 조르디의 가족과 인사를 나누고 방에서 짐을 풀고 있는데 조르디가 다가와 말을 걸었다.

"오늘은 벌써 오후 4시가 넘었으니 그냥 배를 타고 한 바퀴 섬을 돌아보자. 하지만 내일부터는 내가 완전히 빈틈없이 계획을 짜두었으니까 기대하라고."

우리는 조르디의 배를 타고 인근의 해안들을 차례로 둘러보기 시작했다. 메노르카는 마요르카에 비해 크기도 훨씬 작고 관광객도 적었지만, 그 어떤 섬과도 다른 매력을 지녔음을 첫눈에 알 수 있었다. 멀리서 볼 때는 깎아지른 듯한 절벽으로 둘러싸여 마치 거대한 바위섬같이 보였지만 배를 타고 가까이 다가갈수록 섬은 새로운 얼굴을 드러냈다. 튀어나온 듯하다 다시 안으로 깊이 들어가는 요철 모양의 해안이 수없이 이어지고, 그 각각의 해안에는 신비로운 빛깔의 동굴이나 두 사람이 누우면 딱 좋을 듯한 작은 해변들이 자리하고 있었다.

섬을 둘러본 우리는 집으로 돌아가는 길에 그 많은 동굴과 해변 중에서 조르디가 가장 좋아한다는 '산 조셉' 동굴에 들러 서서히 배의 속도를 줄이고 안으로 들어가 보았다. 그곳은 동굴이라기보다 절벽에 나 있는 커다란 구멍 같아서 입구에서부터 이미 건너편에서 들어오는 빛이 보였는데 안으로 들어가면 들어갈수록 바닷물의 색깔은 더욱 선명한 에메랄드빛을 띠고 있었다. 조르디와 나는 잠시 배를 멈추어 두고 동굴 안의 시원한 느낌을 만끽하면서 천장에서 떨어지는 맑은 물소리를 감상했다.

"정말 끝내주지? 원한다면 매일 한 번씩 여기에 와도 좋아. 오늘은 이만 집으로 가자."

다음 날 아침 잠에서 깨자마자 조르디와 나는 근처 작은 섬으로 전 세계에서 딱 두 곳에만 살고 있다는 희귀 도마뱀 구경에 나섰다. 배를 타고 약 20분을 달린 끝에 찾아간 그 섬에는 도마뱀 말고는 아무것도 없는 듯 사람들의 발길이 뜸했다. 배에서 내려 섬 안으로 조금 걸어 들어가던 조르디가 함께 바닥에 쪼그려 앉자고 하더니 집에서 가져간 치즈 덩어리를 꺼냈다. 새끼손톱 크기로 치즈를 떼어내 여기저기에 뿌리자마자 조르디가 말한 대로 가운뎃손가락만 한 크기의 새까만 도마뱀들이 순식간에 몰려들었다.

처음엔 우리를 경계하듯 머뭇거리던 도마뱀들은 한 놈이 내 손에 있던 치즈를 물고 달아나자 죄다 한꺼번에 몰려왔고 나중에는 내 팔을 타고 어깨까지 올랐다. 징그러워 어쩔 줄 몰라하는 나를 보면서 한참 웃던 조르디가 결국 커다란 치즈 덩어리를 멀리 던지자, 순식간에 그곳으로 몰려갔다. 그들은 마치 무슨 마스게임이라도 하듯 소리도 없이 일사불란하게 움직였다.

"그런데 이 도마뱀의 이름이 뭐라고?"

조르디가 벌써 수차례 얘기해주었지만 왜 그리 이름이 귀에 들어오질 않는지 도무지 기억할 수가 없었다. 그렇게 즐거운 한때를 보내고 집으로 돌

1 내가 던진 치즈 덩어리를 먹고 있는 검은 도마뱀들.
2 조르디가 나를 위해 잡아다 준 성게.

아가는 길에 조르디는 내게 보여줄 게 또 있다며 한 동굴 근처에 잠시 배를 세웠다. 그러고는 배 아래쪽 공간에 있던 도구함에서 칼을 꺼내 입에 물고 는 냅다 바다속으로 뛰어들었다. 잠시 후 그가 다시 헤엄을 쳐 와서 내게 내민 것은 바로 까만 가시가 수도 없이 박힌 성게였다. 또 한 번 칼을 입에 물고 배에 뛰어오른 조르디는 그 칼로 성게를 쭉 갈라서 맛을 보라고 내게 권했다. 노란 성게알은 바닷물이 배어 약간 짭짤했지만, 꽤 맛이 좋았다.

"하하하. 너 꼭 그거 같아. 코난…… 칼을 입에 물고 있으니까 정말 딱이 다. 그런데 이게 이름이 뭐라고?"

난 그날따라 이상하게 새로 배우는 단어들에 약한 모습이었다. 웬일인지 도마뱀 이름에 이어 '성게'를 뜻하는 스페인어 단어도 듣자마자 잊어버리 고 말았다.

이것저것 신기한 구경을 하느라 시간 가는 줄 모르던 우리는 점심을 먹기 위해 서둘러 집으로 돌아갔다. 그런데 집으로 들어서는 나를 조르디 아버 지가 반갑게 맞으며 무언가를 물어보셨다. "미나야, 그래서 오늘 도마뱀 잘 봤니?" 였던 그 문장은 내게 "미나야, 그래서 오늘 xxx 잘 봤니?"라고 들렸 다. 단어를 못 알아듣는 바람에 뭘 봤냐고 물으시는지 정확히 알 수가 없었 던 것이다. 하지만 조르디의 아버지가 물어보시는 것은 보나 마나 뻔하다 고 생각했다. 난 도마뱀을 본 일은 이미 새까맣게 잊고서 성게알을 먹은 일 만 떠올리고는 활짝 웃으며 대답했다.

"네~ 하나 잡아서 잘 먹었어요. 맛있던데요."

1 메노르카에 있는 동안 매일 들렀던 산 조셉 동굴의 모습.
  바닷물이 신비로운 에메랄드빛을 띠고 있는 환상적인 장소다.
2 칼을 들고 성게를 따러 가는 조르디. 영락없는 코난의 모습이다.

"뭐, 잡아먹어? 아니, 네가 뭘 착각하는 모양인데 내가 말하는 게 뭔지 아 니?"

"그럼요, 그 까만 거요. 칼로 딱 잘라서 안을 파먹었는데……." 조르디의 아버지는 눈이 튀어나올 듯한 표정으로 입을 벌리고 할 말을 잃은 채 나를 바라보았다. 조르디의 아버지가 도마뱀에 관한 얘기를 하고 있다는 것을 그때까지도 전혀 생각하지 못한 나는 혹시 스페인에서는 성게를 먹으면 안 되나 싶어 눈치를 살피며 한마디 덧붙였다.

"저기, 저희 딱 하나만 먹었거든요. 하나밖에 안 먹었는데……."

내 말이 끝나기도 전에 조르디의 아버지는 조르디의 방 쪽으로 부리나케 달려가며 소리를 쳤다.

"조르디~ 조르디~ 대체 미나한테 뭘 먹인 거냐, 너?" 하필 그 희귀 도마 뱀과 성게를 일컫는 스페인어 단어가 그리 비슷하게 느껴졌던 이유는 뭐 람. 덕분에 조르디의 가족과 나는 내가 그곳에 머무르는 내내 그 이야기를 하며 웃을 수 있었다.

다음 날 나는 조르디, 조르디의 친구 하비, 그리고 하비의 아버지와 함께 드디어 낚시를 하기 위해 배를 타게 되었다. 메노르카에서 낚시를 하는 방 법은 그 시기와 잡고자 하는 물고기에 따라 여러 가지가 있었지만, 그날은 초보자인 나를 위해 줄낚시를 하기로 했다. 우리는 집에서부터 낚싯밥을 준 비하고 줄도 점검한 후 음료수와 간식거리까지 배에 실었다. 낚시가 잘 되 면 배에서 아예 점심도 먹고 하루 종일 바다에 머무를 작정이었다.

배가 출발하고 줄낚시에 잘 걸려드는 물고기들이 많이 모이는 곳으로 뱃머리를 돌린 후 얼마나 지났을까. 우리는 그곳에서 일단 줄을 한번 던져 보기로 했다.

"자, 미나, 너는 내가 하는 걸 잘 봐. 그리고 아버지는 거기 있는 그걸로 저처럼 한번 해보세요."

하비가 배 가장자리에 추를 올려놓고 지렁이를 미끼로 꽂아 둔 낚싯바늘을 가지런히 한 후 둘둘 말려 있는 줄을 풀며 말했다. 그런데 하비가 갑자기 하던 일을 놓아두고 "에이 그게 아니고요. 이건 이렇게……"라며 자기 아버지를 돕기 시작했다. 어서 낚시를 한번 해보고 싶다는 욕심이 앞선 나는 그 새를 못 참고 하비가 풀던 낚싯줄을 한 손으로 잽싸게 들었다.

"하비, 나도 해 보고 싶은데…… 이거 내가 던져봐도 될까?"

"응."

하비의 말이 떨어지기 무섭게 나는 손에서 줄을 놓았다.

그 순간 "잠깐, 반드시 줄 윗부분을 잡아야 해. 안 그럼……." 하비가 다급한 목소리로 말을 이어가는데 순간적으로 뭔가 잘못되었다는 느낌이 들었다. 나도 모르게 본능적으로 놀고 있던 왼손을 높이 들어줄 윗부분을 잡았다. 모든 것이 순식간에 일어난 일이었다. 다행히 추가 많이 풀리지 않고 중간에 멈추긴 했는데 아무래도 느낌이 좋지 않았다. 아니나 다를까. 나의 오른손 새끼손가락에는 낚싯바늘 하나가 꽂혀 있었다. 분명 내 손에 낚싯바늘이 꽂혀 있는데도 너무 기가 막히고 도무지 어떻게 해결해야 할지 머리가 돌아가지 않으니 오히려 덤덤해져 비명도 크게 나오지 않았다.

"어떻게 된 거야? 미나, 괜찮아?" 하비와 조르디가 기겁을 하고 달려와 낚 싯줄을 마저 건져 올리고 나서야 정확한 사태 파악이 되었다. 바늘은 정확 히 내 새끼손가락 끝마디의 중앙을 관통해 밖으로 튀어나와 있었고 징글맞 게도 지렁이까지 그대로 꽂혀 있었다.

"어떡해…… 어떡하지?"

갑자기 덜컥 겁이 난 내가 울먹이듯 말하자, 하비와 조르디는 서둘러 닻 을 올리고 배를 출발시켰다.

좀 더 조심했어야 하는데 모든 게 나의 불찰이었다. 하지만 두 사람은 뭍 으로 향하는 내내 서로 자기 책임이라고 미안하다는 말을 수십 번 반복했 다. 그런데 그 와중에도 진지할 틈이 없는 하비는 내 손에 연결된 낚싯줄을 가위로 끊더니 기념으로 사진을 한 장만 찍자며 나를 졸라댔다. 당장은 걱 정이 앞서도 시간이 지나고 나면 다 즐거운 추억이 될 거라나 뭐라나……. 정말 어이가 없었지만, 이상하게도 그런 하비가 밉지 않았다. 그래, 마음대 로 해라 하는 식으로 하비가 사진을 찍게 내버려 둔다는 것이 나중엔 아예 포즈까지 취해 가며 둘이 사진을 찍었다.

곧이어 배는 뭍에 도착했고 우리는 배에서 내려 빠른 걸음으로 조르디 의 집을 향해 걸었다. 그렇지 않아도 동양 여자가 나타났다며 나만 지나가 면 동네 사람들과 식당 웨이터들이 고개를 빼꼼히 내밀고 쳐다보곤 했는데 그날 일은 정말 좋은 구경거리가 아닐 수 없었다. 하비는 그게 재미있는지

"어이, 여기 좀 봐요. 미나 손가락에 낚싯바늘이 꼈다고요. 지렁이도요"라며 사람들을 더 불러 모았다. 그 덕에 나는 온 동네 사람들의 관심 속에 새끼손가락 끝에 낚싯바늘 하나와 지렁이를 단 채로 조르디의 집까지 걸음을 재촉했다.

나는 끝까지 병원에 가야 한다고 우겼지만, 조르디는 자기들의 집사이자 정원사인 헤수스 아저씨가 잘 해결해 줄 거라고 나를 달래고는 헤수스에게 전화를 했다.

"걱정 마, 미나야. 우리 헤수스 아저씨가 얼마나 펜치 질을 잘하는데."

허걱, 펜치 질이라니……. 그 말을 듣고 나니 더욱 불안해졌다. 하지만 전화를 받은 헤수스 아저씨는 정말 펜치 하나를 손에 들고 쏜살같이 그 자리까지 달려왔고 내가 뭐라고 참견할 새도 없이 모든 수술(?)은 끝이 났다. 너무 겁이나 고개를 돌리고 있던 통에 어떻게 된 일인지는 알 수 없었지만, 그는 정말 아무런 느낌도 없이 내 손가락에서 낚싯바늘을 빼내고 소독약까지 발라 두었다. 그러고는 그 낚싯바늘 조각을 기념으로 한국에 가져가라며 내 손에 쥐여주었다.

"어때? 이제 괜찮지? 아휴, 정말 깜짝 놀랐다."

조르디가 안쓰럽다는 표정을 하고 말했다. 그런데 하비는 그 와중에도 낚시에 대한 미련을 버리지 못하고 조심스레 내게 물었다.

"저기…… 미나야, 많이 놀라고 아팠지? 오늘 오후에는 그냥 쉬어야겠지? 아니면 낚시를 해…… 도…… 될…… 에이, 아니다……."

내 눈치를 보는 하비의 얼굴과 두 개의 빨간 점이 찍힌 새끼손가락을 번 갈아 보며 갈등하던 내가 말했다.

"하하하, 낚시가 그렇게 하고 싶어? 실은…… 나도 그래. 가자! 낚시하러 가자고!"

"와! 미나 최고! 역시 너는 멋져!"

기분이 좋아진 하비는 혼자서 헹가래라도 칠 태세로 나를 번쩍 들어 올리더니 순식간에 저만치 배를 향해 달려가며 소리를 쳤다.

"자, 어서들 와, 어서! 이러다 늦겠어!"

우리 셋은 다시 배를 타고 낚시를 하기 위해 바다 더 깊은 곳을 향해 달렸다. 낚시 운이 좋으려고 그런 해프닝도 있었는지 우리가 낚싯줄을 드리우기가 무섭게 고기가 잡혀 올라왔다. 색색 가지 물고기들을 적어도 30마리는 잡아 올린 우리는 신바람이 나서 수영도 한판 하고, 노을이 깔리는 바다를 뒤로한 채 집으로 향했다.

"우와, 이거면 오늘 저녁은 포식하겠다."

하비가 호들갑을 떨었다.

"내 그럴 줄 알고 집에다 저녁거리는 준비하지 말고 기다려달라고 부탁했지. 자, 그럼, 어디 한번 속력을 내볼까?"

장난기가 발동한 조르디가 배의 엔진을 전속력으로 가동시켰다. 그러면 혹시나 내가 무서워할 줄 알았겠지만 천만의 말씀! 더욱 신이 난 나는 "더 빨리, 더 빨리! 앗싸!" 하고 소리를 질렀고 두 사람은 또다시 "미나 최고!"

1 낚시를 하며 행복해하는 조르디

2 왼쪽부터 하비와 조르디

　우리가 잡아 올린 물고기들. 그날 저녁 우리는 정말 배부르게 생선요리를 먹을 수 있었다.

를 외쳤다.

애들아, 내가 한국 노래 하나 불러볼까? 지금 우리한테 딱 맞는 노래가 있거든."

전속력을 다해 물살을 가르며 달리는 배 안에서 내가 큰 소리로 말했다.

"좋~지!"

"고기를 잡으러 바다로 갈까나~ 고기를 잡으러 산으로 갈까나~ 이 병에 가득히 넣어가지고서~ 랄랄랄라 랄랄랄라 온다네 우후!"

정말 노래 가사처럼 고기를 가득 담은 통을 싣고서 우리는 그렇게 집으로 향했다. 아, 이 아름다운 메노르카를 어떻게 떠난단 말인가……

우리만의 해변과
세상의 끝

다음 날도 우리는 바다로 나갔다. 메노르카에서는 거의 매일같이 비슷한 하루 일과가 반복되었다. 아침부터 아이스박스에 음식을 채워 배에 싣고 바다로 나가서 스노클링을 하거나 낚시를 하다가 해가 질 무렵 석양을 보며 집으로 돌아오는 것이었다. 그 전과 달라진 것이 있다면 이번에는 휴가를 얻은 하비와 마드리드에서 온 하비의 여자친구 알리시아, 그리고 조르디의 형이 동참했다는 거였다.

우리는 우리 다섯 사람이 눕기에 딱 좋은 작은 해변을 찾아 배의 닻을 내린 후 아이스박스와 타월 등 필요한 물건들이 담긴 양동이를 한 사람이 하나씩 손에 받쳐 들고 모래사장까지 헤엄을 쳤다. 일단 해변에 짐을 옮기면

'빛의 해변' 이라는 이름을 갖고 있는 곳.
우리 일행이 나란히 눕기에 안성맞춤이었던 우리만의 해변.

모두가 한바탕 해수욕을 하고 파도를 타다가 나무 그늘을 찾아 점심을 먹었
는데 수영복만 입은 채 물에 홀딱 젖은 꼴로 온갖 통조림을 따서 먹고 과일
을 먹던 그때 우리의 모습은 영락없는 타잔과 제인들이었다. 배까지 채우고
나면 나와 알리시아는 주로 상체는 모래밭에 두고 하체는 바닷물에 빠뜨린
채로 파도를 맞으며 선탠을 즐기거나 책을 읽었고, 남자들은 모래사장 한
편에서 축구를 하거나 작살과 그물을 들고 바다에 뛰어들어 고기를 잡았다.
  난 언제나 그 작살로 고기 잡는 모습을 보러 그들과 함께 깊은 바다로 가
고 싶어했지만 물을 싫어하고 수영을 못하는 알리시아를 도저히 혼자 둘 수
가 없었기 때문에 낚시는 그저 때때로 집에 가는 길에 하는 '줄낚시' 정도에

만족해야 했다. 그렇게 하루가 지나면 우리는 그날 낚아 올린 물고기를 배에 싣고 노래를 부르며 석양을 뒤로한 채 집으로 돌아가 잡은 물고기들로 저녁 식사를 하거나 부둣가의 식당에서 허기를 달랜 뒤 바닷가를 산책하곤 했다.

그러던 어느 날, 사고가 발생했다. 남자들은 작살을 들고 고기를 잡으러 떠나고 알리시아와 나는 파라솔 아래서 낮잠을 자고 있었는데 갑자기 불어온 바람에 파라솔이 그만 붕~ 하고 하늘로 날아올라 바다 한가운데에 거꾸로 떨어진 것이다. 뒤집힌 파라솔은 마치 조그만 배처럼 둥실둥실 파도에 실려 점점 더 깊은 바다를 향해 떠내려갔다.

'이런, 하긴 뭐 그래 봤자 파라솔인데……'라는 생각을 순간 하고 있는데 알리시아가 발을 동동 구르며 소란을 피워댔다. 그런 상황을 예측했을리 없었던 알리시아가 파라솔 안쪽에다 하비의 안경과 옷, 그리고 시계를 걸어 두었던 것이다. 뒤늦게 물에 뛰어든 나는 지푸라기라도 잡는 심정으로 허우적거려 보았지만, 갑자기 불어온 바람 때문에 거세진 물살에 밀린 파라솔은 순식간에 수십 미터 바닷속으로 떠내려가고 있었다. 당황한 우리 둘은 그저 바다를 향해 남자들의 이름을 부르며 소리를 지를 뿐이었다.

목청이 터져라 조르디와 하비의 이름을 외치다 못해 결국 지칠 대로 지쳐서 바다에 털퍼덕 주저앉아 망연자실하고 있는데 그들이 돌아왔다. 특히 하비는 그날처럼 운 좋은 날은 없었다며 그물 안에 든 수십 마리의 대어를 자랑스럽게 우리들 앞에 내보이며 좋아 날뛰었다. 하지만 그것도 잠시, 자초지종을 듣더니만 정말 불같이 화를 내었다.

도대체 누가 거기다가 그런 물건들을 걸어두라고 했느냐, 알리시아는 물론이고 미나 너도 너무 한다, 얼른 뛰어들어 잡으려 했으면 그걸 왜 못 했겠느냐, 자기들 물건 아니라고 너무 방관한 거 아니냐……. 온갖 불평을 늘어놓던 하비는 결국 오리발을 다시 신더니 단숨에 물속으로 뛰어들었다. 어찌나 날렵하게 물속으로 뛰어들어 어찌나 순식간에 바다 저 멀리까지 헤엄을 치던지……. 물론 해양경찰 일을 겸하고 있긴 했지만, 하비의 수영 솜씨는 놀라웠다. 조르디가 타잔이라면 하비는 물개 같다고나 할까.

하여간 그놈의 파라솔이 차라리 그냥 사라졌더라면 좋았을 것을 하필 저 멀리 보이는 돌섬에 걸려 있던 바람에 하비는 미련을 버리지 못하고 그곳까지 헤엄쳐 갔다. 사실 하비에게 있어서 다른 건 몰라도 안경은 무척이나 중요한 물건이었다. 안경 없이는 정상적인 생활이 불가능할 정도로 시력이 안 좋았을뿐더러 그날 저녁에는 하비가 혼신의 힘을 다해 훈련을 하며 기다려온 축구 시합도 있었다. 저 멀리 돌섬에 도착한 하비가 파라솔을 들어 뭔가를 살피더니 이내 바닷속으로 내동댕이치는 모습이 보였다. 바람에 날려간 파라솔 안의 안경이 그대로 있을 리 없었다. 더욱 화가 나서 돌아온 하비 때문에 우리는 서로 눈치를 보다 누가 먼저랄 것도 없이 다들 오리발을 신고 말았다.

아무리 찾아봐도 있을 리 없다는 건 이미 우리 사이에 끝난 얘기였지만, 그래도 하비의 마음을 풀어 주기 위해 우리는 해가 지기 시작해 차가워진 물속에서 30분 이상 안경을 찾으러 다녔다. 우리의 그런 모습에 기분이 좀 풀렸는지 하비는 한풀 꺾인 목소리로 머리를 긁적이며 말했다.

"뭐, 어쩔 수 없지. 그래도 너희들 진짜 의리 있다."

단순하기는. 하지만 바로 그것이 또 하비의 매력이었다. 여하튼 덕분에 우리 모두는 그날 밤 꼼짝 없이 하비의 축구 경기를 응원하러 갈 수밖에 없었고 다행히 하비가 속한 팀이 이긴 덕분에 그날의 사건은 조용히 넘어갈 수 있었다.

내가 메노르카에 있던 기간 중에는 마침 그곳의 축제도 있었다. 축제는 섬 전체에서 며칠간 계속되었지만, 그중에서도 우리는 '에스메르까달'이라는 작은 마을에서 열린 말 축제를 보러 갔다. 축제라고 하길래 있는 대로 차려입었더니 친구들은 그런 차림으로는 절대 그 축제를 보러 갈 수 없다며 손을 내저었다. 무조건 편안한 옷차림, 그리고 사람들에게 밟혀서 지저분해지거나 너덜너덜해져도 상관없을 신발, 단 슬리퍼는 잃어버릴 염려가 있으니 안 된다는 것이었다. 대체 무슨 일이 벌어지길래 그러나 싶었는데 그곳에 도착한 순간 바로 그 이유를 알 것 같았다.

축제가 벌어지고 있던 마을 중앙 광장은 그야말로 아수라장이었다. 광장이 미어터지도록 모여든 섬사람들은 여기저기서 괴성을 지르며 술을 마시기도 하고 희한한 옷차림을 한 사람들이 나타나 아무한테나 짓궂은 장난을 하고 달아나기도 했다. 광장 한쪽에서는 이름 모를 록밴드의 공연이 펼쳐졌고 각종 꼬치 요리와 술을 파는 포장마차가 사방에 들어서 있었다. 우리 모두는 장소를 옮길 때마다 혹시 혼자 길을 잃는 사람이 없도록 서로서로 손을 잡고 이동을 해야 했다.

한동안 사람들에게 이리 밀리고 저리 밀리며 춤을 추고 있는데 갑자기 누군가 "저기, 저기 드디어 나타났다"라고 고성을 질렀다. 조르디는 다른 사람은 몰라도 나는 꼭 그걸 봐야 한다며 한꺼번에 사람들이 몰리고 있는 곳으로 나를 데려갔다. 마을 저편에서 화려한 옷을 차려입은 기수들이 역시 근사하게 치장한 말들을 타고 우리 쪽을 향해 한 줄로 오고 있는 것이 보였다. 그리고는 사람들이 있는 곳에 가까이 온 말들이 히히히히잉 하는 소리를 내며 차례로 앞발을 높이 들어 올렸다. 순간 사람들은 기다렸다는 듯 쏜살같이 달려 말의 몸통 아래를 통과해 지나간 다음 좋아하며 소리를 질렀다.

메노르카에서 여름마다 열리는 그 유명한 축제에서는 그렇게 앞발을 들어 올리는 말 아래를 통과하는 것이 전통이라고 친구들은 내게 설명해 주었다. 대체 어떤 이유로 그런 축제가 생겨났는지를 친구들에게 물었지만, 그들도 정확한 유래를 알고 있지는 못한 듯했다. 순간 스페인 사람들은 역시 참 별나다는 생각이 들었다. 소를 풀어놓고 목숨을 다해 뛰지를 않나, 말의 앞발을 들게 하고 그 아래를 지나가질 않나…… 그렇게 광장을 통과한 말의 행렬은 곧 그곳을 빠져나가 다른 곳으로 향했고 파티는 계속되었다.

축제의 핵심 이벤트는 그렇게 순식간에 절정에 달했다 막을 내렸지만, 우리들은 밤새 춤을 추었다. 사실 너무 사람이 많다 보니 춤이라기보다 모두가 어깨동무를 하고 제자리에서 방방 뛰는 것이 다였지만 마치 대학 시절 축제 현장에서의 응원전처럼 그 열기는 밤이 깊을수록 점점 더해 갔다. 격한 운동을 하고 난 사람처럼 땀으로 흠뻑 젖고 나니 허기가 졌다. 우리는 길거리 포장마차에서 꼬치를 사서 하나씩 입에 물고는 길바닥에 아무렇게나 주저앉았다. 친구들의 말대로 사람들에게 수도 없이 밟힌 신발은 당장 벗어던져야 할 정도로 더럽혀져 있었고 내 꼬락서니도 말이 아니었지만, 알 수 없는 카타르시스가 느껴져 속이 다 후련했다. 정말 얼마 만에 그렇게 온몸의 에너지를 있는 대로 발산해 광란의 밤을 보내는 건지…… 아니 과연 내 생전에 그런 적이 있기는 했는지…….

축제 현장을 빠져나온 우리는 평소처럼 우리의 아지트에 잠시 들렀다 집으로 가기로 했다. 메노르카에 있는 동안 내가 항상 조르디와 또 조르디의 친구들과 밤에 자기 전에 들렀던 곳이 있었다. 휴대전화의 액정을 불빛 삼아 몸을 숙이고 조심조심 기어들어 가야 하는 그곳은 한마디로 낭떠러지 끝이었다. 조금만 발을 헛디디면 수십 미터 혹은 수백 미터 아래 절벽으로 굴러떨어져 바다에 빠질 수도 있는 위험한 곳이었지만 그만한 모험을 할 만한 가치가 충분히 있었다. 우리는 그 장소를 '엘 핀 델 문도', '세상의 끝'이라고 불렀다. 그날도 우리는 세상의 끝을 향해 달렸다. 그리고는 한 사람씩 조심조심 기어들어가 절벽 끝에 한 줄로 나란히 앉았다.

누가 붙였는지 모르지만 '세상의 끝'이라는 이름은 정말이지 그 장소에 완벽한 이름이라고밖에 할 수가 없다. 그곳에 쪼그리고 앉아 있으면 우리의 눈앞에 그리고 발아래는 오직 달빛을 받아 빛나는 검은 바다가 있을 뿐이었다. 세상의 끝에 가 있을 땐 어느 누구도 별다른 말을 하는 법이 없었다. 그저 조용히 앉아 은은한 달빛이 밤바다 위로 떨어져 잔잔하게 흐르는 모습을 물끄러미 바라볼 따름이었다. 처음 세상의 끝에 갔을 땐 조그마한 초승달을 보았는데 어느새 달은 제법 동그란 모습을 하고 있었다.

집으로 돌아가며 조르디가 물었다.

"내일이 마지막 날인데 뭘 하고 싶니? 내일은 네 마음대로 하루를 보내도록 하자."

그렇게 물었지만 분명 조르디도 내가 원하는 것을 알고 있었던 것 같다. 우리는 특별한 약속을 할 필요도 없이 다음 날 아침 아이스박스를 챙겨 배를 타고 바다로 나갔다. 가장 먼저 우리는 메노르카에서 보낸 첫날 함께 갔던 산 조셉 동굴에 들러 시원한 바람을 쐬고 내가 가장 좋아하던 스노클링 장소인 산 요렌스를 찾았다.

그사이 조르디 못지않은 바다 사람이 다 된 나는 물안경 하나만 들고 바다로 첨벙 뛰어들어 마요르카의 바닷속 친구들에게 작별을 고했다. 물고기들 밥도 주고 크고 작은 불가사리도 잡았다 풀어주면서 꽤 깊은 바다까지 헤엄을 치고 난 다음에는 조그마한 해변을 찾아 점심을 먹고 낮잠을 잤다. 돌아오는 길에는 물론 낚시를 해서 하얀 통을 물고기로 채우는 일도 잊지 않았다. 마지막 날이라고 꽤 먼 곳으로 낚시를 갔던 우리는 덕분에 집으로 돌아오면서 아름다운 석양을 오래도록 볼 수 있었다.

1 우리가 발견한 것 중 가장 크고 아름다웠던 불가사리.

2 하루에 한두 번은 꼭 스노클링을 나갔는데, 그때마다 조르디는 나를 위해 바다 깊은 곳으로
　물질을 해 들어가 불가사리를 잡아다 주었다.

3 물속으로 뛰어들기 직전.
　인간과 자연이 하나가 되는 메노르카에서는 나도 바다의 일부가 된 듯 느껴졌다.

4 유난히 물이 맑고 고기가 많은 이곳의 이름은 산 요렌스. 내가 가장 좋아하던 스노클링 장소다.

노란빛이 드리웠다 점점 짙은 주황색으로 변해 가는 우리의 노을과 달리 스페인의 석양은 옅은 분홍빛으로 하늘 전체를 물들이곤 했다. 메노르카는 섬이라 그런지 어딘지 모르게 더 특별한 석양을 볼 수 있을 때가 많았는데 그날도 그랬다. 하늘 전체에 분홍빛이 드리워지는가 싶더니 이내 바다의 푸른빛이 더해져 서쪽 하늘에 서서히 옅은 보라색이 번졌다. 동시에 바다는 노을에 색을 빼앗기기라도 한 듯 수평선부분에 짙은 붉은색을 머금고 출렁였다. 그리고는 어느새 하늘과 바다가 모두 짙은 보라색으로 변하더니 수면 위로 자취를 감춰가던 해가 터질 듯한 빨간색을 발하며 바닷속으로 떨어져 버렸다.

그날 저녁 우리는 마지막으로 '세상의 끝'을 찾았다. 언제나 우리가 앉던 그 자리에 앉아 말없이 달을 바라보던 조르디가 입을 열었다.

"한국에도 저런 달이 뜨겠지? 메노르카에서 즐거웠니?"

"그럼. 이렇게 즐거운 시간을 보낼 줄은 상상도 못했어. 한국에 돌아가서도 오늘 우리가 보고 있는 저 달처럼 미치도록 아름다운 달이 뜨는 밤이면 메노르카와 네 생각이 날 거야. 정말 고마웠어. 이번 여름은 내 생애 가장 아름다운 여름이었어. 모두 네 덕분이야……."

다음 날 짐을 챙겨 들고 조르디의 집을 나설 때는 내게 멋진 휴가를 선사해 준 모든 사람들이 나에게 작별 인사를 하기 위해 조르디의 집으로 모여들었다. 모두에게 차례로 키스를 하며 인사를 하고 돌아서는데 주책없이 눈물이 쏟아졌다. 언젠가 다시 볼 수 있다는 기약만 있었어도 그렇게 슬프지는 않았을 텐데⋯⋯. 내년 여름에도 꼭 다시 오겠다고 약속은 했지만, 솔직히 그것은 아무도 알 수 없는 일이었다. 아니 그럴 수 있는 가능성은 매우 적었다.

　나는 눈물을 훔쳐내고 웃는 얼굴로 그들과 다시 긴 포옹을 나누고는 발길을 돌려 공항으로 향했다. 부웅~ 하고 비행기가 하늘로 떠오르자, 저 멀리 메노르카 섬 전체의 모습이 보이는가 싶더니 이내 구름 아래로 자취를 감추어 버렸다. 언젠가 시간이 흐르면 이번 여름의 추억도 구름 아래 세상처럼 기억조차 흐릿한 머나먼 이야기가 될 테지 하는 생각을 하니 가슴이 아파왔다. 하지만 어차피 영원한 것은 이 세상에 존재하지 않는 법, 잠깐의 여행이었지만 아름다운 추억을 선사해 준 고마운 친구들의 얼굴을 하나씩 떠올리며 나는 행복한 마음으로 잠을 청했다.

하얀 요트를 타고
지중해를 누비다

나의 다음 행선지는 세계 최고 환락의 섬 중 하나라는 '이비사'였다. 이비사 여행은 나의 바르셀로나 친구들인 마누엘과 로베르또가 그들의 스위스 친구인 가브리엘, 그의 독일인 아내 니콜, 그리고 마르따 부부와 해마다 하는 여행이었는데 이번에는 마르따 부부 대신 나와 까를로스 그리고 니콜의 독일인 여자친구들이 특별히 초대되었다. 스위스와 독일 친구들은 이미 이비사에 한 달간 별장을 빌려 여름을 보내는 중이었기 때문에 우리가 도착하면 그들도 낮에는 우리가 빌린 요트를 타고 함께 바다에 나가기로 되어 있었다.

메노르카와 이비사 사이를 오가는 비행기 직항 편이 없는 관계로 나는 메노르카에서 바르셀로나로 돌아간 다음, 바르셀로나 공항에서 친구들을 만나 다시 이비사로 향하는 비행기에 올랐다. 잠시 후 서서히 비행기가 움직이자, 기장의 안내방송이 시작되었다.

"지금 여러분이 타신 비행기는 이베리아 항공 ○○○편이며 저는 여러분을 안전하게 모실……."

보통 비행기가 이륙할 때 늘 듣게 되는 그렇고 그런 이야기를 잠시 하던 기장의 목소리 톤이 갑자기 바뀌었다.

"자, 그럼, 이제 진짜 갑니다~ 여러분 준비되셨나요? 어허, 목소리가 안 들립니다. 준비되셨냐니까요?"

엉뚱한 기장의 질문에 승객들이 어리둥절해하며 웅성거리고 있는데 다시 안내방송이 이어졌다.

"우리는 지금 세계 최고의 환락의 섬으로 떠난다 이겁니다~ 아시겠어요? 이렇게 다들 차분하면 안 되죠. 이비사를 간다니깐요, 이비사! 준비되셨습니까?"

이번에는 장난기가 발동한 승객들이 모두 "네~"하고 대답을 했다. 그랬더니 기장이 기다렸다는 듯 안내방송 마이크에 대고 소리를 질렀다.

"좋아요, 좋아~ 자, 그럼 갑니다~ 레즈 고 투 이비사! 와우~"

그러더니 비행기가 전속력을 다해 이륙을 시작했다. 정말이지 기상천외한 비행기 안내방송이 아닐 수 없었다. 사람들은 다들 소리를 지르고 모자를 던졌다. 기장의 돌발행동 때문에 소란스러워진 비행기 안은 이비사 공항에

착륙하는 순간까지 진정될 기미를 보이지 않았다.

우리가 이비사에 도착했을 때는 밤 11시가 넘은 시각이었다. 공항에서 항구로 택시를 타고 이동한 우리는 그곳에서 우리의 여행을 책임질 선장을 만나 안내를 받았다. 우리가 빌린 요트는 길이 30미터가 넘는 꽤 큰 배였는데 지하의 선실은 방 세 개와 작은 거실 겸 부엌, 그리고 샤워실 겸 화장실까지 있는 매우 짜임새 있는 구조를 갖추고 있었다. 우리 중 가장 덩치가 큰 까를로스와 유일한 여자인 내가 각각 독방을 차지하고 로베르또와 마누엘이 선실 안쪽의 큰 방에 함께 짐을 풀었다.

다음 날 아침 배 안에서의 잠자리에 익숙하지 않아 잠을 설치다 일찍 눈을 떴는데 밖에서는 이미 사람들의 대화가 한창이었다. 예상대로 이른 아침부터 가브리엘과 니콜, 그리고 그녀의 친구들이 우리 배를 찾아왔던 것이다. 우리는 함께 걸어서 부둣가 근처 슈퍼마켓에 가 스파게티 재료와 물, 휴지, 설거지에 필요한 세제와 플라스틱 포크, 일회용 컵과 접시, 음료수와 맥주, 샴페인 등을 사다 냉장고와 아이스박스를 꽉꽉 채운 후 곧바로 항해에 나섰다.

배가 출발하자 호기심 많은 마누엘은 선장 옆에 바짝 붙어 서서 요트 다루는 법에 대해 이것저것 묻기 시작했고, 까를로스는 햇빛 알레르기가 있다며 그늘에 앉아 두 사람의 이야기를 경청했다. 나머지는 모두 갑판 위로 올라가 여기저기 자리를 잡고 누워서 바닷바람을 맞으며 해를 즐겼는데 독일에서 왔다는 두 여자친구들은 나처럼 요트 여행이 처음이었는지 매우 들뜬 표정으로 갑판 끝에 나란히 앉아 수다를 떨었다. 또 가브리엘과 니콜은 함께 돛대에 기대앉아 다정하게 이야기를 나누었고 로베르또는 온몸에 기름을 들이붓더니 갑판 한쪽에 벌렁 드러누워 잠이 들어버렸다.

나는 갑판 중앙의 공간에 배를 깔고 뱃머리 쪽을 향해 누웠다. 그러고는 책을 읽다 졸리면 그대로 엎어져 자다 하는 일을 반복했다. 때때로 큰 파도에 부딪혀 배가 심하게 흔들릴 때도 있었지만 시원하게 물살을 가르며 지중해를 가르는 하얀 요트 위에서의 시간은 정말 꿈만 같았다.

우리는 이비사 옆에 있는 '포르멘테라'라는 작은 섬에 도착해 닻을 내린 뒤 하나둘 물속으로 첨벙첨벙 뛰어들었다. 잠시 물놀이를 즐긴 후 그대로 헤엄을 쳐서 해변에 다다른 다음에는 모래사장을 맨발로 걸어 식당으로 향했다. 파도가 닿는 곳에서부터 불과 10미터도 안 되는 거리에 위치해 있던 그 식당은 우리처럼 바로 물속에서 빠져나온 듯 수영복만 걸치고 온몸이 젖은 상태로 밥을 먹는 사람들로 가득했다. 우리는 그렇게 모래사장 위에 놓인 테이블에 앉아서 발로는 모래 장난을 하며 바다를 눈앞에 두고 빠에야를 먹었다.

한참 밥을 먹고 있는데 로베르또가 식당 안으로 들어서는 한 여자를 가리키며 누군지 아느냐고 물었다. 얼굴을 다 가리는 커다란 선글라스를 끼고 범상치 않은 몸매를 과시하듯 아슬아슬한 수영복을 입은 그녀는 스페인 최고의 슈퍼모델 중 하나였다. 하지만 사람들은 의외로 별 신경을 안 쓰는 분위기였다.

"유명한 사람 맞아? 별로 쳐다보는 사람들도 없구먼……."

"저 여자 정도는 여기서 그다지 유명한 축에도 못 끼니까. 나만 해도 지난 번에 왔을 때 여기 한 클럽에서 춤을 추다 클라우디아 쉬퍼도 보았고 존 트라볼타랑 같이 화장실에도 갔는 걸 뭐."

로베르또가 웃으며 말했다. 하긴 한여름, 이비사에서는 세계적으로 유명한 연예인들을 어렵지 않게 볼 수 있다는 얘기를 나도 여러 차례 들은 바 있었다.

하지만 굳이 할리우드 스타가 아니더라도 그곳의 해변에 드러누워 있는 남녀들의 외모는 실로 놀라운 수준이었다. 어쩌면 클라우디아 쉬퍼가 홀랑 벗고 그곳을 지나간다 해도 별로 눈길을 끌지 못할지도 모를 일이었다. 세 상에 그렇게 몸매 좋고 예쁜 여자들과 조각상 같은 근육에 완벽한 얼굴을 한 남자들이 많을 줄이야……. 그런 사람들을 어디서 다 모아다 놓았는지 그저 신기할 따름이었다.

점심을 먹은 후에 우리는 한동안 해변에서 시간을 보냈다. 그곳의 바다는 한참을 걸어 들어가도 물이 허리까지 찰까 말까 할 정도로 수심이 낮았다. 그러다 보니 수영을 한다기보다 바닷물에 몸을 반쯤 담그고 해변 한쪽에서 다른 쪽으로 천천히 산책하듯 걷고 있는 사람들이 많았다. 나도 밀가루처 럼 고운 모래밭에 누워 한없이 선명한 에메랄드빛을 발하는 이비사의 바다 를 아무 생각 없이 바라보다 때때로 바닥이 훤히 들여다보이는 맑은 바닷 물 속에 몸을 담그고 바람을 맞으며 걸었다.

1 서서히 해가 지기 시작할 무렵, 우리의 요트 위에서.

2 이비사에서의 둘째 날 밤, 우리는 배를 바다 한가운데 띄워놓은 채 밤을 지냈다.
  아름다운 지중해의 석양을 원 없이 볼 수 있었던 행복한 밤이었다.

3 이비사의 아름다운 항구.

절대 지지 않을 것처럼 강렬하게 타오르던 태양도 시간이 흐르자, 거짓말처럼 수그러들었고, 우리들은 선장이 대기시켜 놓은 고무보트를 타고 다시 우리의 요트로 돌아갔다. 닻을 올리고 요트가 출발하자 갑자기 속이 울렁이면서 약간의 뱃멀미 기미가 보였다. 그러자 선장은 뱃머리 부분 가장 높은 곳에 놓여 있는 납작한 삼각형 모양의 나무판 위로 나를 안내했다. 요트 끝에 배가 나아가는 방향으로 대롱대롱 매달리다시피 앉아 있으려니 서서히 뱃멀미가 가시면서 가슴이 시원해졌다.

커다란 파도에 배가 부딪칠 때면 내 얼굴까지 물이 튀어 오르기도 했지만, 출렁이는 파도를 온몸으로 느끼며 지중해를 가르는 기분은 정말 끝내 주는 것이었다. 그 자리에 앉아 있는 순간에는 내가 배에 타고 있다는 사실조차 잊은 채, 마치 하늘을 나는 한 마리의 바닷새가 된 기분이었다. 얼마나 시간이 흘렀을까, 저 멀리 앞에는 이비사의 항구가 서서히 모습을 드러냈다.

우리의 요트가 항구에 도착했을 땐 이미 해가 뉘엿뉘엿 지고 있었다. 본격적으로 이비사의 밤을 즐길 시간이었다. 채비를 마친 우리는 하얀 벽의 그림 같은 건물들이 오밀조밀 모여 있는 이비사의 구시가지 한 식당에서 저녁을 먹었다. 갓 잡아 올린 신선한 지중해산 해산물로 거한 저녁 식사를 한 다음에는 이비사의 클럽 중에서도 가장 유명한 곳 중에 하나인 '빠차'라는 나이트클럽으로 향했다.

들어서자마자 과연 환락의 섬 안에서도 손꼽히는 클럽이라고 할 만큼 돋보이는 실내장식과 현란한 조명이 눈길을 끌었다. 그런데 더 놀라웠던 사실은 그 사치스런 실내장식은 그날 밤만을 위한 것일 뿐, 이비사의 나이트클럽들은 여름 내내 매일 밤 실내를 완전히 다른 장소인 것처럼 바꾼다는 것이었다. 클럽에서 고용한 듯한, 섹시한 의상을 입은 남녀가 곳곳에서 혼자 난간을 붙들고 춤을 추는 가운데 우리도 자리를 잡았다. 이비사의 나이트클럽들은 여름마다 전 세계에서 몇 손가락 안에 꼽히는 유명 DJ들을 고용하기 때문에 이비사는 음악을 좋아하고 파티에 열광하는 젊은이들에게 꿈의 장소이기도 하다. 그런데 참 이상하게도 세계 각지에서 모여든 젊은이들이 불타는 밤을 보내고 있는 현장의 한가운데에 있으려니 오히려 흥이 나지 않았다. 내게는 그저 먼 나라 이야기처럼 한 번 경험하는 정도로 족했다고나 할까.

춤추는 것을 좋아하는 나이긴 하지만 그토록 아름다운 바다와 자연을 눈앞에 두고 있는 상황에서는 좀 달랐다. 대충 친구들의 분위기에 맞춰 시간을 보내다 어서 요트로 돌아가 잠을 청하고 싶은 마음이 간절했다. 어쨌든 환상의 섬 이비사에서의 첫날밤은 그렇게 깊어 갔고 우리는 다음 날도 또 그다음 날도 거의 비슷한 일과를 반복했다.

이비사에서 세 번째 아침을 맞던 날 따르르릉~ 내 전화기가 울렸다. 종강 파티 때 나와의 헤어짐을 아쉬워하며 굵은 눈물방울을 뚝뚝 흘리던 안도라공화국 출신의 귀여운 아가씨 스테피였다. 그녀는 그녀의 가족이 여름 별장을 얻어 지내고 있는 섬으로 나를 초대하고 싶다며 얘기를 꺼냈다.

"사실 예정에 없던 일이었는데 친구들 몇 명을 초대할까 해서. 갑자기 결정을 하게 되는 바람에 이제야 전화를 했어. 지금 어디서 뭐 해?"

"난 지금 이비사에 있어."

"이비사?"

그렇게 말하는 그녀의 목소리가 얼마나 크던지 나는 순간 전화기를 귀에서 떼어낼 수밖에 없었다. 그녀가 놀라는 것은 당연한 일이었다. 그녀의 가족이 여름을 보내고 있던 곳은 바로 우리가 첫날 점심을 먹으러 들렀던 작은 섬 '포르멘테라'였던 것이다.

"그럼 어려울 것도 없네. 친구들이랑 놀고 우리 집으로 와. 잘 됐다~" 어차피 내게는 이비사 여행 이후에 특별히 정해진 일정이 없었다. 바르셀로나의 집에서 좀더 시간을 보낼 수 없는 것이 아쉽긴 했지만 친하게 지내던 학교 친구들도 볼 수 있는 좋은 기회였다. 요트 여행을 함께 했던 친구들이 이비사를 떠나던 날 나는 바로 그 이비사의 항구에서 배를 타고 포르멘테라로 향했다.

그날 바다에서는
무슨 일이 있었나

스테피의 가족이 여름을 보내고 있던 그 별장은 바닷가의 그림 같은 집도, 근사한 수영장을 끼고 있는 저택도 아니었다. 황량한 풀밭과 벌판 한복판에 누런 흙벽으로 칠해진 그 집에는 에어컨 시설이나 변변한 샤워 시설조차 없었다. 하지만 바로 그런 이유에서 그 집은 포르멘테라라는 섬을 제대로 즐기기에 더없이 완벽한 곳이었다.

내가 도착했을 때는 스테피가 초대한 다른 친구들이 이미 그곳에 와 있을 때였다. 나탈리아와 조아낀, 그리고 메노르카에 있던 조르디도 그곳을 찾았다. 스테피는 우리를 데리고 다니면서 섬의 구석구석을 안내해 주었다. 발레아레스 제도의 섬들 중 가장 작은 포르멘테라는 스페인 영토에서 유일하게 신호등이 없는 곳이며 히피들이 모여 사는 자연적이고 인간적인 섬이라고 그녀는 설명했다. 이미 그곳에서 여러 차례 여름을 보낸 그녀는 그곳 지리에 밝았고 덕분에 우리는 아무런 표지판도 없고 건물도 별로 없는 그 황량한 섬 안에서도 길을 잃을 걱정을 할 필요는 없었다.

스테피는 먼저 그녀가 가장 좋아한다는 장소로 우리를 안내했다. 그곳이 어떤 곳인지는 일단 비밀에 부쳤다. 자칫하면 굴러 떨어질 것만 같은 거친 언덕을 거의 기다시피 해서 내려간 그곳은 검은빛 모래가 깔린 아름다운 해변이었다. 바닷속도 검은빛 돌이 깔려 있어 온통 검은빛으로 둘러싸인 정말 특이한 곳이었다. 인적이 드물고 그 흔한 파라솔도 하나 없던 그곳에는 우리 말고 딱 한 가족이 더 있었는데 그들은 입양한 듯한 두 명의 동양 여자아이를 데리고 온 젊은 스페인 부부였다.

메노르카도 그렇지만 포르멘테라도 역시 자연과 사람이 하나가 되는 듯한 섬이어서 그런지 그곳의 사람들은 스스럼없이 모두 나체로 해수욕을 즐겼다. 처음 메노르카에서 그런 모습을 보았을 때는 사실 많이 당황했었다. 또 수영복을 입고 있는 나를 오히려 이상하게 보는 것 같아 어색하기도 했다. 하지만 어찌 보면 그것이야말로 정말 인간의 원초적인 모습이 아닐까 하는 생각이 들면서 나중엔 별로 신경이 쓰이지 않았다. 검은빛 해변에서 만난 그 부부도 마치 원시인들처럼 벌거벗은 채 두 아이들과 모래성을 쌓으며 즐거워하고 있었다.

우리는 그들과 약간 떨어진 곳에 자리를 정하고 검은 모래밭 위에 나란히 타월을 깔고 앉아 수다를 떨었다. 해가 약해질 무렵에는 모두가 그 검은빛 바닷속으로 뛰어들어 스노클링도 하고 물장구를 치며 즐거운 한때를 보냈다. 조르디는 물고기가 지나갈 때마다 메노르카에서의 공부를 복습해야 한다며 내게 그 이름을 묻고 가르쳤고 수영을 잘하는 조아낀과 스테피는 수영시합을 하기도 했다.

저녁에는 주로 집에서 시간을 보냈는데 스테피의 부모님이 식사 준비를 하시는 동안 우리는 각자의 수영복과 타월을 빨아다 마당에 널고 식탁 차리는 일을 도왔다. 모기떼를 쫓으며 저녁을 먹고 와인을 한잔 마시면 노곤하면서도 행복한 피로가 몰려왔다. 그러면 우리는 뒷마당으로 가서 천천히 밤하늘의 별을 구경하다 2층으로 올라가 각자의 방에서 잠을 청했다.

삼 일째 되던 날 마을에 서는 장을 구경 나갔던 우리는 그곳에서 우연히 조르디의 친구를 만나게 되었다. 루제라는 그 친구는 바르셀로나에서 조르디와 고등학교를 같이 다닌 친구였는데 마침 그곳에서 가족들과 휴가를 보내기 위해 머물고 있었다. 부모님과 할아버지 할머니를 모시고 그곳에서 지내던 로제는 기대하지 않았던 친구들과의 만남에 좋아서 어쩔 줄을 몰랐다. 그도 그럴 것이 별다른 유흥거리가 없는 그 원시적인 섬에서 또래의 친구도 없이 여름을 보낸다는 것은 그다지 신나기만 한 일은 아니었을 테니까.

그날 오후부터 당장 우리 그룹에 합류한 루제는 조아낀, 조르디와 해변에서 공을 차고 수영을 하면서 우리와도 곧 좋은 친구가 되었다. 사실 호기심 많고 장난기 많은 루제 때문에 여자들은 수난을 겪었다. 한 번씩 바다에 거

1 물속이 훤히 다 들여다보이는 포르멘테라의 어느 해변.
　평화롭고 아름다운 이곳에서 나는 마지막으로 수영을 했다.
2　스테피와 조아낀이 나란히 앉아 있는 모습이 너무 예뻐 사진에 담았다.

꾸로 꽂히다시피 해 물도 먹을 만큼 먹었고, 순식간에 모래밭에 구멍을 파고는 우리를 번쩍 들고 가서 묻어버리는 바람에 괴롭기도 했다. 하지만 한편으로는 나보다 열 살은 어린 그 친구들과 어울리며 덩달아 철없는 장난에 열을 올릴 수 있는 그 시간이 참 행복했다.

문제는 다음 날, 신이 난 로제가 함께 배를 빌려 타고 바다에 나가자는 제안을 하면서부터 시작되었다. 사실 그날은 너무 바람이 세게 불어 가만히 있어도 자꾸만 입 안에 모래가 날아들어 씹힐 정도였기 때문에 배를 탄다는 것은 무리였다. 더구나 로제가 원했던 배는 해변에서 몇십 유로를 내면 빌려주는 '까따마란'이라는 작은 돛단배여서 더욱 위험해 보였다.

선체 아래에 중심을 잡아주는 납작하고 기다란 두 개의 나무판이 붙어 있는 그 소형 까따마란은 그 배를 다룰 줄 아는 자격증이 있어야만 빌릴 수 있는 배였다. 루제는 자기한테 자격증이 있다고 주장했지만 사실 그걸 본 사람은 아무도 없었다. 그런데 어떻게 수를 썼는지 까따마란 대여를 맡아하는 한 아저씨와 한참 얘기를 나누더니 결국 배를 빌리는 데 성공했다.

까따마란에 탈 수 있는 인원은 최대 네 명, 과연 누가 타고 누가 남을 것인가를 결정해야 했다. 한참 고민을 하고 있는데 조아낀이 절친한 친구의 교통사고 소식을 전화로 전해 듣고는 시름에 빠져 버렸다. 조아낀을 두고는 절대 혼자 배를 타지 않겠다고 고집을 피우는 스테피와 몸이 아픈 나탈리아를 빼고 나니 남은 것은 조르디와 루제, 그리고 나뿐이었다. 거센 바람에 예감이 좋지 않았던 나는 조아낀과 함께 해변에 남겠다고 우겨보았지만 루제는 집요하게 나를 졸라 댔다. 까따마란을 타기 위해서는 적어도 세 사람이 필요했기 때문이었다. 한 사람이 배의 가장 높은 곳에 앉아 돛의 방향을 바꾸면 두 사람이 함께 선체에 앉아서 줄을 풀고 당기는 일을 해야만 했다. 결국 나는 그날의 희생양이 되고 말았고, 불안한 마음으로 구명조끼를 챙겨 입고 배에 올랐다.

좋은 시간을 보내라는 까따마란 대여점 아저씨의 말과 함께 배가 바다 안쪽으로 밀려 물 위에 떠오르고 해변에 누워 있는 친구들의 모습이 멀어지기 시작했다. 하지만 돛단배 위에 앉아 망망대해를 바라보며 여유 있는 한때를 즐기려던 나의 꿈은 바로 물거품이 되고 말았다. 이런저런 생각을 할 틈도 없이 거센 바람 때문에 배가 무서운 속도로 내닫기 시작했고, 조르디와 나는 선체에 바짝 엎드려 물에 빠지지 않기 위해 줄을 잡고 안간힘을 써야 했다. 그날의 파도를 이기기에 배는 터무니없이 작고 약했다. 연거푸 쏟아지는 물벼락을 맞으며 두 팔은 물론 발가락 하나하나까지 어딘가에 걸치고 배에 붙어 있으려고 애를 쓰는 동안 손은 여기저기 상처가 나고 눈에는 바닷물이 들어가 쓰라리기 시작했다. 게다가 상황 파악을 제대로 못 하고 온몸에 덕지덕지 바른 썬 블록 로션 때문에 나는 파도가 배를 덮칠 때마다 바닷물 속으로 쭉 미끄러져 버릴 위기를 수차례 넘겨야 했다.

순식간에 엄청난 모험극의 주인공이 되어버린 우리는 도대체 우리가 어디로 얼마나 멀리 가고 있는지도 알 수가 없었다. 배 뒷부분에 앉은 루제는 조르디와 내 이름을 번갈아 불러가며 줄을 당겨라 풀어라 나름대로 애를 썼지만 우리의 의지와 상관없이 배는 점점 더 먼바다를 향해 질주해 가고 있었다.

"우리 얼마나 온 거지? 20미터 이상 가면 절대 안 된다고 했는데 적어도 80미터는 온 것 같아. 큰일이다, 루제~ 제발 어떻게 좀 해봐! 너 자격증 있다며? 이 자식⋯⋯."

루제가 있는 쪽으로는 고개도 돌리지 못한 채 소리를 치던 조르디의 얼굴에 또다시 물벼락이 쏟아졌다. 그러자 루제가 큰 소리로 말했다.

"그래그래. 잘될 거야. 이제 돛의 방향을 바꿔야겠어. 자, 두 사람 다 내가 시키는 대로 잘해~ 내가 셋을 세면 둘이 잡고 있는 줄을 서로 바꾸고 조르디는 있는 힘을 다해 당겨야 해!"

루제의 신호와 함께 우리가 줄을 바꾸는 순간 갑자기 배가 서서히 멈추어 서는 것이 느껴졌다.

이제야 이 악몽 같은 시간이 끝나나 보다 하고 생각하고 있는데 조르디가 점점 바다 쪽으로 미끄러져 가는 것이 보였다.

"조르디, 너 왜 그래? 어, 어어⋯⋯."

나는 그때까지만 해도 조르디가 힘이 빠져 까따마란 가장자리로 밀려가고 있는 줄만 알았다. 그런데 그 순간 내 몸도 조르디가 있는 쪽으로 쭉 하고 미끄러지기 시작하더니 우리 모두는 물속으로 빠지고 말았다. 그제야 나는 까따마란이 뒤집히고 있다는 것을 깨달았다.

내가 수면 위로 고개를 내밀었을 땐 그렇게 중심을 잃은 까따마란이 거꾸로 뒤집힌 채 내 머리 위를 향해 떨어지고 있는 마지막 순간이었다. 점점 아래로 내려앉는 까따마란의 선체와 수면 사이의 공간이 좁아지는 것을 보면서 당장 어떻게든 하지 않으면 그대로 물속에 갇혀버릴 수 있다는 생각이 들었다. 그때 "미나, 어서 이리 나와~ 어서!"라는 조르디와 루제의 절박한 목소리가 들려왔다. 순간적으로 앞을 향해 나아가려 힘을 쓰는 나를 두 사람이 잡아끌었고 동시에 까따마란은 바로 내 등 뒤에서 완전히 뒤집혀 버렸다.

수면 아래로 돛이 가라앉아 버린 까따마란은 더 이상 움직이지 않고 그 자리에 둥둥 떠 있었다. 실로 난감하기 이를 데 없는 상황이었다. 두 사람은 다 방법이 있다며 나를 안심시켰지만, 왠지 불안한 마음이 들었다. 뒤집힌 까따마란을 다시 끌어올리는 방법은 이론상으로는 간단했다. 조르디가 배 한쪽을 붙잡고 물속에서 몸을 지탱하는 사이 루제가 조르디의 어깨를 밟고 올라가 까따마란 반대쪽에 연결되어 있는 끈을 잡아당기고 그렇게 서서히 돛이 올라오면 줄을 당겨 잡으며 배 위에 올라간다는 것이었다.

루제는 배를 다시 끌어올릴 때까지 파도에 쓸려가지 않도록 열심히 헤엄이나 치고 있으라고 내게 당부하고는 조르디와 함께 힘을 모았다. 처음에는 불가능할 것 같아 보였지만 두 사람의 호흡이 점점 나아지더니 세 번의 시도 끝에 루제가 배 위에 올라섰다. 하지만 루제가 돛을 완전히 들어 올리기가 무섭게 엄청난 바람을 실은 까따마란은 저 멀리 떠나버렸고 조르디와 나는 바다 한가운데에 남겨지고 말았다. 적어도 세 명이 함께 움직여야 하는 까따마란에 루제 혼자 타고 있으니 별도리 없이 바람이 부는 대로 배가 마구 움직여 나가는 건 당연한 일이었다.

조르디와 나는 너무 기가 막혀 말도 못 하고 있는데 저 멀리 루제가 "얘들아, 걱정 마. 곧 구하러 올게~"라고 소리치며 사라지는 모습이 보였다. 루제를 태운 까따마란은 순식간에 눈곱만 한 크기로 사라져 버렸고 그제서야 주위를 둘러보니 그 어디에도 육지는 보이지 않았다. 아니 섬뿐 아니라 그 무엇도 눈에 띄지 않았고 그저 시커먼 바다 한가운데에 조르디와 내가 있을 뿐이었다.

"대체 여기가 어딜까? 우리 이제 어떡해……."

정말 울어버리고 싶은 심정이었다. '그동안 너와 함께한 인생은 정말 환상적이었어. 다음 생에도 널 만나 사랑할 거야'라는 말과 함께 키스를 나누고 곧이어 나타나는 죠스의 꼬리만 있다면 그건 영락없는 영화의 한 장면이었다. 졸지에 조난을 당한 신세가 되어버린 나와 조르디는 애써 긍정적인 마음을 먹으려 애를 쓰고 있었다.

"괜찮아, 미나야. 루제 녀석이 어떻게든 곧 나타나겠지…… 미친놈."

조르디가 허탈한 표정으로 내 곁에서 발을 허우적거리며 말했다.

"그럴까? 만약 그전에 상어라도 나타나면 어떡해?"

"여긴 상어 없어"

"그럼 해파리는? 해파리에 쏘이면 정말 아프다며? 무서워 죽겠네……."

"해파리도 없을 거야…… 그런데 나처럼 계속 이렇게 발을 움직여야 해.

아니면 우리도 모르는 사이 점점 더 깊은 바닷속으로 떠내려갈 거야." 조르디는 나를 안심시키려 애를 썼지만, 근심 가득한 표정까지 감추지는 못했다.

"사실 상어나 해파리가 문제가 아니라 큰 배가 지나가지 않아야 할 텐데 말이야." 조르디가 말했다.

바다에 대해 잘 모르던 나는 미처 생각지 못했던 사실이었다. 만일 그때 마침 대형 요트라도 하나 우리가 있던 곳을 지나갔더라면, 그런 배에서는 우리가 보일 리 없기 때문에 배의 모터에 휘말려 꼼짝없이 목숨을 잃을 수도 있는 상황이었던 것이다. 최악의 상황을 생각하지 않기 위해 농담도 해보았지만, 도저히 웃음이 나오지 않았다. 우리 둘 다 아무 말도 하지 않은 채 그냥 그렇게 한동안의 시간이 흘렀다. 어느새 한층 어두워진 하늘과 바다, 그리고 이제는 동서남북 방향도 어디가 어디인지 알 수가 없었다.

'도대체 시간이 얼마나 흘렀을까? 우리는 과연 어디쯤에 있는 걸까? 무사히 살아 돌아갈 수 있을까?'

거기까지 생각이 미치고 있는데 바다 저편에서 작은 요트 하나가 지나가고 있는 것이 보였다.

"어~ 배다! 저 사람들한테 구해달라고 하자. 저 사람들을 놓치면 우린 끝장이야. 여기요! 사람 살려요! 사람 살리라고요!"

조르디와 나는 온 힘을 다해 두 팔을 높이 흔들며 소리를 쳤다. 다행히 우리를 발견한 요트 위의 사람들이 속도를 낮추며 서서히 우리 곁으로 다가왔고 배가 거의 멈추자, 우리는 헤엄을 쳐서 요트에 올라탈 수 있었다.

"아니 대체 무슨 일이죠?"

요트 안의 사람들은 우리에게 타월을 건네주며 어이가 없다는 듯 물었다. 바다 한가운데 빠져 있는 사람을 발견하는 것도 흔한 일은 아니지만 포르멘테라의 바다 한복판에 빠져 구조를 요청하는 동양 여자를 보기란 쉬운 일이 아니었을 테니 그 사람들의 얼굴에 역력했던 호기심 어린 표정도 한편으로 이해가 되었다.

"그게요, 친구 한 명이랑 우리가 까따마란을 타고 있었는데 배가 뒤집히는 바람에……." 상황을 설명하던 조르디가 갑자기 미친 듯 소리를 질렀다.

"저기요, 저기 오네요. 저 자식이에요, 그 정신 나간 놈이……." 조르디가 손으로 가리키는 곳을 바라보니 그곳에는 보무도 당당하게 까따마란 위에 다리를 벌리고 서서 한 손으로는 돛을 조절하는 긴 쇠막대를 또 한 손에는 두 밧줄을 거머쥐고 우리 쪽을 향해 오고 있는 루제가 있었다. 까따마란이 요트에 가까워질수록 루제는 진짜로 정신이 나간 사람처럼 목이 터져라 고함을 질러댔다.

"야~ 내가 그쪽으로 배를 돌릴 테니까 타이밍 잘 맞춰서 뛰어내려. 간다~ 간다~"

"저 자식을 내가 가만두나 봐라……."

조르디가 중얼거리듯 말하더니 나를 끌고 배의 뒷부분으로 가 바다에 뛰어들 준비를 했다. 순식간에 근처까지 온 까따마란 때문에 우리는 요트 위의 사람들에게 인사도 하는 둥 마는 둥 하고는 바다에 뛰어들어 까따마란 쪽으로 죽을힘을 다해 헤엄을 쳤다. 지칠 대로 지친 나는 마음만 앞섰지, 몸이 움직이질 않았고, 로제는 잠시도 쉬지 않고 거의 절규하듯 소리를 질러댔다.

"미나~ 어서! 빨리~ 배 위로 올라와! 어서! 조르디, 미나……."

조르디의 도움으로 내가 먼저 까따마란에 몸을 걸치는 순간 까따마란에는 또다시 속도가 붙었고 조르디는 정말 가까스로 배에 올라탈 수 있었다. 이제 정말 살았나 보다 싶었지만, 안도의 한숨을 내쉴 틈조차 없이 우리는 다시 배가 처음 출발했을 때와 마찬가지로 선체에 엎드려 줄을 잡고 파도가 칠 때마다 물을 먹으면서 처절한 몸부림을 쳐야 했다.

드디어 악몽 같은 시간이 끝나고 배가 해안에 다다르자마자 조르디와 나는 그냥 그대로 모래밭에 쓰러져 한동안을 누워 있었다. 영문을 알 리 없는 스테피와 조아낀, 나탈리아는 대체 무슨 일이 있었냐며 궁금해했지만, 우리 세 사람의 엄청난 모험을 설명하기란 쉽지 않았다.

구명조끼를 반납하고 돌아온 루제는 정말 미안하다고 말하면서 우리의 눈치를 살폈다. 그러면서도 그 상황을 조금이라도 만회하려는 듯 우리를 구하러 오기 위해 자기가 얼마나 죽을힘을 다했는지를 설명하기에 여념이 없었다. 루제 녀석을 흠씬 두들겨준 조르디는 살아 돌아온 사실에 기뻐하자며 나의 등을 토닥이더니 얕은 바닷물에 몸을 둥둥 띄운 채 마음을 좀 진정시키자고 팔을 끌었다.

포르멘테라에서 추억의 시간을 함께한 친구들.
왼쪽부터 조아낀, 스테피 그리고 문제의 그 친구, 로제.

모든 일정이 끝나고 우리가 포르멘테라를 떠나던 날은 스테피의 가족도 안도라의 집으로 돌아가야 하는 날이었다. 부둣가에서 마지막 점심을 먹으면서 루제가 말했다.

"미나, 다시 한번 말하는데 진짜 미안했어. 한국 가서 친구들에게 내 얘기 나쁘게 하지 마~"

한국에서 누가 저를 안다고 그런 소리를 하는지. 황당한 소리를 하는 순진한 루제를 놀려주려 내가 말했다.

"무슨 소리야. 하나도 빠짐없이 다 얘기해 줄 거야. 한국에 돌아가면 스페인에서 있었던 일들에 관해서 책을 쓸 생각인데 그때 네 얘기를 꼭 넣어

줄게."

"그래 미나야, 꼭 그렇게 해. 내가 저 녀석의 다른 비리들도 다 말해 줄 테니까."

조르디가 거들었다. 점심식사가 끝나자, 우리 모두는 가족과 함께 그곳에 더 머물러야 하는 루제만을 남겨두고 이비사로 향하는 배에 올랐다.

"이비사에 가면 비행기 타는 시간까지 뭐 하지? 시간이 꽤 많이 남는데……"라는 나의 말에 장난기 가득한 얼굴로 조르디가 웃으며 답했다.

"우리 까따마란이나 한 번 더 탈까? 하하하……."

뱃고동 소리와 함께 하늘로 흩어지는 우리의 웃음소리와 꿈같은 추억들을 그 작은 섬에 남겨두고 나는 그렇게 발레아레스 섬들에서의 여행을 모두 마치고 바르셀로나로 향했다. 이제 나의 스페인 체류도 거의 끝나가고 있었다.

아디오스,
바르셀로나

바르셀로나로 돌아간 나는 꼬박 이틀 동안 짐을 싸서 배편으로 한국에 부
쳤다. 짐은 주로 책들과 내가 입던 옷가지들이었는데 한국의 집 주소가 붙
어 있는 상자들이 하나씩 무게를 다는 저울 위로 올라갈 때마다 가슴에 구
멍이 뚫린 듯 허전한 마음이 들었다. 아쉬운 마음에 그 상자들의 사진을 찍
고 있는데 징~ 하는 소리와 함께 문자메시지가 도착했다.

"우리들의 아기 마리아가 오늘 아침 11시, 이 세상에 태어났음을 알려 드
립니다. 행복한 날입니다. 축하해 주세요."

마르따의 남편 다비드였다. 나는 당장 전화를 걸어 그들에게 축하 인사
를 전했고 오후에 마누엘과 로베르또가 회사 일을 끝내자마자 함께 병원을

찾았다.

"축하해~ 마르따, 축하해~ 다비드, 아기는?"

나는 다비드에게 축하의 입맞춤을 하고 마르따를 꼭 안아주고는 한쪽에 누워 자고 있던 천사 같은 아기의 모습을 처음으로 보았다. 그들은 이미 오래전부터 아기의 이름을 마리아라고 지어 놓고 있었는데 아기가 잠들어 있는 앙증맞은 침대 머리맡에는 '마리아'라는 이름과 아기의 체중, 키 등이 함께 적혀 있는 것이 보였다.

세상 모든 아기들이 다 예쁘지만, 서양 아이라 그런지 유달리 이목구비가 또렷하고 속눈썹이 긴 것이 갓 태어난 아기 같지 않은 모습이었다. 마르따는 진통도 별로 없이 바로 아기를 낳았다며 벌써 몸이 다 회복된 듯 씩씩한 목소리로 자랑스레 경험담을 늘어놓았고, 싱글벙글 입을 다물 줄 모르는 다비드는 우리를 위해 음료수를 내놓았다. 우리 모두는 마르따의 이야기를 들으면서도 아기 침대 주변에 모여 마리아의 얼굴을 쳐다보느라 한동안 정신이 없었다.

우리가 떠드는 바람에 깨어난 마리아는 신기하게도 울지를 않고 오히려 눈을 동그랗게 뜨고 우리를 쳐다보는 듯했다. 다비드는 "자 어서들 마리아를 한 번씩 안아봐야지~"라고 말하며 아기를 들어 올렸다. 손 타면 안 된다고 갓난아기를 격리시켜 놓는 우리와 달리 그들은 아기가 태어나자마자 엄마 곁에 놓인 침대에 눕혀 놓고 오히려 친구들에게 안아 보기를 권하는 모양이었다. 심지어 겁이 나서 도저히 못 안아보겠다는 로베르또에게 다비

마리아가 세상에 나오던 날.
왼쪽부터 마르따, 마리아를 안고 있는 나, 그리고 다비드.

드는 친한 친구의 아기가 태어났는데 안아보지도 않겠다니 섭섭하다며 억지로 아기를 떠안기다시피 했다. 품 안에 쏙 들어오는 마리아의 얼굴을 보고 있는데 알 수 없는 감동이 밀려왔다.

마르따를 처음 봤을 때만 해도 그녀의 아기를 볼 수 있으리라고는 상상도 못 했었는데 이런 감격스러운 순간을 함께하다니 믿을 수가 없었다. 또, 새로운 생명이 잉태되고 엄마의 뱃속에서 열달을 살다 세상의 빛을 보는 시간만큼 내가 스페인에 있었으니, 나에게도 많은 변화가 있었겠구나 하는 생각이 들었다.

"미나야, 이제 얼마나 남았지?" 마르따가 물었다.

"응, 한 일주일 정도…… 송별회 하면 올 수 있겠어? 힘들겠지?" "

무슨 소리야. 당연히 가야지. 일주일이면 거뜬해~"

언제나처럼 씩씩한 그녀가 말했다. 일주일 후의 송별회를 기약하긴 했지만, 난 그 후로 거의 매일같이 마리아를 보기 위해 병원과 마르따의 집에 들렀다. 그리고 그 일주일 동안 스페인 친구들과의 이별 연습은 계속되었다.

나는 바르셀로나에서 지내는 동안 알게 된 많은 사람들에게 빠짐없이 인사를 전하기 위해 노력했다. 언젠가는 또 만날 수도 있고 그 시간이 생각보다 앞당겨질 수도 있겠지만 영영 다시 못 볼 수도 있는 사람들이었다. 너무나 특별하고 행복했던 나의 1년을 함께 장식해 준 그들에게 일일이 감사의 마음을 전하는 것은 내가 당연히 해야 할 일이었다. 카탈루냐 방송국 사람들과 몇몇 기자들, 바르셀로나 대학의 교수님들과 나를 많이 도와주었던 학교 사람들, 동네에서 알고 지낸 사람들과 감기에 걸렸을 때 어머니처럼 정성을 듬뿍 담아 콩나물국을 끓여주셨던 한국 식당 아주머니랑 아저씨, 나를 아껴주신 친구들의 부모님께도 전화를 드리거나 찾아뵙고 인사를 드렸다. 그러던 중에 석사 과정 동기들과의 송별회도 있었다.

시원한 바람이 불던 어느 여름밤 바르셀로나 고딕 지구의 한 야외식당에서 있었던 나의 송별회에는 마드리드의 집으로 돌아간 루이스와 라우라, 메노르카의 별장에 가 있던 조르디를 제외하고는 고맙게도 거의 모든 친구들이 참석해 주었다. 저녁을 먹고 클럽들을 돌며 춤도 추면서 우리는 1년간 함께 했던 일들을 다시 떠올리며 많은 이야기를 나누었다. 밤이 깊어가면서 하나 둘씩 친구들이 떠날 때마다 나는 그들과 길고 진한 포옹을 나누고 양 볼에 입을 맞추었다. 웃음도 많지만, 정이 많아 눈물도 많은 나의 라틴 친구들은 나와의 이별에 진심으로 뜨거운 눈물을 흘렸고, 그때마다 함께 울고 말았던 나는 결국 화장이 다 지워진 얼굴이 되었다.

어찌나 밤새 울어댔던지 눈이 퉁퉁 부어올랐지만, 아직도 내게는 또 한 번의 송별회가 남아 있었다. 일본에서의 우연한 만남을 시작으로 둘도 없는 친구가 된 마누엘과 로베르또, 마르따, 다비드와의 저녁 식사가 있던 날은 내가 바르셀로나를 떠나기 이틀 전이었다. 마리아 때문에 외출이 불가능했던 마르따 부부의 상황을 고려해 우리의 마지막 저녁 식사는 로베르또의 집에서 했다. 주말이면 늘 함께 극장에 가거나 여행을 다녔던 토니와 곤살로, 까를로스와 빠뜨리시아도 로베르또의 집을 찾았다. 내가 친구들을 위해 마지막으로 준비한 한국식 저녁에 로베르또의 부모님께서 스페인 요리 몇 가지를 더해 주셨고 우리는 평상시와 다름없이 저녁을 먹고 이야기를 나누었다. 언제나 그렇게 가족처럼, 오랜 죽마고우처럼 나의 일상을 함께했던 친구들이기 때문에 작별의 시간이라는 것이 실감 나지 않았다.

비교적 담담하게 저녁을 먹고 이야기를 나누고 있었는데 마리아가 울음을 그치지 않는 바람에 마르따 부부가 먼저 떠나야 하는 상황이 발생했다. 그런데 마리아를 다비드에게 전해 준 마르따가 나와 마지막 포옹을 하며 무언가를 말하려다 갑자기 펑펑 울기 시작했다. 다비드가 다시 마르따에게 아기를 넘겨주고는 나를 안아주며 말했다.

"너와의 이별이 너무 슬퍼서 그러는 것 같아. 너는 정말로 특별했거든……. 미나, 우리 인생의 한때를 너와 함께할 수 있게 된 사실에 마르따와 나는 마음 깊이 감사하고 있단다. 언젠가 그런 날이 꼭 다시 올 수 있길 바랄게."

주체할 수 없이 흐르는 눈물을 훔치며 바라보니 씩씩한 척 말을 하던 다비드의 눈에도 눈물이 그렁그렁 맺혀 있었다. 울고 있는 나를 다시 따뜻하게 안아주며 다비드가 말했다.

"미나야, 우리 모두는 너를 진심으로 아주 많이 사랑하고 있단다."

순간 다비드의 어깨너머로 마리아를 끌어안고 계단에 주저앉아 울고 있는 마르따의 모습이 보였다. 그런 우리를 보다 못한 친구들이 어서 가는 게 좋겠다며 마르따와 마리아를 차에 태우고는 다비드를 재촉했다. 차 뒷부분의 창 너머로 나를 보고 손을 흔드는 마르따의 모습을 보며 로베르또가 말했다.

"학교 다닐 때 왔던 교환학생도 그렇고 여기 살다 간 외국인 친구들이 너말고도 꽤 있었는데 그들이 떠날 때 마르따는 한 번도 운 적이 없어. 누구보다 마음이 따뜻한 친구지만 마르따는 강한 모습만 보이는 애거든. 너랑은 정말 정이 많이 들었나 보다. 우리도 깜짝 놀랐어."

이미 즐거운 시간을 보내기에는 너무 분위기가 가라앉아 버린 바람에 우리는 잠시 이야기를 나누다 모두 함께 로베르또의 집을 나섰다. 대문 앞에서서 한 사람씩 작별 인사를 나누고 떠난 뒤 마누엘과 로베르또, 그리고 나, 1년 사이 환상적인 트리오가 되어버린 우리 세 사람만이 남았다.

"일본에서 그렇게 우연히 만났듯이 어느 날 네가 서울에서 회사에 가는 길에 우리가 나타날 수도 있어. 너무 슬퍼하지 마, 미나야. 머지않아 꼭 한국에 놀러 갈게. 그리고 네가 바르셀로나에 오고 싶을 땐 언제든 너희 집처럼 머물 수 있는 곳이 있다는 거 잊지 마."

로베르또가 특유의 미소를 지으며 말하더니 나를 꼭 안아주었다. 로베르또의 얼굴만 봐도 어찌나 눈물이 나는지 나는 그저 땅을 쳐다보고 힘없이 고개만 끄덕일 뿐이었다.

"어휴, 그만 울어 이제. 그렇게 울다가는 한국에 가는 날 눈이 부어서 앞도 안 보이겠다."

마누엘은 분위기를 띄우려는 듯 내게 핀잔을 주었지만, 막상 나와 마지막 포옹을 하고 나서는 오히려 나보다 더 심하게 울었다. 철없는 아이 같은 행동으로 1년 내내 나한테 구박을 받으면서도 내가 힘들 때면 특유의 철부지 같은 웃음으로 날 위로해 주던 고마운 친구였다. 역시 이별의 순간에도 어른스러운 로베르또는 애써 눈물을 참았지만, 마누엘은 끝내 내 앞에서 꺼이꺼이 울고 말았다.

마누엘이 떠나는 걸 배웅해 주고 싶었지만, 그 둘의 고집을 꺾지 못하고 나는 결국 먼저 그 자리를 떠났다. 로베르또의 집이 있는 골목 끝에서 신호를 받고 서 있는데 차 안의 거울 속에 여전히 같은 자리에서 나란히 손을 흔들고 있는 두 사람의 모습이 보였다. 고마운 친구들…… 참았던 눈물이 또다시 볼을 타고 흘렀다.

바르셀로나에서의 마지막 날, 나는 혼자 시간을 보내고 싶었다. 지난 시간에 대해 조용히 이런저런 생각을 정리하면서 내가 좋아하던 바르셀로나의 장소들을 찾고 싶었다. 사실 바르셀로나의 어느 곳도 내 마음에 들지 않았던 곳은 없었지만 나는 이미 오래전부터 바르셀로나에서의 마지막 날 시간을 보낼 장소들을 마음속으로 정해두고 있었다.

우선 나는 카탈루냐 광장을 찾아 차를 마시고는 바르셀로나 곳곳의 거리를 걸어 다녔다. 수도 없이 걸었던 그 도시에 여름 햇살 대신 가을을 재촉하는 비가 내리고 크리스마스 장식이 세워졌다 사라지는 모습을 보았고, 눈이 내리고 또 새로운 봄이 찾아와 푸른 나뭇잎이 돋아난 가로수가 따가운 햇살 아래 넓은 그늘을 드리우게 된 여름 속을 다시 걷고 있었다. 그 시간을 함께하며 울고 웃었던 친구들의 모습이 하나씩 머릿속을 스쳐 지나갔다.

산책을 마친 다음 나는 구엘 공원을 찾아 작별 인사를 했다. 낯선 동양의 여인이 그곳을 찾아 작별을 고하는 것을 알아줄 리 없는 공원에 불과했지만, 마음이 답답할 때면 찾곤 했던 나만의 장소였기 때문에 꼭 한번 인사를 전해야 했다. 평소와 다름없는 사람들의 모습, 여름을 맞아 부쩍 많아진 관광객들, 한쪽 공터에서 축구를 하는 소년들의 모습을 하나씩 훑어보며 모자이크 벤치에 다다른 나는 잠시 그곳에 앉아 바르셀로나 시내의 모습을 마음에 담았다.

구엘 공원을 보고 난 다음에는 그 모든 장소 중에서도 내가 가장 사랑하던 몬주익 언덕의 분수를 보러 갔다. 조용히 한자리에 앉아 처음부터 끝까지 음악을 감상하면서 마지막으로 그 아름다운 분수 쇼를 보고 싶었다. 화려한 분수 쇼가 마지막 물줄기를 뿜어내고 다음을 기약하듯 나의 스페인 체류

스페인 체류 마지막 날. 마지막으로 찍은 사진.
말할 수 없는 서운함이 밀려왔지만 감사하는 마음과 미래의 또 다른 만남에 대한 희망이 있었기에 몹시도 행복한 밤이었다.
몬주익 기적의 분수 앞에서...

도 이제 끝나가고 있었다. 정리하고 포기하는 일을 훨씬 더 담담하게 받아들이게 된 것도 나에게 찾아온 커다란 변화가 아닌가 하는 생각이 들었다. 1년 동안 함께 시간을 보낸 친구들 덕에, 기쁨과 사랑을 온몸을 다 해 느끼듯 어차피 운명적으로 부딪혀야 할 일이라면 이별이나 아픔도 있는 그대로 받아들여야 한다는 것을 알게 되었다. 나는 곧 다가올 아쉬움과 섭섭함 때문에 행복하고 아름다운 순간을 놓치는 일이 없도록 최선을 다해 노력했다.

그러고 나서는 바르셀로나의 야경이 한눈에 내려다보이는 한 카페에서 바르셀로나에 정말 작별을 고했다.

그곳에서 처음으로 시내를 내려다보던 일이 엊그제 같았는데 바르셀로나는 변한 게 없었지만 나는 많이 달라져 있었다. 스페인에서의 1년은 마치 한 3년쯤 되는 시간처럼 천천히 흘러갔다. 내가 가진 것들을 버리고 낯선 땅에서의 나를 만나니 비로소 진정한 내가 보였고 내가 원하는 것이 무엇인지, 또 나를 행복하게 하는 것이 어떤 것인지를 깨달았다. 가난한 자나 부자나, 배운 자나 그렇지 못한 자나, 남자나 여자나, 젊은이나 늙은이나 모두가 자신이 가진 것에서 행복과 웃음을 찾아내는 사람들과 어울려 10년 웃을 웃음을 얻을 수 있었다.

오랜만에 학생 신분으로 돌아가 공부하면서 그 어느 때보다 큰 자유와 성취의 기쁨을 맛보았고 아직 무엇이든 할 수 있다는 자신감도 얻었다. 또 인정 많은 친구들과 진한 우정을 쌓으며 가슴 떨리는 추억들도 산더미처럼 마음속에 담았다. 질리도록 책과 영화를 보았고 흥겨우면 마음껏 춤을 추고 슬프면 혹시 내일 방송에 눈 붓지 않을까를 걱정 않고 펑펑 울었다. 나는 진정으로 행복했다.

'아름다운 바르셀로나, 언젠가 다시 이곳을 찾게 되면 네가 이 모습 그대로였음 좋겠다. 내 욕심이 과한 건지 모르겠지만 지금 모습 그대로 나를 반겨준다면 정말 좋겠어. 그래서 다음에 너를 만나러 올 때도 지금, 이 순간의 나의 모습을 여기서 다시 만날 수 있길 기도할게. 그동안 정말 고마웠어, 바르셀로나! 덕분에 참 느리게, 느리게 흘러가는 시간 속에서, 아름다운 도시와 완벽에 가까운 날씨 속에서, 참 많이 쉬고 많이 웃고 많이 행복했단다. 아디오스 나의 사랑, 아디오스 나의 바르셀로나. 사랑하는 나의 스페인, 다시 만날 그날까지 안녕…….'

그리고 1년 후

방송을 접고 스페인으로 간다고 했을 때 내 주변 사람들의 반응은 거의 비슷했다. 이 중요한 시점에 그렇게 일을 다 두고 떠나면 어떻게 하냐, 돌아왔을 때 그 위치에 다시 서지 못하면 어쩔 거냐, 시집은 안 갈 거냐, 그 나이에 공부는 해서 뭐 하냐. 축하하고 격려하기보다는 걱정하는 사람들이 훨씬 더 많았다.

나는 잠시 재충전을 하고 싶었을 뿐인데 마치 내가 순조로운 인생을 괜히 뒤엎으려 한다고 생각하는 것 같았다. 물론 나도 한편으로는 두려웠다. 그당시의 나에게는 확실히 보장된 일이라곤 아무것도 없었다. 쓸데없이 1년만 낭비하면 오히려 다행이지만 오랜 시간 동안 열심히 이루어 놓은 것들을 한순간에 잃을 수도 있는 모험이라는 것을 나도 잘 알고 있었다. 하지만 그런 것이 두려워서 내 안의 열정이 나를 떠미는 곳으로 떠나지 못한다면, 내가 온 가슴으로 원하는 일을 하지 못한다면 어떻게 될까....... 난 오히려 그것이 더 두려웠다. 이제 겨우 30대 초반의 젊은 나이에 안정과 최고만을 찾다가 더 이상의 도전도, 실패도, 변화도 없는 '죽은 삶'을 사는 것은 상상도 하기 싫었다. 나는 두려움과 망설임을 누르고 마치 번지점프를 하는 마음으로 운명이라는 끈에 나를 맡기고 떠났다.

스페인에서의 1년이 나의 인생을 크게 바꾸어 놓은 것은 아니다. 나는 원래의 내 자리로 돌아왔고 전과 별반 다를 바 없는 생활이 다시 시작되었다. 나는 여전히 '손미나'이고 한국인이고 아나운서이고 30대 초반의 싱글이다. 내 인생에 드라마틱한 변화도 없었지만 그렇다고 사람들이 우려했던 것처럼 1년간의 여행이 나의 인생을 뒷걸음질 치게 하지도 않았다. 그 여행이 내게 가져다준 것은 겉으로 보이는 변화가 아니었다. 10년 전 미스터 디엥과의 우연한 만남이 젊은 날의 나에게 무한한 용기를 주었듯 이번에 스페인에서 1년간 내가 겪었던 일들과 그곳 사람들과의 만남, 그리고 나 자신과의 싸움을 통해 내 안의 또 다른 나를 발견할 수 있었다.

스페인에서 돌아온 후로 다시 1년이라는 시간이 흘렀다. 내 앞에 놓여 있던 인생의 갈림길에서 내가 택하지 않은 그 길을 갔더라면 지금의 나는 어디에 있을까? 그것을 알 수 없듯이, 내가 선택한 이 길이 나를 어디로 이끌지도 지금으로서는 알 수가 없다. 하지만 분명한 것은 나의 의지대로 선택한 길을 감으로써 나의 꿈과 나의 인생을 내가 직접 디자인할 수 있다는 용기와 자신감을 얻었다는 것이다. 그리고 만일 그렇게 떠나지 않았더라면 언젠가 나의 젊은 날을 돌아보는 시기가 왔을 때 분명 가슴을 치며 후회했을 것이다. 새로운 무언가를 하기엔 늦었다고 느껴졌던 그때야 말로, 실패한다

하더라도 한 번쯤 도전해 볼 수 있는 시기였음이 분명할 테니까.

나 자신에게 선물했던 소중한 한때를 함께 해준 나의 친구들과 나는 각자가 선택한 길에서 이미 또 한 조각의 꿈을 디자인했다. 나처럼 아나운서 생활을 하다 1년간 휴식과 공부를 위해 석사 과정을 밟았던 조아낀은 CNN 스페인의 앵커가 되었고, 다큐멘터리 작업을 같이 했던 마우리찌오는 얼마 전 유럽 내의 저명한 다큐멘터리 공모전에서 콜롬비아 청소년들의 마약 문제를 다룬 작품으로 150대 1의 경쟁률을 뚫고 그랑프리를 차지해 카탈루냐 방송국에서 일을 하게 되었다. 글로리아와 레안드로는 서로의 사랑에 대한 확신을 얻어 같이 집을 구해 살며 새로운 인생을 시작했고, 각자의 나라로 돌아간 다른 동기생들도 방송국 PD로 혹은 신문기자로 활발한 활동을 하고 있다.

로베르또와 마누엘은 한국에 다녀가겠다는 약속을 지켰고, 마르따와 다비드의 아기 마리아는 얼마 전 첫돌을 맞았다. 그리고 나는 오랫동안 소망해 오던 책을 낼 수 있게 되었다. 두려움을 떨치고 용기를 낸 우리 모두는 인생의 커다란 선물을 얻었다.

내가 선택했던 길을 후회 없이 열심히 달려갈 수 있도록 내 운명에 찾아와 준 나의 친구들, 어떤 순간에도 나를 믿고 힘을 실어주신 사랑하는 가족에게, 그리고 또 하나의 꿈을 디자인할 수 있도록 도움을 주신 많은 분들께 특히 세심한 배려와 격려를 아끼지 않았던 출판사에게도 감사의 마음을 전한다.

부족한 글이지만 이렇게 한 권의 책으로 엮어진 진솔한 나의 이야기들 이 가슴에 꿈을 품고도 용기를 내지 못하는 사람들에게 조금이나마 힘을 줄 수 있기를 진심으로 소망한다.

홍민숙

　이 책은 인생 책이었어요. 제 마음속에 꿈틀대던 열정을 자극해 주었고 더 먼 세상으로의 여행, 세상 밖의 삶에 대해 새로운 시선을 갖게 해줬어요. 이 책을 대학 초년생 때 만나고 읽었으면 좋았을 텐데…

전서영

　스페인이 어디 있는 나라인 지도 몰랐던 시절, 우연히 처음 읽었어요. 그때 몬주익 분수 사진과 에피소드를 보고, 와 나도 크면 꼭 가봐야지! 했었는데, 대학생이 된 후 운명처럼 저는 스페인 교환학생으로 가게 되었어요. 저는 결국 바르셀로나로 이직을 하게 되어 지금까지 자리를 잡고 살고 있답니다. 저에게 이 책은 스페인과 저의 연결고리이자 나침반같은 소중한 책이에요.

hello__e.hee

　제게 가치관을 달리 심어준 책이에요. 읽으면서 내 일도 아닌데 심장이 쿵쾅쿵쾅거리고 나도 나가야겠다! 나도 해보자! 이런 큰 꿈을 갖게 해줬어요.

kwon_hyun_mi

　이 책을 읽고 '추억'이 아닌 '계획'을 세우고 있어요. 50살 기념으로 멋진 스페인여행을 꿈꾸며 열일 중입니다. 예전엔 50살 되면 아무것도 못할 줄 알았는데 말이죠.

심민정

　혼자 또 다른 세상으로 헤엄쳐보겠다고 패기롭게 일본으로 일자리를 찾아 떠났던 이 십대 중반의 제가, 타지에서의 외로움, 두려움, 혼란스러움 그 모든 감정을 추스르려 집어든 책이 바로 '스페인, 너는 자유다'였습니다. 다시 한 번 머나먼 타지에서 꿈을 꾸고 용기를 끌어올릴 수 있는 계기가 된 책이었어요.

박수진

이 책은 저에게 큰 꿈과 할 수 있다는 희망을 주었어요. 미나님이 겪었던 일들을 통해 문제를 해결해 나가는 과정, '무엇이든 할 수 있는 용기'라는 영양제를 먹은 것 같아요.

정진영

'스페인, 너는 자유다'는 제 최애 책이에요! 제 마음을 두근두근하게 했고, 읽으면서 전율이 있었고, 마음의 동요가 왔고, 용기를 줬던 책이에요. 잊고 지냈던 유학시절 제 모습이 떠오르기도 했고 배낭여행 하면서 만난 사람들, 경험, 그때의 제 모습이 떠올랐어요. 그리고 이직이라는 새로운 모험을 고민하던 시절, 도전할 용기를 주었습니다! 이 책을 다시 한 번 읽고 용기를 얻어 30살에 스웨덴으로 이직해 살고 있어요. 손미나 작가님은 제 마음 속의 멘토이자 든든한 후원자입니다. 감사합니다.

choibombom

취업준비를 하며 방황하던 저에게 뜨거운 열정을 느끼게 해줬던 책입니다. 세상은 넓고 도전하라!!! 열심히 외국어 공부도 하고 여행도 즐기며 지금은 외국계 회사 직장인 11년차입니다.

이태린

열 다섯 살에 우연히 선물 받았던 '스페인 너는 자유다' 덕분에 고등학교도 스페인어를 배울 수 있는 학교에 진학하고, 스페인 남부로 교환학생을 가고, 지금은 업무로 스페인어를 쓰고 있네요. 심지어 스페인행 비행기 옆자리에서 만난, 저처럼 이 책을 읽고 교환학생을 가게 된 언니와는 아직도 친하게 지낸답니다. 인연은 책으로, 잊지 못할 장소로 늘 연결되는 것 같아요. 미나님의 스페인에서의 소중한 기억을 공유해주셔서 감사합니다.

chiyoungbaloncesto

스마트폰이 없던 시절... 스페인어 사전과 '스페인, 너는 자유다'는 그 당시 필수품이었어요!

김승원

중3때 처음 이 책을 접했는데, 당시 사춘기와 복잡했던 가족사 때문에 성적은 바닥이었고 괴로운 시절이었어요. 학교를 무단 조퇴 후, 서점에 갔다가 '스페인, 너는 자유다'를 접하게 되었고 목표가 없던 제 인생에 새로운 전환점이 되었어요. 덕분에 마드리드에서 엔지니어로 살게 되었어요. 이 책의 개척 정신이 정말 자극이 되었습니다.

천은경

스물아홉, 나만 아무것도 이룬 게 없는 것 같고 외롭고 불안하고 지겹기만 한 일상에 시들어가던 중, 언니 책을 만났어요. 그래서 스페인을 가슴에 품고 그 힘으로 너무 싫은 회사 생활도 버텨내며 결국 제가 스페인에 갔잖아요!!! 텅 빈 제 자신을 용기와 희망으로 채우고 돌아 올 수 있었어요. 그때의 그 에너지로 현재를 충분히 빛나고 행복하게 살고있지 않나 생각합니다.

asphodel__78

'스페인, 너는 자유다'는 스페인을 진짜로 가게 만들어줬고 여행의 의미를 알려준 인생책!

원진숙

회사 생활이 인생의 전부일 것 같았던 20대 라떼 시절(?)에 세상에 대한 호기심을 증폭시켜준 책이 바로 '스페인, 너는 자유다' 였어요. 부모님께 3개월 후에 뵙자는 말 한 마디와 함께 배낭여행을 시작으로 그렇게 저는 떠났습니다. 내가 진정 원하는 것이 무엇인지, 무엇을 위해 사는지 늘 마음속에 되뇌며 어느 한 순간도 긴 여행에 대한 후회 없이 씩씩하게 세계를 누비게 다닐 수 있게 해준, 제게는 바이블과 같은, 그리고 책의 표지만 봐도 심장을 뛰게 해준 고마움 그 이상의 책입니다.

스페인, 너는 자유다

— 모든 것을 훌훌 털어 버리고 떠난 낯선 땅에서 나를 다시 채우고 돌아오다

초판 1쇄 발행 2023년 10월 10일
2판 1쇄 발행 2024년 04월 15일

지은이 손미나

펴낸이 손미나
본문 디자인 김도균
표지 디자인 엄혜리

펴낸 곳 코알라컴퍼니
출판신고 2022년 11월 11일 제 2022-000299호
주소 서울특별시 마포구 동교로38길 6-7, 2층
이메일 info@sohnmina.com
홈페이지 www.sohnmina.com
인스타그램 @minaminita1202
유튜브 손미나

ⓒ 손미나 2023
ISBN 979-11-982620-2-8 03810